A Day in the Life of Abed Salama: Anatomy of a Jerusalem Tragedy
アーベド・サラーマの人生のある一日
パレスチナの物語
ネイサン・スロール
宇丹貴代実＝訳
筑摩書房

わたしたちは、
起きたことに対する自分の責任を認識しておらず、
あるできごとが自分たちの行動の必然的な結果であるときに、
それらを嘆かわしい偶然のできごとだと言い、
また、あくまで考えを改めようとしないせいで、
べつのできごとを必然の結果だと言う。

――スタンリー・カベル

アーベド・サラーマの人生のある一日　パレスチナの物語——目次

※凡例　訳注は〔　〕で示した。

登場人物

プロローグ

ミラード・サラーマ　アーベドとハイファの息子
アーベド・サラーマ　ミラードの父親
ハイファ　アーベドの妻、ミラードの母親
アダム　ミラードの兄
アミーン　アーベドのいとこ

第一章　三つの結婚式

ガズル・ハムダン　アーベドの初恋の女性
ナヒール　アーベドの姉、アブー・ウィサームの妻
アブー・ウィサーム　アーベドの義兄
アフマド・サラーマ　アーベドのいとこ、アミーンの兄弟
ナーエル　アーベドの兄

アブー・ハサン　ガズルの父親、ハサンの父親
ハサン　ガズルの兄弟、アブー・ハサンの息子
ライラ　アーベドの義姉、ワーエルの妻
ワーエル　アーベドの長兄
アスマハーン　アーベドの最初の妻
ルゥルゥ　アーベドとアスマハーンの長女
ジャミーラ　アーベドの婚約者、カフル・カンナ（クファル・カナ）出身
ワファー　ハイファの姉妹
アブー・アウニ　ハイファの父親

第二章　ふたつの火

フダー・ダーブール　UNRWA（国際連合パレスチナ難民救済事業機関）の医師、ハーディの母親
アブー・ファラージ　UNRWAの運転手
ニダール　UNRWAの薬剤師
サーレム　子どもたちを救助した人物
ウラ・ジョウラニ　ヌール・アル＝フーダの教員
ムスタファー　フダーの父親
カーメル　フダーの叔父

アフマド・ダーブール　フダーの叔父、詩人
イスマーイール　フダーの夫
ハーディ　フダーの息子

第三章　多数傷病者事故

ラドワーン・タワム　バスの運転手
サーミー　ラドワーンのおじ
ナーデル・モラル　赤新月社の救急救命士
エルダド・ベンシュタイン　マーゲン・ダビド公社の救急救命士
ドゥビ・ヴァイセンシュタイン　ZAKA（超正統派ユダヤ教徒の救援組織）のスタッフ
ベンツィ・オイリング　ZAKAのスタッフ
サール・ツール　イスラエル国防軍の大佐
ターラ・バフリ　ヌール・アル＝フーダの園児
イブラーヒーム・サラーマ　アーベドのいとこ、パレスチナ自治政府の役人
アブー・モハンマド・バフリ　ターラの祖父
アシュラフ・カイカス　セミトレーラーの運転手

第四章　壁

ダニー・ティルザ　イスラエル国防軍レインボー・アドミニストレーションの責任者、壁の設計者
ベベル・ヴァヌヌ　アダム入植地区の設立者
アディ・シュペーター　アナトト地区の住人

第五章　三つの葬式

アブー・ジハード　アーベドのいとこ
バシール　アーベドの弟
ルバ・アル＝ナッジャール　バシールの妻
ナンシー・カワスメ　サラーフの母親、アッザームの妻
アッザーム・ドウェイク　サラーフの父親
サラーフ　ナンシーとアッザームの息子
サーディィーネ　ナンシーとアッザームの娘
ファーディ　ナンシーの兄弟
オサーマ　ナンシーの兄弟
ファイサル　ナンシーの兄弟
リヴナット・ヴィーダー　ハダッサ病院のソーシャルワーカー
フダー・イブラーヒーム　ハダッサ病院のソーシャルワーカー

ハリール・フーリー　ハダッサ病院の看護師

ハヤー・アル＝ヒンディ　アブドゥッラーの母親

アブドゥッラー・アル＝ヒンディ　ハヤーとハーフェズの息子

ハーフェズ　ハヤーの夫、アブドゥッラーの父親

アフマド　アブドゥッラーの兄弟

エピローグ

アリク・ワイス　チャンネル一〇のレポーター

アリク・ヴァクニシュ　アダム地区の住人

ドゥリ・ヤリーヴ　アナトト地区の住人

アーベド・サラーマの人生のある一日

パレスチナの物語

Published by arrangement with Metropolitan Books,
and imprint of Henry Holt and Company, New York
through The English Agency (Japan) Ltd.

プロローグ

事故の前夜、ミラード・サラーマは遠足が楽しみで、わくわくした気持ちを抑えられなかった。「バーバー」と呼びかけながら、父親のアーベドの腕を引っぱった。「ぼく、あしたのピクニックのおやつを買いに行きたい」。ふたりはいま、アーベドの義父母のアパートメントにいて、その義父母が所有するコンビニエンスストアはすぐ近くにあった。五歳の息子の手を引いて、アーベドは自分たちが住むアナタの町の一角、ダヒヤット・ア゠サラームの狭い路地を歩きだした。

歩道はなく、駐車中かのろのろ運転の車のあいだをそろそろと進んでいく。頭上に張りめぐらされたケーブルや電線やストリングライトの列が、そびえる高層ビル群のせいで実際より小さく見える。これらのビルは、アナタの町を取り囲む高さ約八メートルの分離壁の四倍、五倍、ときには六倍もの高さにそそり立っている。そう遠くない昔、ダヒヤット・ア＝サラームがまだ何もない田舎町だったころ、上ではなく横に広げることがまだ可能だったころの風景を、アーベドは思い浮かべた。店に着くと、イスラエル産オレンジのジュース、プリングルズ、お気に入りのたまご型チョコレートであるキンダー・サプライズをミラードに買いあたえた。

　翌日の早朝、アーベドの妻のハイファ――ミラードと同じく色白のすらりとした女性――が、息子を手伝って制服に着替えさせた。通園先の私立幼稚園、ヌール・アル＝フーダのエンブレムがついたグレーのセーター、白襟のシャツ、細いウエストまでしじゅう引っぱりあげなくてはならないグレーのパンツだ。ミラードの兄で九歳のアダムは、すでに登校していた。白い通園バスが、道路から軽くクラクションを鳴らす。ミラードはオリーブオイル、ハーブミックス調味料《ザアタル》、濃厚なヨーグルト《ラブネ》をピタパンで拭うようにして、いつもの朝食を大急ぎで食べおえた。満面の笑みを浮かべ、ランチとおやつを手に取り、それから母親に行ってきますのキスをして、勢いよくドアの外に出た。アーベドはまだ眠っていた。

　彼が起きたとき、外は薄暗く、猛烈な土砂降りで、道を行き交う人々がまっすぐ歩くのにも苦労しているようすが見てとれた。ハイファが窓の外を眺めながら、眉根を寄せた。

「天気がよくないわ」

「何をそんなに心配している?」と、アーベドは妻の肩に手を触れて尋ねた。

「わからない。なんとなく不安なの」

この日は、イスラエルの電話会社、ベゼックでの仕事が非番だった。アーベドはいとこのヒルミと連れだって、肉を買うために車で出かけた。精肉店を経営している友人のアーテフは、めずらしくダヒヤット・ア＝サラームの店にいなかった。いまどこにいるのか確かめてほしいと、アーベドは従業員のひとりに頼んだ。

アーテフはエルサレム市内の別の地区、クファル・アカブに住んでいる。高層アパートメントが統制なく無秩序に建ち並ぶ人口過密な都市部で、ダヒヤット・ア＝サラームと同じく、ほかのエルサレム市の地域から検問所と壁で切り離された場所だ。ときに何時間にもおよぶ検問所での待ち時間と、日常的な渋滞を回避するために、彼は迂回ルートで通勤していた。

アーテフから電話で、ひどい渋滞にはまって動けないと言ってきた。どうやら、カランディア難民キャンプの検問所とジャバ集落の検問所のあいだにある道路で衝突事故があったらしい。話を終えてすぐ、アーベドは甥からの電話を受けた。「きょう、ミラードは遠足に出かけた? ジャバの近くで、スクールバスの事故があったんだけど」

アーベドの胃がぎゅっと縮んだ。いとこのヒルミとともに精肉店を出て、彼が所有するシルバーのジープに乗りこんだ。朝の渋滞のなか、ジープは丘をくだり、イスラエル人顧客向けにヘブライ語の看板を掲げた自動車修理工場で仕事を始めるティーンエイジの少年たちの前を通り、ミラードの幼稚園の前を通過して、さらに壁沿いに走った。道路はネヴェ・ヤアコヴ入植地の住宅群のまわりをぐるりとカーブし、ゲバ・ビンヤミンまで急なのぼり坂になっている。ミラードの兄と同じ名前、アダムとも呼ばれているユダヤ人入植地だ。

アダムの交差点では、事故現場に近づく車を兵士たちが止めて、渋滞が発生していた。アーベドはジープを飛びおりた。深刻な衝突事故ではないはずだと考えたヒルミは、さよならを告げて引き返した。

その前日、アーベドはもう少しでミラードが遠足に行くのを阻止するところだった。先見の明とかそういうことではなく、ただの不注意からだ。

アーベドはヒルミと一緒にエリコに赴き、海抜マイナス二五〇メートルの、世界で最も低い都市の埃っぽい平地に立っていた。そこへハイファが電話をかけてきて、ミラードの遠足代の一〇〇シェケルを払ったかと尋ねた。予想どおり、彼は忘れていた。じつは、当初ハイファは行かせたくなかったのだが、ミラードがどうしてもクラスのみんなと一緒にいたいと言うので、かわいそうになって折れたのだ。ミラードは何日も遠足のことばかり話していた。ハイファがアーベドに電話をかけたとき、ミラードは母方の祖父母の家で大はしゃぎし、父親が帰ってきておやつを買いに行けるのをいまかいまかと待っていた。まずい状況だ。もし、アーベドが閉園までに幼稚園に着けなかったら、ミラードは翌朝、遠足のバスに乗せてもらえないだろう。

まだ午後のなかばだったが、どんよりと曇って肌寒く、翌日の嵐の兆しがあった。ナツメヤシの葉が遠くでバサバサと音を立てて揺れている。アーベドはいとこに、急いで戻らなくてはならないと告げた。

ヒルミはビジネスでエリコに来ていた。先ごろ七万ドルの遺産を相続して、土地に投資しようと考えたのだ。サラーマ一族が住むアナタには、買える土地がほとんど残っていない。かつてはヨルダン川西岸地区屈指の広さを誇る町で、木々の茂るエルサレムの山から東へくだり、エリコ郊外の淡黄色の丘や砂漠の涸谷《ワジ》へと続く横長の地域だった。ところが、町の土地のほぼすべてがイスラエルに接収され、アーベドやヒルミをはじめアナタの住人には手が届かないものとなった。一二平方マイル〔約三一〇〇ヘクタール〕あった町が、いまや一平方マイル〔約二六〇ヘクタール〕にも満たない残りかすと化している。だから、エリコに目を向けたのだ。

ミラードの幼稚園の閉園時刻に間にあうようにと、アーベドたちはイスラエルの東西を貫く高速道路一号線を走った。山の背をのぼり、アナタの地に築かれて門が三つあるユダヤ人入植地と、ベドウィンの貧しい集落、ハーン・アル＝アフマルを通過した。かつてアーベドの祖父が所有していた土地に広がる集落だ。道を折れてアブー・ジョージ道路に入ると、アーベドとその兄弟たちのものなのにいまや入植者に占領されているオリーブ園が見える。それから、悪名高いE1地区の近くを通過した。イスラエルが数千ものあらたな住戸とホテルの部屋を工業団地とともに作る計画をしているエリアだ。アーベドたちはようやく最後の丘をのぼり、アナトト入植地に隣接する軍事基地の前を通りすぎた。この施設もまた、サラーマ家の土地の上にある。

アーベドとヒルミはアナタに入り、町のいちばん端、まさに壁の隣に位置する学園の建物まで車を走らせた。校庭は静かで、人影はほとんどなかった。アーベドは金属製の門を走り抜け、人工芝を横切ってロビーにたどり着くと、遠足代を払いたいのだと事務員に告げた。

「遅かったです。もう閉園しました」

アーベドは階段を駆けのぼり、顔見知りの教員であるムフィーダを見つけた。彼女が園長に電話をかけ、園長が事務員に電話して、アーベドは階下に戻ってなんとか支払いをすませ、安堵の息をついた。これでミラードは遠足に行ける。

アダム・ジャンクションでヒルミの車から降りたときには雨が降っていたが、アーベドは荒れ模様になるのを見越して黒色の長いコートを身につけていた。事故現場に近づくにつれて、不安が増していく。歩いていたのが早足になり、やがて軍の緑色のジープが近づいてくるのが見えた。合図してそれを止め、兵士たちにヘブライ語で息子がバスに乗っていたようだと話し、乗せてほしいと頼んだ。彼らは拒んだ。そこでアーベドは駆けだした。最初はバスが見えなかった。一八輪のセミトレーラーが三車線道路の二車線を塞いで、視界が遮られている。何十人もの人々が集まっていた。なかには顔見知りの園児の親もいる。やはり現場に駆けつけたのだろう。

「バスはどこなんだ?」とアーベドは尋ねた。「子どもたちは、どこにいる?」。一瞬のちに、それが見えた。横転し、がらんどうで、燃えつきた抜け殻と化している。子どもや教員の姿も、救急車も見えない。群衆のなかに、さほど懇意ではないいとこ、アミーンの姿があった。何年も前に激しい喧嘩をして、アーベドを病院送りにした人物だ。アミーンはいま、パレスチナ予防保安機関で働いており、この組織はヨルダン川西岸地区の都心部でイスラエルの法を執行する役割を担っていた。しかもアミーンは、人々から金をゆすり取る腐敗役人として知られている。

「何が起きた?」とアーベドは尋ねた。

「ひどい事故だ」とアミーンは答えた。「焼死体がバスから運び出されて、地面に置かれている」

アーベドはアミーンのもとから駆けだした。心臓がどきどきと波打った。あんなことを園児の父親に言うなんて。このときはじめて、アーベドは死者が出たことを知った。いまや恐ろしい光景は、消そうにも消えてくれない。アーベドは集まった人々の奥深くへ分け入った。アミーンのことばが頭のなかでこだまする。

周囲でさまざまな話が渦巻き、野次馬のひとりからもうひとりへと伝えられていく。やれ園児たちはア＝ラムのクリニックに連れていかれた、いやラマ基地——ア＝ラムの入り口にあるイスラエルの軍事基地——にいる、ラマッラーの医療センターにいる、ラマッラーからスコーパス山のハダッサ病院に移送された、などなど。これからどこへ行くべきかを、アーベドは決めなくてはならない。ヨルダン川西岸地区の住人が持つ緑色の身分証（IDカード）では、エルサレム市内に入ってハダッサ病院のなかを捜しまわることはできない。ア＝ラムは可能性が低い、そこには病院が一軒もないからだ。ラマッラーの医療センターがいちばんありそうだ。見知らぬふたりの人物に、アーベドは車に乗せてくれと頼んだ。彼らはジェニンから二時間半かけてここに着いたばかりで、反対の方角をめざしていた。なのに、ふたつ返事で承諾してくれた。

おそろしく時間をかけて、事故現場の大渋滞をじりじりと抜け出した。エルサレムとラマッラーを結ぶ道路を走り、いまごろは園児たちがいるはずだったプレイパーク、〈キッズ・ランド〉の前を通りすぎた。屋根に巨大なスポンジ・ボブが載っている。ミラードが大好きなアニメキャラクターだ。

ラマッラーに入り、親切な見知らぬ人ふたりとアーベドはようやく病院の前に車を停めた。そこは絵に描いたような混乱状態だった。救急車のサイレンが響き、負傷した子どもたちを医療従事者が台車つき担架で運び、パニックに陥った親たちが泣き叫んで、ＴＶクルーが病院スタッフにインタビューしている。アーベドは混沌を押し分けるようにして前へ進んだが、息切れがして、胸が締めつけられた。湧きあがる恐怖を鎮めようとしても、頭は従ってくれない。それどころか、ひとつの考えを執拗に示しつづけている。はたして自分は、アスマハーンにした仕打ちで罰されているのだろうか、と。

第一章　三つの結婚式

アナタとその周辺
ラマッラー
ヒズマ
アナタの役所
アナタ・ユースクラブ
アブデル・サラーム・リーファイの霊廟
ヌール・アル＝フータ学園
アナタの墓地
アナタのモスク
アナタ
アナトト墓地
アスマハーンの家
4370号線（アパルトヘイト道路）
サラーマ家の実家
アナタ女子学校
ヨルダン川西岸地区
N
エルサレム市
ヨルダン川西岸地区

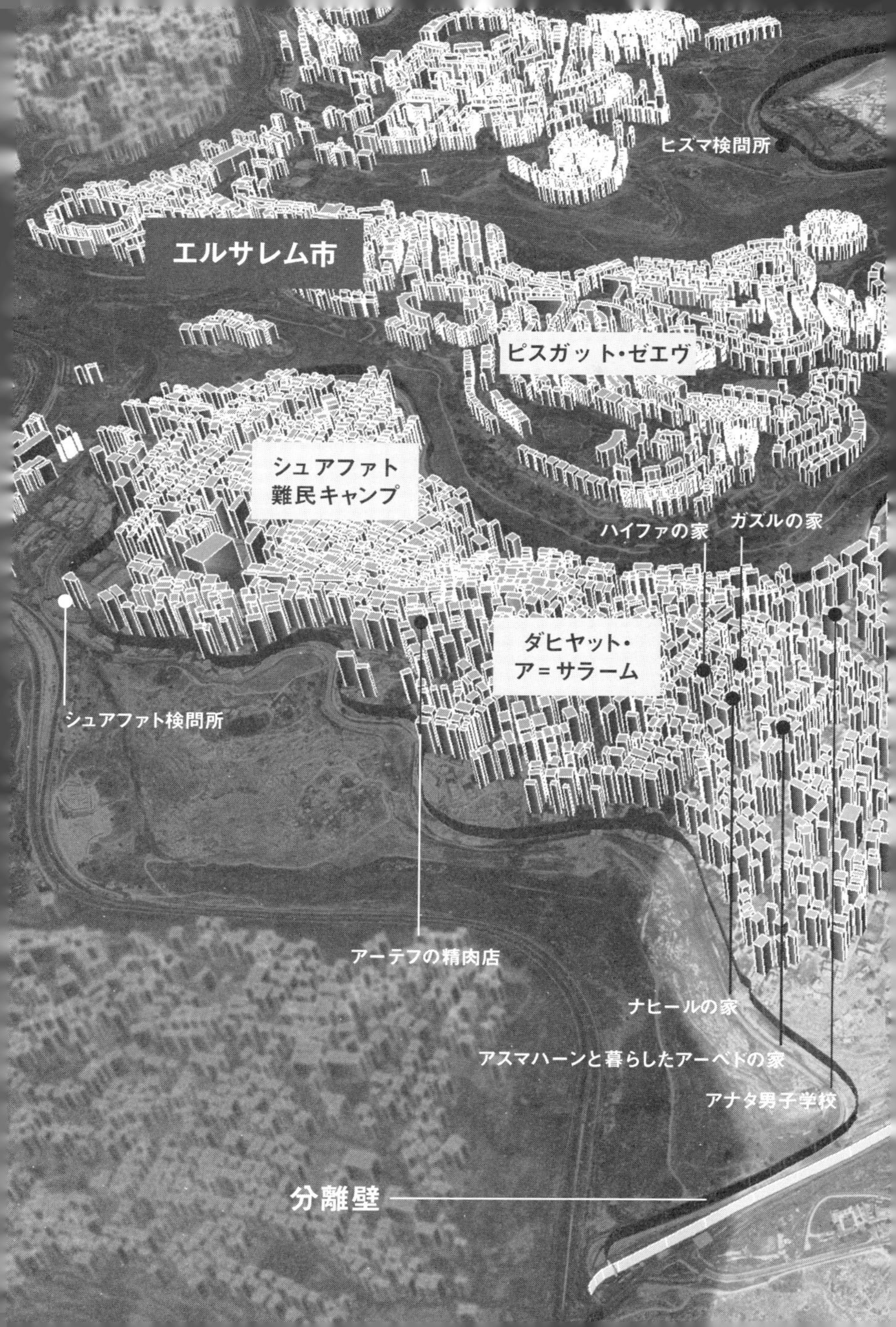

ヒズマ検問所
エルサレム市
ピスガット・ゼエヴ
シュアファト
難民キャンプ
ハイファの家
ガズルの家
ダヒヤット・
ア＝サラーム
シュアファト検問所
アーテフの精肉店
ナヒールの家
アスマハーンと暮らしたアーベドの家
アナタ男子学校
分離壁

I

若いころのアーベドを知っている人はだれもが、将来は決まった相手と結ばれるはずだったと言うだろう。だが、その相手はハイファでもアスマハーンでもない。ガズルという名の娘だ。

ふたりが出会ったのは一九八〇年代なかば、アナタが静かな田園地帯で、町というより村だったころだ。ガズルは一四歳、アナタ女子学校の一年生だった。アーベドは、その向かいにある男子学校の最上級生だ。当時は、アナタのだれもが互いを知っていた。村の半数以上が、同じアラウィーという男を祖先に持つ三つの大きな家系の一員だった。アーベドの一族であるサラーマが最大で、ガズルの一族であるハムダンは二番めに大きかった。アラウィーは、アナタの設立者、アブデル・サラーム・リーファイまで家系をさかのぼることができた。彼は一二世紀にイスラム神秘主義《スーフィズム》を確立させた人物の子孫で、イラクからエルサレムのアル＝アクサー・モスクを訪れ、やがてアナタに定住した。アナタという名称は、おそらくカナン人の女神であるアナト、あるいは聖書の町アナトトにちなんでつけられたものだろう。子どものころ、アーベドとその兄弟姉妹はよくアブデル・サラーム・リーファイがまつられた古い霊廟に行き、丸天井の聖所でろうそくを灯したが、その聖所はのちに、イスラエル兵たちの休憩所にされ、たばこの吸い殻やビール瓶が一面に散乱することとなった。

　女子学校から丘をほんの十数メートルくだった石灰岩造りの家の二階に、アーベドは住んでいた。二階建て家屋の一階は家畜小屋として使われ、ヤギ、ニワトリ、ヒツジが飼われていた。アーベドの父親は動物、とくにヤギが大好きだった。一頭ずつ名前をつけ、そばに呼び寄せては種子、木の実、甘味を与えた。ティーンエイジのアーベドは、新しくできたユダヤ人入植地ピスガット・ゼエヴとアナタのあいだにある小さな谷に、ヤギを連れていっては草を食ませた。

　アーベドの若いころ、アナタの地はオリーブとイチジクの木が点在し、小麦やレンズマメの畑が広がっていた。大家族みんなが、薄いマットレスを敷き詰めたひと部屋の床で一緒に眠った。トイレは屋外にあり、女たちが近くの泉から大きな壺に水を汲んで、頭に載せて運んでいた。子どもたちは週に一回、金曜日に、居間に運び入れられた巨大な桶で水浴びし、そのあとは濡れた頭のまま清潔な服を着て一列に並び、父親の手に感謝のキスをして、お返しのキスをひたいに受け、祝福のことばナイーマンを与えられた。

一九六七年の戦争〔第三次中東戦争〕でヨルダン川西岸地区がイスラエルに占領されてから、アナタは変わりはじめた。それまでこの地域はヨルダンに統治されていたが、数十年のあいだに占領地域の人口属性と地勢がイスラエルによって変えられ、ユダヤ化を進めるための幅広い政策が施行された。アナタでは、イスラエル政府が少しずつ土地を強制収用して、何百件もの取り壊し命令を発し、町の一部をエルサレムに併合して、都心部を取り囲むように分離壁を築き、残りの土地を接収して四つの入植地と複数の居留地と軍事基地、および中央を壁で分割された〝分離ハイウェイ〟を一本こしらえた。この壁は、行き来するパレスチナ人を入植者の視界に入れないためのものだった。町の自然の池や泉は、イスラエルの自然保護区に組み入れられ、入植地アナトトの住人は自由に出入りできるが、アナタの住民は入場料を課されることとなった。泉に通じる道路は入植地内を通っており、パレスチナ人は許可なく入植地に立ち入りできないせいで、やむなくべつのルートを利用するはめになった。危険な未舗装道路を通る長い回り道だ。

アナタのパレスチナ人は、年々、拡大するエルサレムの都市構造に自分たちが取りこまれていくのを感じた。旧市街と東エルサレムの残りの地域はすでにエルサレムにのみこまれており、周辺の二〇以上の村の土地もすべてイスラエルに併合された。パレスチナ人は多車線のイスラエルのハイウェイで車を走らせ、イスラエルのスーパーマーケット・チェーンで食糧を買い、高層オフィスビルやショッピングセンターや映画館ではヘブライ語を使った。だが、アナタの社会的な規範《モーレス》は不変だった。婚前交渉は禁じられ、親に結婚を決められることも多く、一族の富や土地を分散させないよう、いとこどうしが結婚させられた。敵対する家系は互いに大げさなほど愛想よくふるまい、家の評判によって人生が大きく左右され——わがままな娘がひとりいれば、その姉妹全員が結婚できない憂き目に遭いかねず——あらゆるできごとが儀礼的で慇懃なせりふにまとわれていた。

アナタが産業革命以前の一八世紀の村の名残であるとしたら、アーベドは村の貴族階級に生まれたと言えるだろう。父方母方いずれの祖父も——ふたりは兄弟だったが——べつべつの時期にムフタール、すなわち村長の役を務め、ふたりで村の土地の大半を所有していた。ところが、イスラエル統治下で彼らの資産が接収されて縮小するにつれ、ムフタールの重要度も小さくなった。一九八〇年代はじめに世代交代の時が来ると、アーベドの父親はその役を引き受けるのを拒んだ。いまやムフタールのおもな仕事は、占領軍の兵士が逮捕したがっている男たちの家を指し示すことなのだから、と言って。

アーベドの父親は誇り高き男で、物質面、精神面のいずれについても、自分が何かを失ったことへの憤りをめったに見せなかった。初恋の相手はハムダン家の女性だったが、一族の土地の散逸を避けるために、父親とおじによっていとことの結婚をお膳立てされた。

サラーマ家とハムダン家が対立関係にあったせいで、愛した娘の両親もふたりを引き離そうとした。サラーマの若き当主の熱情を察知するや、娘をそのいとこと結婚させたのだ。アーベドの父親は一族の望みを尊重し、彼らが取り決めた結婚を受けいれるほかなかった。

自分がハムダン家の人間に恋したとき、アーベドは挫かれた父親の運命を成就させようとしている気がした。秘密の手紙を夜な夜なガズルにしたためた。朝になると、その手紙を隣人か級友に託し、学校で彼女に渡してもらった。手紙にはよく、所定の時間に電話に出るようにというガズル宛の指示が書かれていた。彼女が住んでいたダヒヤット・ア＝サラーム（当時は〝新アナタ〟と呼ばれていた）は、イスラエルに併合されてエルサレム市になっており、家には電話回線が引かれていた。アナタの残りの地区の家はちがった。放課後、アーベドはバスで東エルサレムのダマスカス門に行き、メイン商業道路のサラディン通りに面した郵便局まで歩いて、指定した時刻に代用硬貨《トークン》を公衆電話機に入れた。ふたりは可能なかぎり長く話そうとしたが、たいして長くないことが多かった。両親が部屋に入ってくると、ガズルはアーベドに女性形で呼びかけてから、あわてて電話を切った。こんにちはの挨拶も満足に終えないうちに、話の途中で、にぶい電話切断音に遮られる日もけっこうあった。

ふたりは美男美女のカップルだった。アーベドは日焼けしてすらりと背が高く、しっかりしたあごのラインと、物思わしげなまなざし、穏やかでゆったりした物腰の持ち主だった。ふさふさした髪の毛のサイドを短く刈って、照れくさくはあったが口ひげも蓄えていた。シャツのボタンをはずして胸をはだけた姿は、いかにもパレスチナ版ジェームズ・ディーンといった風情だった。ガズルは大きなアーモンド形の目の持ち主で、右頬にえくぼがあった。父親似で、顔は親切心にあふれていた。

アーベドと仲のよい長姉のナヒールは、夫のアブー・ウィサームとともに、ダヒヤット・ア゠サラームのガズルの家の近くに住んでいた。屋根かバルコニーにいるガズルの姿を姉夫婦の家からひそかに眺めるのが、アーベドは好きだった。そこは、彼女が髪の毛を覆わずに外で過ごせる唯一の場所なのだ。

アーベドは信仰心がさほど厚くなく、ヒジャーブには反対だった。姉妹のだれひとりとして、結婚前は着用しておらず、ナヒールにいたっては結婚後もつけていなかった。ヒジャーブは、上層階級ではあまり一般的ではなかったのだ。一九八六年にアーベドがハイスクールを卒業したとき、アナタでは髪を覆っている娘は半分以下だった。だが、彼はガズルがヒジャーブをつけていてもかまわないと思っていた。彼女が宗教心からではなく、父親への敬意からつけていること、ほかの面では同じ年ごろの娘よりはるかに大胆なことを知っていたからだ。それに、ほかの娘たちより自主性を認められてもいた。父親は気だてがよくお人好しで、母親は――アル゠アクサー・モスクの南に位置する、エルサレム近郊のシルワン地区出身で――都会の現代的な方針を採りいれていた。ガズルとアーベドがこれほど頻繁に会えたのも、彼らが寛容だったおかげだ。少なくとも最初のころ、ふたりのひそかな求愛が、政治的な共闘のもとで完全に花開く前は。

一九八七年一二月、アーベドがハイスクールを終えた一年半後に、第一次インティファーダが勃発した。イスラエル国防軍のセミトレーラーがガザ地区でステーションワゴンと衝突して、パレスチナ人労働者四名が死亡したのを受け、一連の自然発生的な抗議活動として始まった。これら抗議活動は、イスラエル国防相が〝鉄の拳〟と呼んだ政策に対する積もり積もった怒りに煽られて広がった。たちまち、占領に反対する最初の組織的な集団蜂起と化し、パレスチナの若者が投石して、装甲車と突撃銃《アサルトライフル》を装備したイスラエル兵に立ち向かう市街戦が、無数に繰り広げられた。あらゆるパレスチナ人にとって――貧しかろうと金持ちであろうと、信仰心がなかろうと厚かろうと、キリスト教徒だろうとイスラム教徒だろうと、難民、定住者、囚人、追放者であろうと――つらい犠牲のときだった。この蜂起を叩き潰そうとするイスラエルの固い決意にだれもが苦しめられ、豊かさと階級差の象徴となるものが避けられた――声高な世俗主義者でさえ、団結を示すためにヒジャーブを身につけた。

町は包囲され、夜間外出禁止令が出され、食糧が枯渇し、職が失われ、学校が閉鎖され、子どもたちが投獄され、夫たちが拷問され、父親たちが殺され、息子たちが手足を切断された——あまりにも多くの骨が折られ、兵士たちが持つ棍棒も折れた。イスラエルの『コル・ハズマン』紙によると、「棒の種類は何度か変更された」「なぜなら、どれも弱すぎて壊れるからで、しまいには鉄製の棒に交換され、それらも曲がると、軟質プラスチックでできた棍棒に替えられた」。六年にわたる蜂起のあいだに、一一〇〇名以上のパレスチナ人がイスラエルの兵士や市民に殺された。加えて一三万名が負傷し、約一二万名が投獄された。当時、イスラエルはひとり当たりの在監者数が世界で最も多かった。

イスラエル軍はパレスチナの大学をすべて閉鎖し、そのせいでアーベドは学位を取得することができなかった。ハイスクールを卒業後、彼は国外で学ぶことを希望していた。親友のオサーマ・ラジャビがソビエト連邦の大学に出願することを提案した。パレスチナ解放機構（PLO）が、同盟関係にある社会主義国家で学ぶための奨学金を提供していたのだ。アーベドはオサーマとともに行きたかったが、まずはパスポートを手に入れる必要があり、それには父親の助けが必要だった。イスラエルは占領下の被統治民にパスポートを発行していない。アーベドの父親は、ヨルダン・ハシェミット王国が西岸地区を治めていたころに発行されたヨルダンのパスポートを所有しており、アーベドもヨルダンでパスポートを入手できる可能性があった。だが、父親は手助けを拒んだ——息子がパレスチナを去って共産主義者になるのは断じて許さない、ときっぱり告げた。オサーマはアーベドなしで出発した。

アナタでも、西岸地区のどこであっても、ＰＬＯのマルクス・レーニン主義分派であるパレスチナ解放民主戦線（ＤＦＬＰ）が労働組合や政治的な組織化活動の先頭に立っていた。そして、これらの活動がインティファーダにつながった。地元のＤＦＬＰの指導者は、アブー・ウィサーム、ほかならぬアーベドの義理の兄だった。彼は機知に富んだ小柄で多弁な知識人で、一九七〇年代にこの団体に加わり、ベイルートで諜報活動、爆薬の知識、派閥のイデオロギーを叩きこまれ、世界の革命やシオニズムについて学んだ。両親に会うためにアナタを訪れたさいに、ＤＦＬＰの一員であるという理由で逮捕され（ＰＬＯの分派はすべてそうだが、ＤＦＬＰは違法な組織とされていた）、一五カ月間の収監中にマルクス主義のおもな教本を読みあさった。彼は釈放後まもなくナヒールと婚約した。ナヒールが一六歳、アーベドが一二歳のときだ。その瞬間から、アブー・ウィサームは革命のためにアーベドに目をつけていた。インティファーダが始まると、このＰＬＯの分派にアーベドを勧誘した。

分派内での自分の地位を引きあげるためだけではなかった。アブー・ウィサームにしてみれば、ＤＦＬＰへの勧誘はアーベドを守る手段でもあった。敵の協力者がはびこるパレスチナは、当然ながら、歴史上外国による占領や植民地支配を受けた社会のなかでも群を抜いて潜入者が多かったが、アブー・ウィサームは、少なくともＤＦＬＰ内ではだれが信用できるかを知っていた。あるとき、ライバル組織であるファタハの若きメンバーが、アメリカ合衆国のおじからだと言って金を配った。くだんのおじはインティファーダを支援したがっており、配った金はシャバーブ〔若い人、青年を意味するアラビア語〕がスニーカーを買うためのもので、このファタハの若者は金を配ることで指導的立場への足がかりを作っている、という話だった。

若き活動家たちはそれぞれ五ヨルダン・ディナールを手渡された。これで新品のナイキを一足買えて、イスラエルの銃弾が飛んできたときに走って逃げやすくなる。アーベドも金を受け取ったが、アブー・ウィサームがそれを知って、すぐさま返却させた。彼にはこれが謀略だとわかっていた。金はイスラエルが出したもので、どのシャバーブが抗議活動に関わっているか、だれが買収されやすいかを見極めるために配られたのだ、と。受け取った少年は、のちにひとり残らず逮捕され、真夜中にイスラエル兵によって自宅から連行された。アブー・ウィサームのおかげで、アーベドは難を逃れた。

アーベドの家族の男はほとんどが、ヤーセル・アラファートの政党、ファタハに所属していたが、アーベドはこの組織に不信感を募らせていた。ファタハはいつも空論ばかり唱えている、と彼は考えた。その指導者たちがほぼあらゆる点で妥協してきたこと、妥協に妥協を重ねて、気づいたらインティファーダ後にイスラエルの法執行者の役割を担うようになっていたことから、不信感が強まったのだ。DFLPはアーベドの心を惹きつけた。アナタ、エルサレム、ヨルダン川西岸地区のほかの地域で、この集団が最も真剣にパレスチナの解放に向けて地元の運動を形成しているように見えた。

オサーマと合流してソビエト連邦で法律を勉強したいというアーベドの望みを、DFLPは支持してくれた。ガズルも同じだ。増えつづけるパレスチナ人政治囚を、アーベドは弁護したかった。オサーマが行ってから、アーベドは毎年、彼とともに学ぶ許しを請うたが、父親は毎年だめだと答えた。

アナタを離れられないアーベドは、建設現場で働きながら、DFLPと、その労働組合である労働者統一連合において地位をどんどん向上させた。抗議活動を組織化し、あらたなメンバーを勧誘し、〈バヤナート〉――薬剤師、医師、弁護士、教師、商店主、地主、地方委員会の行動を統一させるためのインティファーダの定期広報物――を配布し、いつストライキをして、何をボイコットして、どの公職を辞任するべきか、どのイスラエルの命令を無視するべきか、どこで行進して入植地への出入りを邪魔するべきかを指示した。〈バヤナート〉を、いや、なんであれPLOの「プロパガンダ物」を所持することは犯罪行為であり、「政治的な意味合いを持つ素材が掲載された、看板、ポスター、写真、パンフレット等いかなる印刷物」も印刷または公表することがやはり犯罪になった。〈バヤナート〉は秘密裏に制作、配布しなくてはならなかった。そのための手段は頻繁に変更された。イスラエルがチラシ類を、ときにはそれらを印刷する機械をも押収したからだ。アーベドは一度、若きヨーロッパ人女性から〈バヤナート〉を入手した。彼女はそれを車のトランクの裏張りの下に隠して検問所を通り抜けていた。何枚もの大判紙をシャツの下にたくしこんで、アーベドはアナタのスーパーマーケットに歩いて行き、人気《ひとけ》のない通路に入って、それらを床にばらまいた。夜になると、ほかのシャバーブたちと、アナタじゅうの壁面に〝バヤナート〟の文字をスプレー塗料で書いた。

民衆蜂起が始まって数週間経ったある日の午後、ナヒールはダマスカス門で行なわれるDFLPのデモに出かけた。事前に、アリバイを作っておいた。おりしも、アブー・ウィサームとのあいだに子どもをもうける努力をしており、妊娠検査を受けなくてはならなかった。そこでサラディン通りのクリニックに電話して、抗議活動の直前の時刻で予約を入れた。そして検査結果を受け取り、旧市街の壁の外で友人と落ちあって、非合法化されているパレスチナの旗を振りはじめた。イスラエルの治安部隊がすかさず襲いかかってきたが、彼らに捕らえられる前に、友人がナヒールの手から旗を引ったくって通りを走り去った。ナヒールは西エルサレムの拘留所へ連行された。ロシア人居住区にあって、パレスチナ人にはモスコビアと呼ばれている場所だ。パレスチナの旗を掲げたことで、彼女は七カ月以上の収監を言い渡される恐れがあった。だが、捕まったときに旗を持っておらず、しかも、妊娠検査の日時を示して間の悪いときに間の悪い場所にいただけだと主張することができた。おかげで、わずか一〇日牢獄で過ごしただけですんだ。

妊娠検査の結果は陰性だったが、それからほどなく、インティファーダの最初のラマダーンのさなかにナヒールは妊娠した。一九八九年一月、民衆蜂起から一年後、息子が生まれた。赤ん坊が生後二週間のとき、夫のアブー・ウィサームが、ＤＦＬＰで果たしている役割を理由に逮捕された。彼にとってイスラエルの牢に入るのは三度めで、ナヒールと結婚してからは二度めだった。今回は、一年近く収監された。アナタのＤＦＬＰ組織は指導者を失い、アーベドがその役割を受け継いだ。

義兄の収監中、アーベドはかなりの時間を割いて姉のナヒールと幼い息子の手助けをし、ガズルの家の近くにある姉の家に寝泊まりした。当時、ガズルはハイスクールの最終学年を終えるところだった。アーベドはすでにガズルをＤＦＬＰに勧誘しており、このころには、より多くの若い女性を参加させて教育する役目を彼女にまかせていた。ガズルはやり手だった。アブー・ウィサームが投獄されたとき、グループ内の女性活動家は二五人だったが、彼が出獄するころには、ガズルがその数を二倍に増やしていた。

ダヒヤット・ア＝サラームの丘の頂上近くにあるナヒールの家は眺望がきき、おかげでアーベドと友人たちは、イスラエル兵がアナタの町なかを抜けてくるか、反対側のシュアファト難民キャンプからやってくるのを発見しやすかった。しばしばデモが行なわれていたシュアファト難民キャンプは、民衆蜂起が始まったとき他に先駆けて夜間外出禁止令が出されたエルサレム周辺地区のひとつだった。

アーベドたちアナタの住民は、シュアファト難民キャンプの住民をサワアラと呼んでいた。イスラエル近郊の村ベイト・スルの人々という意味で、シオニストたちが一九四八年にイスラエルを建国したときにその村から追い出された人々が、キャンプ最大の家系を構成しているのだ。難民はパレスチナ民族運動の核――運動の創始者、亡命中の指導者、きわめて強力な象徴にして、故郷を返せというパレスチナ人の要望を体現するもの――だったので、口に出して言うのははばかられたが、アーベドはサワアラの一部の人々があまり好きではなかった。彼らが唯一のパレスチナの守護者を気取っていること、どういうわけか、父祖の地に留まった人たちよりもすぐれているかのようにふるまうことに怒っていた。キャンプの難民たちは、パレスチナ人の誤ったイメージ――乞食であり、国連の施しで生活しているというイメージ――を体現していると彼は考えた。しかも、家と家の争いがあるたびに道を封鎖して、みんなの生活の妨げになっている。

シュアファト難民キャンプは麻薬中毒者とその売人の安息地でもあり、イスラエル兵が大麻やより強い薬物をそこで買うさまをアーベドは目にしていた。ほかの場所であったなら、これは単なる社会問題かもしれないが、ことパレスチナでは民族の負債だ。イスラエルはしばしば協力者を獲得するために、罪、とりわけ性的な罪を示す本物あるいは細工をした写真を使って、保守的な家族や隣人にばらすぞと脅していたが、売人や中毒者はイスラエルの囮捜査の情報源であり、したがって民衆蜂起への脅威とみなされていた。アーベドたちシャバーブは、夜な夜な覆面をつけて売人らとの戦いに挑み、イスラエルの協力者になりそうな者たちを通りから一掃しはじめた。

パレスチナ人の内部抗争はインティファーダのとくに苛酷な側面で、人々が認めている以上に蔓延していた。これによって数百人が殺され、数えきれない人数が負傷した。アーベドもそのひとりだ。

DFLPでガズルのよき先輩だったオラ・ジャウニは、エルサレムと北部近郊の村で女性の勧誘および教育を担う大学生で、すべての抗議活動に参加し、上層部にじかに報告する立場だった。アーベドはオラを高く評価していた。彼女は強く賢く、自立していた。美人なうえ、アナタ出身者ではないことから道でじろじろ見られ、地元のファタハのシャバーブの関心を引いて、ガズルほかDFLPの活動家たちに会いに来るたびに野次を飛ばされた。

あるファタハのメンバーが攻撃をしかけてきた。アフマド・サラーマ、アーベドのいとこのひとりだ。彼はアナタの女子学校にやってきて、生徒たちのオラに対する信用を落とそうとした。それから、ガズルたちDFLPの少女の家を訪れては、オラは評判がよくない、娘さんから引き離しておくべきだと両親に告げた。ガズルの父親は、よく一家を訪れていたオラの味方をし、アフマドを家から放り出した。

ある日、オラがサラディィン通りを歩いていると、アフマドとそのファタハの友人数人が、下卑た性的な当てこすりでいやがらせを始めた。「やあ、オラ、おれたちの車で出かけようぜ、きっと楽しめるぞ！」。オラは屈辱を覚えたが、毅然とした態度で最初は言いかえし、その後はつきまとわれても無視した。帰宅後、彼女は兄弟ふたりにいやがらせのことを話した。その夜、彼らは車でアナタにやってきて、アフマドを探し出し、自分たちの正体を明かすことなく、インティファーダがらみで重要な話があると言って、アフマドに同行を求めた。近くのヒズマの村まで車を走らせると、オラの兄弟は正体を明かしてアフマドを痛めつけ、その場に放置した。

負わされた怪我は軽かったが、アフマドは復讐に燃えた。DFLPの連中にさらわれてボコボコにされたと友人や家族に話したが、オラへのいやがらせについても、彼女の兄弟による報復についても黙っていた。おかげでアナタのサラーマ一族の半数が、DFLPの地元の責任者であるアーベドに詰め寄って、なぜ家族への攻撃を命じたのか知りたがった。アーベドは彼らが何を言っているのかさっぱりわからず、DFLPはアフマドに何もしていないと主張した。この件は不問に付された。いや、そうアーベドは告げられた。

数カ月後、アーベドはインティファーダの活動の連携について話すため、エルサレムからDFLPのメンバー三人の訪問を受けた。打合せのあと、エルサレム行きのバスに乗る客人たちと歩いていると、アフマドとその大柄な兄弟のアミーンがどこからともなく現れた。

アフマドはアーベドの客人のひとりを手でつかんで、自分をさらったひとりだと言いがかりをつけた。アーベドはアフマドの腕をぐいと引いて「おれの客に話しかけるな」と告げ、「何か問題があるなら、おれに話せ」と言った。そのころには、人だかりができていた。アーベドは客人たちに早くバスに乗ってここを離れろとうながした。「喧嘩が始まる」と彼は言った。「あなたたちにはなんの関係もない喧嘩だ」

ふり向くと、アフマドとアミーンがそれぞれナイフを取り出していた。三人は乱闘を始め、集まった人たちがあいだに入って争いを止めようとした。そのとき、アーベドは兄のナーエルを目にした。一家のはみ出し者の次男坊だ。彼はシュアファト難民キャンプの薬物の売人たちとつるみ、大麻からヘロインまであらゆる薬物に手を出して中毒者になっていた。盗みをし、嘘をつき、一度も働かず、喧嘩に首を突っこんではほかの家族に迷惑をかけた。サラーマの家に売人や中毒者を連れこみ、そのなかにはイスラエル人もいたことから、警察の家宅捜査を受けて麻薬を探されたりもした。

ナーエルは両親をおおいに悲しませた。ふたりはあらゆることを試したが、しまいに父親は彼を勘当した。ナーエルはわが息子ではない、と言い、話しかけるのを拒んで、家族と食事をともにさせないようにした。母親は彼の部屋に食事を運んだ。この子は病気で助けが必要なのよと言ったが、アーベドは単にいちばんのお気に入りだからそうするのだろうと考えた。父親と同じく、アーベドはナーエルに対する敬意をすっかり失っていた。もはや彼を兄と考えさえしなかった。ナーエルがこんなふうに遠ざけられ、長男のワーエルがもう何年もヨルダンに住んでいることから、責任を担う息子の役割をアーベドが引き受けていた。

バスの停留所で、人だかりのなかから歩み出たナーエルはアミーンと対峙し、かたやアーベドとアフマドは互いに一撃を食らわせた。ふたりとも集まった人々にシャツをつかまれていたが、アーベドはアフマドの顔をしたたかに殴り、その体を地面に倒した。頭がガツンと舗道にぶつかった。

アミーンはというと、ナーエルに獰猛にのしかかって、ナイフを突きたてた。自由の身になったアーベドが止めようと近づいたそのとき、アミーンが大きく手を振りあげて、アーベドの胸郭に深く切りつけ、さらに前腕をばっさりと切った。たちまち傷口から出血しはじめた。血を見るとアミーンは逃げて、ナーエルがそのあとを追った。だれかが救急車を呼び、エルサレムから来た一台の救急車にアーベドとアフマドがともに運ばれた。アフマドは頭部をぶつけたせいで出血していた。

マカセド病院で、ナーエルがアーベドのベッド脇に現れた。「おれは兄さんを守ろうとしたんだ」とアーベドは言った。ナーエルは微笑んだ。「おれが怪我してるように見えるか？」と言い、アミーンのナイフによって穴がいくつもあいたシャツをまくり、無傷なのを示した。そしてアーベドの怪我をまじまじと見つめ、首を振って何かつぶやいた。それから、きびすを返し、「持ちこたえろよ」と言って立ち去った。数秒のちに、アーベドは鋭い金切り声を耳にし、続いて廊下の向こうから叫び声が聞こえた。ナーエルがアフマドの病室に侵入して、医師と看護師数人を押しのけ、「失礼」と言って外科用メスをつかむと、アフマドのあごの骨と耳のつけ根に押し当て、下あごまでさっと切りつけたのだ。アフマドは死ぬまで消えない鎌状の深い傷を顔に負った。彼が悲鳴をあげてスタッフが叫ぶなか、ナーエルはメスを置き、静かに部屋を出て行った。

この争いのあと、サラーマ一族の年配者たちが、アーベドの家とアフマドの家のあいだを取り持ち、スルハ、すなわち伝統的な和解がなされた。双方とも息子がひとり負傷したので、賠償は求めないものとされた。アーベドは出席を拒んだ。自分は悪いことを何もしていない。対するアフマドはオラにいやがらせをし、ＤＦＬＰのメンバーに殴られたと嘘の言いがかりをつけて、理由もなくアーベドを襲った。スルハから自分がはずれることで、アーベドは報復する権利を保った。ところが、ＤＦＬＰの年長者たちに、矛を収めるようにと告げられた。パレスチナ人は仲間内ではなくイスラエル人と戦うべきだ、というのだ。アフマドの家族はオラの兄弟に殴られた賠償金を受け取り、ＤＦＬＰがアーベドの医療費を負担した。

アーベドが退院して自宅に戻ると、ガズルが訪ねてきた。授業をさぼり、丘をくだって会いに来たのだ。アーベドの両親は彼女を迎え入れ、ふたりきりにしてくれた。だが、父親はけっしていい顔をせず、あとからアーベドを叱った。「もしアミーンのようなだれかが、彼女がひとりでここに来るのを見かけていたら、どうする？　もし、そいつが彼女の父親に話したら？　彼女の両親はなんと言うだろうな？」。ガズルは罰されるか、ぶたれるかもしれない。彼女の父親がアーベドに反感を抱くかもしれない。こんなふうに危険を冒すことで、おまえとガズルは一緒に過ごす機会も、祝福されて結婚する機会さえもぶち壊すことになるんだぞ、と。

アーベドは、両親が居間に運び入れたベッドの上で、あばら骨にかかる負担を軽くするために横向きに寝ていた。ガズルはそばの長椅子に座った。具合はどうかと尋ね、それから彼の胸元を指して「ネックレスはどこ？」と言った。アーベドは手を上にやり、それがなくなっていることに気づいた。「ごめん」と言った。「きっと喧嘩の最中になくしたんだ。べつのを買うよ」。ガズルとアーベドは何年もおそろいのシルバーのネックレスを身につけていた。どちらのペンダントトップにも、相手の名前の頭文字をアラビア語から字訳した英文字がついていた。ガズルのものはアーベドの頭文字のアインに対応するAで、アーベドのものはガズルの頭文字のガインに対応するGHだ。アラビア語では、これらふたつの文字はよく似ていて、点がひとつあるかないかだけで区別される。

ガズルはアーベドに知らせることがあった。今回の喧嘩のあと、彼女は自宅のポーチに座って、四人の姉妹とひとりのいとこと話をしていた。アーベドの怪我の程度がまだわかっておらず、彼女は心配でたまらなかった。そこへ、おばのひとりがやってきて、ネックレスを拾ったことを話した。女の子たちはみんな同じ年ごろで、口々にそれが欲しいと言いたてた。「わたしにちょうだい！」「いいえ、わたしに！」「わたしよ！」。だが、ガズルのおばはすでに、だれに渡すべきか決めていた。「これはガズルのよ」と言い、差し出した。おばはおそろいのネックレスのことはまったく知らなかったし、これがアーベドのものだとうすうすとでも感づいていなかった。単純に、GHのネックレスだからガズルが持つべきだと考えたようだ。

「どこで見つけたの？」と、ガズルはおばに尋ねた。

「うちのすぐ下の道よ」

ガズルはそれがだれのものなのかわかった。

そしていま、ポケットからネックレスを引っぱり出し、アーベドのてのひらに載せた。ほんの一瞬、彼女の繊細な指が彼の手を握った。ふたりが触れあったのは、このときだけだった。

II

ＤＦＬＰで担っていた役割のせいで、必然的に、アーベドはイスラエル当局に目をつけられた。一九八九年の秋、インティファーダが始まって二年近く、そしてアブー・ウィサームが収監を言い渡されてから九カ月経ったある夜、兵士たちがアーベドの家にやってきた。彼は目隠しをされ、両手を背中でかたく縛られて、軍用トラックの荷台に放りこまれたが、そこにはほかに六人の政治犯がいて、全員が冷たくて固い車載ベッドに腰かけ、脚を組んで前かがみになっていた。ここで目隠しがはずされた。アーベドはほかの若者たちと顔見知りだった。三人はＤＦＬＰのメンバーで、べつの三人はファタハのメンバーだ。トラックはラマッラーの拘置所をめざし、後方の兵士ふたりがアーベドほか手錠をかけられた政治犯を殴ったり罵ったりして、さらに代わる代わる頭部をめがけて体当たりしてきた。

アーベドとその同志は、ラマッラー刑務所に隣接する大テントに収容された。刑務所は古いテガート要塞で、イギリス委任統治政権に対する一九三六年から三九年にかけてのパレスチナ・アラブ反乱のあいだに建てられた建築物のひとつだ。その設計者にして植民地インドで警察を率いていたサー・チャールズ・テガートにちなんで名づけられ、のちにイスラエルが刑務所および警察署として利用していた。兵士が立ち去ると、ファタハの政治犯たちは、密告者とおぼしき囚人を尋問しはじめた。以前、シャバーブが一斉検挙される前に五ヨルダン・ディナールを手渡していた、例のファタハの若い活動家だ。イスラエルはよく、情報提供者を逮捕することで敵方の疑念を払拭し、刑務所内でも情報を集めつづけられるようにしていた。このファタハの活動家はみんなに殴られて、三五シェケル、およそ四〇ドルと引き換えにイスラエル当局に彼らの名前を漏らしたと告白した。

アーベドはラマッラーのテントからヘブロン県南部ダヒリヤの不衛生な施設に移送され、そこで尋問された。尋問では、イスラエルの防諜機関であるシャバック〔イスラエル公安庁〕の要員たちが、シャビーフと呼ばれるお得意の手法を用いた。囚人の両腕を伸ばす手法で、悪臭を放つ不潔な袋を頭の上に載せ、つま先がかろうじて地面に触れる状態で両手を頭上の導管にくくりつけて、いわば懸垂のような体勢で両脚を引っぱるのだ。丸一日このシャビーフを耐え忍んだ政治犯もいたが、アーベドの拷問は一時間で終わった。イスラエル当局は彼に告白させる必要はなかった。同じ監房の囚人ふたりが、彼が指導者だとすでに密告していたのだ。

パレスチナ人の代理人を務めるイスラエル系ユダヤ人弁護士としてとくに名高いリア・ツェメルを、アーベドは雇った。聡明で、きらめく緑色の目と茶色のショートヘアで小鬼っぽい印象のある彼女は、四四歳の当時すでに、パレスチナ人に基本的公民権を認めない法律および軍令に対して二〇年近くドンキホーテ的な戦いを挑んでいた。彼女がアーベドに説明したところによると、タミール修正――この名称は、イスラエルの元司法相にちなんでつけられた――のもとでは、第三者の供述だけで有罪を宣告される可能性があり、アーベドには反対尋問の権利も、当該人物を法廷に出頭させるよう要求する権利すらもなかった。

尋問のあと、アーベドはラマッラー近郊のオフェル刑務所に移され、それからアナトト基地の拘置所に送られたが、その施設は偶然にも、彼の一族から収用した土地の上に建てられていた。収監者たちはバケツをトイレ代わりに使っていた。アーベドはそこで過ごした二カ月のあいだに、二回しかシャワーを許されなかった。その後、またオフェル刑務所に戻され、裁判にかけられて軍事裁判所で六カ月の刑を言い渡され、ふたたびダヒリヤに送られて、最終的に釈放されたのはネゲヴ砂漠にあるイスラエル最大の刑務所、クツィオットにいるときだった。この刑務所は、インティファーダの最中に一斉検挙されたヨルダン川西岸地区およびガザ地区のパレスチナ人数千人を閉じこめるために建設され、ある時点では全パレスチナ人男性の五〇人にひとりを収監していた。政治的意識の高い囚人たちはここをアンサールⅢと呼んだ。イスラエルがレバノン南部を占領したときに建設したアンサール収容所にちなんだ名前だ。だが、最もよく使われる呼称は、イスラエル人が入植する前からこの地域に用いられていたアラビア語の地名、ナカブだった。

アーベドがナカブに送られたのは冬で、砂漠では夜の気温が氷点下になった。この収容所は密集する百張り以上のテントで構成され、各テントの収容者は二〇人ほどだった。ふた張りから四張りのテントごとに土嚢に囲まれ、有刺鉄線に閉じこめられていた。イスラエル当局としては、派閥ごとに一定の自治を与えて各テントを運営させるほうが、囚人を管理しやすかった。アーベドがいたテント群では、DFLPのためにひと張り、ファタハのためにひと張り、イスラム原理主義者のためにひと張りが与えられていた。あらたに囚人が運びこまれると、派閥の長の前に並ばされ、自分がどの派閥に所属するか宣言させられた。だれもが所属派閥を持っているわけではないので、この瞬間に決断をくだす必要があった。

ひとりの囚人が列の最前部に歩み出て「おれはPLOの人間だ」と宣言するのを、アーベドは目にした。まわりの全員が笑った。「おれたちは、みんなPLOだ」と、派閥の長のひとりが言った。PLOは、イスラム原理主義以外の分派すべてを傘下に持つ統轄組織なのだ。「じゃあ、おれはアブー・アンマールとともにある」と、ヤーセル・アラファートのクンヤ（敬称）を用いて男は宣言した。彼はファタハに入れられた。二カ月後、アーベドはこの男、自分が加わった分派の名称を知らなかった男が、いまや自分のテント群でファタハ教育の責任者になっているのを目にした。やつらはこんなふうに指導者を選ぶのか、とアーベドは思った。

当時、イスラエルの刑務所に収監中のパレスチナ人一万三〇〇〇名のうち、半分近くがナカブにいた。行政拘禁された——つまり、起訴も裁判もなしに収監され、無限に期間を延長される可能性がある——二〇〇〇名以上のパレスチナ人も、大半がそこに含まれていた。ジャーナリスト、弁護士、医師、教師、学生、労働組合員、市民社会のリーダー、非暴力主義者、イスラエルとPLOの対話路線グループ（非合法とされていた）のメンバーなどだ。アーベドとちがって、彼らはたいてい収監の理由を告げられていなかった。

各テントには、それぞれ一日のスケジュールがあった。アーベドがいたDFLPのテントでは、分派の目的、方針、イデオロギーに関して強制参加の講義が行なわれ、シャバックによる尋問をいかに持ちこたえるかを指導された。なかには、弁護士が差し入れた新聞記事を読んだり翻訳したりする収監者もいた。テレビとラジオは禁じられ、多数の本が——シェークスピア、トールキン、トルストイからソルジェニーツィンやイスラエルの憲法にいたるまで——禁制品とされ、収監者はだれひとりとして家族との面会を許されなかった。

テントにはテーブルも椅子もなく、雨が降ると水浸しになった。砂塵嵐の最中ですら、テントのフラップを開けておくよう命じられた。ゴミ箱代わりの樽は毎日あふれ、ひどい悪臭と、蚊やネズミの侵入を招いた。収監者の多くが皮膚病を患っていた。だが、ほんとうの拷問は日暮れにやってきた。毎夜、イスラエル当局の者たちが拡声器のスイッチを入れて、ウンム・クルスームの胸を引き裂くようなバラードを流すのだ。ポピュラー音楽が肌に合わず古い曲ばかり聴いていたアーベドにとっては、彼女はアブドゥル・ハリム・ハーフェズとともにお気に入りの歌手だった。夜ごと、悲壮感漂うウンム・クルスームのさまざまな歌がかけられた。どれもたいそう長かった。最も有名な『Enta Omri（あなたはわたしの命～エンタ・オムリ）』は、一時間近くあった。苦悶する収監者のなかには、ホームシックでベッドに横たわって涙を流す者もいれば、月に一通送ることが許されている手紙をひたすら書く者もいた。アーベドはあえてガズルに手紙を出さずにいた。イスラエル当局はあらゆる郵便物に目を通しているし、入手した情報を彼に対して不利に使うすべを知っている。あるいは、彼女に対して。手紙を書く代わりに、アーベドはテントの外に立って月を見あげ、この瞬間ガズルもこの月を見ているだろうかと考えた。

III

釈放時に、アーベドはあらたな身分証を受け取った。元囚人であることを示す、緑色のＩＤカードだ。ヨルダン川西岸地区住人の一般的なＩＤカードはオレンジ色だが、元収監者は緑色のものを持たされた。持たされる期間は、収監の長さや理由によって変わった。アーベドの場合は六カ月だ。これは、刑期が終了したのちも彼を束縛する効果的な手段となった。検問所では、緑色のカードを見せるたびに追い返された。ときには、手荒なまねをされるか殴打された。アーベドはアナタの外に出るのをあきらめ、六カ月間の延長刑期を甘受した。

　異なる色のＩＤカードの導入は、占領地域のパレスチナ人の動きを規制する新手の手段だった。イスラエルに統治されてからしばらくは、包括的な軍令によって、彼らはヨルダン川西岸地区、ガザ地区、東エルサレム、一九六七年以前のイスラエル領土内を完全に自由に移動することが許されていた。占領地域の全面封鎖がないかぎり、午前一時までに帰宅してさえいれば、ラマッラーで朝食をとって、エルサレムでランチを、さらにはハイファで夕食を楽しむことも可能だった。

インティファーダでそれが変わり、いっそう複雑な規制のシステムが導入された。イスラエルは一九六七年以前の国境線沿いに、そして東エルサレムとヨルダン川西岸地区のあいだにも検問所を設置した。そこを通り抜けられるか否かは、IDカードの色や、占領地域内のどこで生まれたか、いま何歳なのか、性別はどうか、拘留または逮捕されたことがあるかに左右された。

緑色のIDカードは、数年後にちがう意味合いを帯びることとなった。インティファーダで多大な損失を被ったイスラエルは、媒介者に占領地域の統治をまかせるほうが楽だと悟った。そこで、PLOの亡命指導者たちに、パレスチナに戻って占領下都市部の限定的な自治を主導することを許した。住民登録と許可のシステムについてはイスラエルが権限を保持し、だれが占領地域のどこに入って、去って、居住するかを決めたが、新設されたパレスチナ自治政府には、イスラエル当局が承認したIDカードを発行するという象徴的な役割が与えられた。自治政府は、ヨルダン川西岸地区の住人向けカードをオレンジ色から緑色に変更することを決めた。かつて元囚人に与えられた色だ。いかにもふさわしい色だとアーベドは思った。なにしろ、幼い子どもから自治政府の大統領にいたるまで、パレスチナ人は全員が囚人のようなもので、たとえ大統領であっても出入りにはやはりイスラエルの許可を要するのだから。

釈放後にしばらくアナタに閉じこめられたことは、しかし、悪い面ばかりではなかった。アーベドは地域のDFLPの指導者としてまた活動しはじめた。インティファーダはいっそう激しさを増していた。IDカードがオレンジ色に戻って、またエルサレム市内に入れるようになると、アーベドはガズルの父親であるアブー・ハサンのもとで働いた。アブー・ハサンは建設業者として成功し、アナタよりもはるかに儲かる都市部でのイスラエル人のプロジェクトをもっぱら引き受けていた。アーベドは平日はいつも、ガズルの父親と兄のハサンと一緒に過ごした。三人は親密になった。アーベドはアブー・ハサンを〝おじさん〟と呼んだ。親愛と尊敬の念を表す呼称だ。ガズルの弟のひとりも、ときどき彼ら三人とともに働いた。すでに姉の勧誘でDFLPに加わっており、アーベドの生涯にわたる親友になった。

アーベドはイスラエル人、とりわけ入植者のために働くことが好きではなかったが、アブー・ハサンとの関係を強化するために辛抱した。彼らはエルサレムのあちこちに家を建てた。たとえば東エルサレムのピスガット・ゼエヴにも、高所得者向けのカタモン——かつてキリスト教徒のパレスチナ人居住区であり、現在シュアファト難民キャンプにいる人々の一部が住んでいた富裕地域――にも。そして厳格な超正統派のブハリム地区では、イスラエル屈指の著名なラビ、イツハク・カドゥリ――バグダードに生まれ、ユダヤ教神秘主義のカバラの信奉者で、信者の健康と繁栄を約束する護符を配った――のためにシナゴーグを建てた。

アーベドはソビエト連邦のロースクールに行く夢をあきらめていなかった。父親の説得に何度も失敗したあとで、ようやくあらたな方法を試すことにした。父親の友人たちのもとを訪れ、説き伏せてくれと頼んだのだ。「父が認めない理由は、もはや存在しないんです。ぼくはすでに共産主義者ですから」。アーベドの父親は態度を軟化させた。だが、事務手続きを進めている最中に、ソビエト連邦が崩壊した。アーベドはついぞ学位を取得できなかった。

空き時間には、逮捕直前に着手していた平屋の自宅を建てる作業に勤しんだ。彼はここでガズルと家庭を築くつもりだった。敷地は彼女の両親の家から丘を少しのぼった、ダヒヤット・アﾞ=サラームの最上部にある祖父の土地で、東方向に眺望が開けてはるか死海まで見渡せた。この家でふたり一緒に人生を過ごすのは、彼の夢であり、ガズルの夢でもあった。ふたりは長年ひそかに将来の計画を練り、キッチン、居間、寝室をどこにしようかと話した。

この時点で、ふたりがつきあいはじめて七年が経過していた。アーベドは二三歳、ガズルは二一歳で、いまや看護学生だ。ふたりの関係は、少なくともガズルの家族にはいまだ秘密だった。とはいえ、しじゅう一緒に過ごしていたし、見るからに愛しあっていたので、多くの人が感づいていた。何人かがふたりの関係に眉をひそめはじめても、アーベドの両親はほぼ見て見ぬふりをした。ガズルの両親が気づくのも時間の問題だった。彼女の兄のハサンはすでに疑いを募らせていた。ある日、なぜ彼女がAのペンダントトップをつけ、アーベドがGHをつけているのかと妹を問い詰めた。アーベドが何をつけているのか知らないが、自分のネックレスは姉のアビールのものだと、ガズルは答えた。ついにアーベドの父親が、結婚していない娘とこうしたつきあいを続けるのは容認できない、と息子に告げた。「われわれの道徳に反する」と彼は言った。「あの娘と結婚したいのなら、それを許可しよう」

アーベドは求婚することに決めた。ナヒールに話し、すぐさま連れだって、近くにあるガズルの家へ向かった。アーベドはハサンに会ってガズルに結婚を申しこみ、ナヒールは別室でガズルの母親と話をした。ハサンとガズルの母親はふたりに感謝のことばを述べ、この件を家族と相談するので二、三日くれないかと言った。

翌朝早く、建設現場で、アーベドはハサンにどうなったかと尋ねた。ハサンはすでに父親のアブー・ハサンに話したが、父親はガズルの祖父と話す必要があるという。翌日には返事をすると、ハサンは約束した。

偶然にも、アーベドはその日の午後、アブー・ハサンに会った。アーベドは義姉のライラの家の建設計画に携わっていた。彼女はアーベドの長兄、ワーエルの妻だ。アナタ育ちだが、夫のワーエルとふたりの娘とともにヨルダンで数年暮らし、つい最近、帰って来たところだった。じつはアーベドが釈放されて数カ月後に、ワーエルがヨルダンから西岸地区へ渡ろうとしてアレンビー橋で逮捕されていた。実家を訪ねる予定だと聞かされていたライラは、夫からなんの便りもなかったので、アナタの自分の家族に連絡した。だれもワーエルがどこにいるのか知らなかった。そこでアーベドの両親が赤十字国際委員会に照会したところ、国境で逮捕されたことが判明したのだった。

ワーエルが出立する少し前に、アミ・ポッパーという名前の元イスラエル兵士が朝早く目覚め、兄の軍用パンツを身につけ、兄のガリル歩兵用小銃を手にとって、イスラエルの都市リション・レツィヨンのバス停に徒歩で向かった。そこでは、ガザ地区からの労働者がイスラエル人の雇い主の迎えを待っていた。ポッパーは役人のふりをして労働者たちにIDカードを見せろと言い、一列に並んで膝をつくよう命じた。ガザ地区のナンバープレートをつけた車が近づいてくると、停車して乗員もろとも外に出ろと運転手に告げた。それから発砲を開始し、七名を虐殺、一一名に重傷を負わせた。

ワーエルはこの事件に激高した。ファタハの連絡員に会って、この殺戮に報復するために、併合された東エルサレムにある標的を、すなわちシェイク・ジャラー地区のイスラエル合同庁舎内のイスラエル警察本部を攻撃しようと提案した。計画では、ワーエルが国境を越えてアナタに戻り、隠し場所から爆発物を取り出して、それら爆発物を載せた車両を警察本部の前に停め、遠隔操作で起爆することになっていた。大量虐殺の九日後、アレンビー橋にさしかかったワーエルは、容疑を告げられることなく逮捕された。

小部屋で数時間待たされたのちに、モスコビア拘置所へ運ばれ、翌日、ラマッラーに移送された。そこでようやく、ひとりの役人の前に連行された。「ようこそ、イスラエルに仇なす人よ」とアラビア語でその役人が言った。「お迎えできて、光栄だ」。一一日間の尋問のあいだ、ワーエルはシャバックの要員たちに、なぜアナタに戻ろうとしたのかとしつこく尋ねられた。ワーエルは自分の主張を固持した。来たるべきハッジ――メッカへの毎年恒例の巡礼――に連れていくために、母親と父親を迎えに行ったというものだ。尋問者たちは彼を壁に叩きつけ、乱暴に揺さぶり、妻を逮捕すると脅したが、容疑についてはけっして明確にしなかった。もし告白しないなら、一五年から二〇年の牢獄入りになるぞ、と彼らは言った。

一一日後、ワーエルはもうひとりの収監者とともにあらたな監房へ連れていかれた。そこにいる囚人はすべてファタハの人間で、ワーエルともうひとりに挨拶し、食べ物を与え、シャワーを指し示した。逮捕されてから、ワーエルは沐浴をしていなかった。監房にはパレスチナ革命に関する本がたくさんあり、同志に囲まれて、彼は安堵の気持ちを覚えた。日没時の祈りのあと、ふさふさしたあごひげの囚人が、われわれはみんな兄弟であり、なんであれ必要な物は提供すると言った。面会の日に、ひそかに手紙を持ち出してやることもできる、と。

ワーエルは逮捕されてからずっと、隠してある爆発物をだれかが見つけて怪我するのではないかと不安だった。そこで、ファタハの軍指導部に危険を知らせる手紙を書き、あごひげの囚人に渡した。翌朝、また尋問に連れ出されたとき、ワーエルは騙されたと悟った。監房にいた全員がアスフール——鳥を意味するアラビア語で、監房内の敵方協力者を指すスラング——だったのだ。イスラエルはいまや、彼に対する容疑を手に入れた。

ワーエルは八年間の投獄を言い渡された。ライラはふたりの娘を連れてアナタに戻り、両親のもとで暮らした。アーベドの家のすぐ近くだ。アーベドの家族も子育てを手伝った。ワーエルが投獄されたとき、上の娘はわずか三歳だった。アーベドは幼い姪たちを溺愛して、プレゼントを買い与え、エルサレムの遊園地や旧市街へたびたび連れ出した。兄が晴れて釈放されたときに向けて、アーベドと兄弟たちはワーエル一家に家を建てようと計画した。アーベドがガズルに求婚したころには、実現の目処がつき、サラーマ家は建築業者を雇おうとしていた。ライラとアーベドは、その件についてガズルのおじに話す段取りをつけた。この町で家をたくさん建ててきた人物だからだ。アブー・ハサンとちがって、彼はもっぱらパレスチナ人向けの仕事をしていた。

　ライラは赤い小型のフィアットにアーベドを乗せて丘をのぼり、ガズル一家の隣に住む彼女のおじのもとを訪れた。その家に近づくと、ガズルが二階のバルコニーにいるのが見えた。アーベドはぱっと顔を輝かせた。ライラが車を降りながら、自分はアブー・ハサンのいとこだからアーベドの求婚にどんな返事をするつもりか尋ねてあげてもいいと言った。一家と親しいから、アーベドのために口添えすることもできる、と。ライラはお節介焼きとして知られていたので、彼はその申し出を退け、どうかこの件には立ち入らないでほしいと頼んだ――どのみち、二、三日じゅうに返事をくれることになっているのだ。ライラは承知した。

　家にはガズルのおじと、隣人ひとり、そしてアブー・ハサンがいた。ライラは彼らを残して、隣室の女性たちに加わった。男たちは建築計画について話しあい、ガズルのおじはアーベドに見積もりを出すと約束した。それからアブー・ハサンがウドゥ――祈りの前に顔、腕、頭、足を洗う浄めの行為――のためにしばらく中座し、やがてアーベドはライラとふたりきりになった。

　車に戻る途中、ガズルがバルコニーからふたりを見おろしているとき、ライラはウドゥのために部屋を出たアブー・ハサンと話をしたと打ちあけた。アーベドはむっとして、この件に立ち入らないと約束したではないかと言った。そのつもりはなかったと彼女は答えた。アブー・ハサンのほうから、会話を始めたのだ、と。

「で」と、アーベドはとげとげしく尋ねた。「彼は、なんと?」

どことなく引っかかりのある気遣いを見せながら、ライラはやりとりを再現した。「アーベドはいいやつだ」と、ガズルの父親は言ったという。「働き者だ。頑丈で、愛想がよく、愉快だ。あいつのことはよく知っている。だが、ひとつだけ受けいれられない点がある。サラーマ家の人間ということだ」。アーベドはショックと痛みを覚えた。

「ほんとうに? 彼はそう言ったのか?」

「ええ」ライラは甘ったるい同情を込めて言った。「そうよ」

激しい屈辱に、アーベドは目の前が真っ暗になった。まさにライラが見たがっている反応だとうすうすわかってはいたが、怒りを抑えることができなかった。

「求婚を撤回すると、彼に言ってくれ!」と、まだ外のバルコニーにいるガズルのほうに顔を向けて、つけ加えた。「ガズルはおれにとって妹みたいなものだ、だから結婚はできない」。その声がガズルに聞こえたかどうかはわからなかった。

翌日、建設現場で、アーベドはハサンとアブー・ハサンを避けた。午前も午後もずっと、ふたりがこちらのようすをうかがい、近くをうろついて、話すきっかけを探しているのを感じた。だが、どちらかが近づくたびに、彼は目をそらしてその場を離れた。求婚については、ひとことも言及されなかった。仕事を終えると、アーベドはガズルからも距離を取った。電話も訪問もせず、ことづけもしなかった。ガズルとはそれまで毎日午後に会っていたのに、なんの接触もなしに数日が過ぎた。友人や親戚たちから、彼女がひどく動揺していると聞かされた。それから、彼女の姉がアーベドの兄を通じてメッセージを伝えてきた。ガズルはどうしても彼に会わないといけない、それも、できるだけ早く、と。

ふたりはクファル・アカブの近くにあるガズルの看護学校で会うことに取り決めた。キャンパスで話をするのだろうと彼は考えていたが、ガズルはバスに乗って東エルサレムのダウンタウンに行こうと主張した。そうしたほうがプライバシーを保ちやすいから。その日はストライキがあり――インティファーダの五年めに入ったこの時点でもなお、ストライキはしじゅう行なわれていた――カフェもレストランもすべて閉店中だった。ふたりはダマスカス門の近くでバスを降り、東エルサレムのYMCAまで歩いた。アメリカ領事館が所有する古い石造りの邸宅の隣だ。庭に面したYMCAの外階段に、ふたりで座った。

「あなた、どうしたの？　何があったの？」ガズルが尋ねた。「男の人は求婚したら、また訪ねてきて答えを求めるものよ」

「すまない、だが、ぼくたちは続けられない」とアーベドは言った。「きみのおとうさんは、サラーマ家の人間が好きじゃない。ぼくたちとつきあうのを恥だと考えている」吐き捨てるように、そう告げた。「ぼくは恥だなんて思わない。サラーマ家の一員であることを誇りに感じてる」。口をつぐみ、曲がりくねったヤシとイトスギの並木道を眺めながら、ふたりで建てようと計画した家のことを、次にアブー・ハサンの侮辱のことを考えた。

「ガズル、きみはぼくにとって妹みたいなものだ。きみと結婚はできない」

ガゼルは泣きはじめ、それから叫んだ。「わたしには理解できない」彼の目を探るように見て言った。「わたしには理解できない」

アナタに戻るバスでは、離れて座った。自分たちふたりの知り合いが、あまりに多く乗っていた。ガズルがダマスカス門からダヒヤット・ア＝サラームの停留所で降りるまでずっと泣きつづけるのを、アーベドはひたすら見つめていた。

IV

アーベドはくずおれそうな気分だった。将来の夢が潰えたのだ。バスを降りて通りをさまよった。ガズルの涙と取り乱したようすに動揺し、どうしていいのかわからなかった。こんなとき、いちばん会いたい相手はナヒールだ。姉の家まで歩いて、あがり段に腰をおろした。バルコニーにガズルがいて、手すりに身をかがめ、両腕に頭をうずめている。ふたりは互いに知らないふりをした。

ナヒールとアブー・ウィサームが、あがり段のアーベドのそばに座った。これほど哀れな姿を、ふたりは見たことがなかった。ナヒールは慰めようとして、だれかほかの人、もっといい人が見つかるわと言った。家のなかに入り、やかんを火にかけてから、アーベドと同じ年ごろの娘の写真を持って外に出た。それを手渡しながら、だれなのかわかるかと尋ねた。アーベドは一度も会ったことがないと言った。

「あなたのいとこよ」と、ナヒールは言った。

「だれのいとこ?」

「あなたの! アブー・ウィサームの兄弟の娘なの。見覚えはない?」

アーベドはそのスナップ写真をまじまじと見た。だからといって、とくに関心を抱いたわけではない。みじめすぎてどうでもよかったし、その若い女性が美しく、小柄で、淡褐色の肌と大きな目をしていることに目を留めさえしなかった。彼女がサラーマ家の一員であることも、たいして意味はなかった。実を言うと、彼女はガズルの母方のいとこでもあった。親切で、礼儀正しく、いい娘よ、とナヒールは言った。名前はアスマハーン。「よかったら、いますぐにでも婚約のお膳立てをしてあげる」

アーベドはアブー・ハサンに腹を立てると同時に、自分自身にも腹を立てていた。ハムダン家の娘、サラーマ家を軽蔑している男の娘に恋をしただなんて。自分の父も、かつて同じ過ちを犯した。アーベドはアブー・ハサンを罰し、ガズルも、そして自分自身をも罰したかった。激しい苦悶にさいなまれ、心を静めることも、思考をはっきりさせることもできない。恋に破れた娘がバルコニーにいる光景を頭から消し、悲しみをぬぐい去って、逃げ出したかった。姉がその逃げ道を提供してくれている。人生を変える提案を示されたのに、彼はろくに考えもせず、いいよ、と答えた。

アブー・ウィサームが、兄弟のところへ行ってアーベドがこれから求婚することを話す、と申し出てくれた。彼はナヒールに、アーベドを実家に連れていくようにと指示した。アーベドの父親は無表情で話を聞き、祝いのことばを口にしなかった。「ガズルはどうしたんだ？」と尋ねた。アーベドは父親をアブー・ハサンとの諍いに巻きこみたくなかったので、なぜ心変わりをしたのか言わなかった。もうガズルはいらないのだと答えた。

父親は念を押した。「おまえは彼女の家を訪ねて、家族に打診したんだぞ」。七年間恋仲だった娘を見捨ててはならないとアーベドを諭すようなことばは、だれのものにせよ、これだけだった。だれひとりとして、軽はずみなことをするなと諫めなかった。だれひとりとして、二、三日待てと忠告しなかった。

「もうおしまい、ハラースだ」。すでに終わったことだとアーベドは言った。「彼女はいらない」

父親はじっと黙っていた。しばらくして、こう告げた。「好きにしろ、おまえの人生だ」

アーベドとナヒールは、両親と連れだってダヒヤット・ア＝サラームのアスマハーンの家族に会いに行った。先に訪れていたアブー・ウィサームが彼女の父親に話をし、同意を得ていた。アーベドは居間で、自分の両親とアブー・ウィサーム、それからアスマハーンの父親、兄弟たち、おじ、一家の親しい隣人ひとりと一緒にいた。女性たち——アスマハーンとその母親、姉妹たち、ナヒール——は隣室にいた。

慣習にのっとって、アーベドの父親が求婚し、アスマハーンの父親が謹んでそれを受けた。ふたつの部屋で、全員そろってファーティハ、すなわちクルアーン（コーラン）の最初の章にある七つの祈りを唱えた。ナヒールがアーベドに写真を見せてからこのときまで、二時間も経っていなかった。

　翌日、アーベドは自分の父親とアスマハーンの母親とともに、旧市街の聖墳墓教会近くにある金細工の市場に出かけ、自分には銀の指輪を、アスマハーンには金の指輪ほか宝飾品をいくつか買った。両家はほどなくアスマハーンの家で婚約披露の宴を開き、百人以上が出席した。女たちは居間でダンスをし、前庭では男たちがプラスチック製の椅子に座って談笑した。招待客が全員やってくると、アーベドの父親が立ちあがり、一家を代表して求婚を宣言した。「わたしたちはここに、あなたの娘とうちの息子を結婚させてくださいとお願いしにまいりました」。アスマハーンの父親が承諾すると、男たちは顔の前で両手をカップ状にして下を向き、ファーティハを唱えた。それからアーベドを祝福し、女たちは居間でうれし涙を流して歓声をあげた。アーベドはその場にいる男たち全員と握手し、甘いお菓子《バクラヴァ》とコーラ入りのグラスが参列者に回された。

　アスマハーンの父親がアーベドを屋内に連れて入った。ふたりはおとなの女性と娘たち——姉妹、いとこ、母親、おば、祖母、隣人たち総勢およそ五〇人——の前を通り、椅子がふたつ置かれたテーブルの前で足を止めた。アスマハーンがピンクのガウンを着てテーブルに立っていた。その髪の毛が華やかにアレンジされている。アーベドは黒いスーツ姿でテーブルの上にあがり、彼女と並んで立った。アーベドの姉妹のひとりが金の指輪とネックレス、イヤリング、時計が入った箱を差し出した。いまからアーベドが、婚約者につけてやるのだ。彼女はお返しとしてアーベドに銀の指輪をつけ、ふたりはテーブルの上の椅子に腰をおろして、女たちがそのまわりでダンスすることになっていた。

アスマハーンの指に金の指輪をはめた瞬間、アーベドは騒々しい音を耳にしたが、何十人もの女たちに見つめられ、緊張しすぎて、音の出どころを探ることができなかった。それはガズルだった。目から涙をあふれさせて部屋から走り出て、そのあとをふたりのいとこが追った。部屋の扉がばたんと閉じた。アーベドは立ち去る彼女を目にしなかった——彼女がここにいることすら知らなかった。知っていたら、追いかけていたかもしれない。もし、ガズルが家に残っていたら、まだアーベドを気にかけているのだと親戚に思われてしまう。彼女はやむなく出席して、つとめて無関心を装おうとしていた。なのに、すべての女性の前で醜態を演じるはめになった。アーベドが部屋に入ってくるとひどく動揺し、彼がテーブルの上に立ったときに、いとこたちから、だれにも悲しみを見せちゃだめよとささやかれた。一瞬ののちにアーベドがアスマハーンに指輪をはめ、ガズルは儀式の場から逃げ出した。

彼女は数週間後に婚約した。隣に住むファタハの若者の求婚を受けいれたのだ。かつてアーベドに宛てた手紙の一通で、アナタの全住人のなかでこの男がいちばん嫌いだとガズルは書いていた。友人のフルードが、アーベドにもう一度機会を与えなさいと彼女に言った。まだ遅くはない。アーベドは婚約しただけで、結婚してはいない。まだ戻ってくるかもしれない。こんなに長くつきあってきたのだから、望みを失ってはだめだ。いま彼女に求婚している男は——頭がよくて学があり、数学の教師をしているが——あなたが結婚したい人ではない、お似合いとは言えない、と。

　フルードの兄はアーベドの友人だったが、ガズルが次のような返事をしたと語っている。隣人の求婚を受けたのは、相手の人柄ではなく、知性が理由だ。いずれにせよ、アーベドはもう婚約したのだから、彼のもとには戻れない。妹みたいなものだと、彼には言われた。ハラース、もう終わったことだ。

　長い歳月のあいだに、アーベドは幾度となく、すべては大きくちがっていたかもしれないと考えた。もし、ガズルがフルードのことばに耳を傾けていたなら。もし、だれかが自分に同じ忠告をしてくれていたなら。婚約の解消はスキャンダルにはならない。しょっちゅうあることだ。自分とガズルがよりを戻した場合、だれもが理解を示してくれただろう。アスマハーンとその両親ですら、自分たちふたりの関係を知っていた。ナヒールにも責任がある、とアーベドは考えた。彼女はアスマハーンの写真を見せるべきではなかった、ほかの娘のことを話すべきではなかった。あのとき、相手がだれであっても自分は結婚を承知したたろう。傷ついて弱っているところにつけこまれたのだ。

二〇年経って――ガズルが子どもたちをもうけ、アーベドとハイファも息子をふたりももうけたあとに――ようやく、アーベドは責めるべき相手がだれなのかを知った。アナタの鉄工所の建物の外で、アブー・ハサンとコーヒーを飲みながら、彼の昔話を聞いていたときのことだ。決めのせりふで、アブー・ハサンが顔をほころばせた。アーベドはその笑みが大好きだった。

「おじさん」と彼は言った。「ずっと心を悩ませていたことを尋ねてもいいかな。ぼくがガズルに求婚したときのことを覚えている？」

「ああ、おまえはそのあと訪ねてこなかった」

「その理由を話したいんだ」。アーベドはライラに言われたことを話した。

アブー・ハサンは憤然と椅子から立ちあがった。「わたしが、そう言っただと？　そんなことは一度も言っていない！　すぐにライラのところへ行く！」

アーベドは驚かなかった。ライラが嘘をついたのではないかと疑っていたからだ。アブー・ハサンに確かめたいま、彼は激しい後悔の念に襲われた。プライドのせいで、自分の人生もガズルの人生も大きく変えてしまった。彼女の父親に歩み寄ってさえいたら、自分はガズルと一緒になっていたのに。アーベドはアブー・ハサンをなだめ、もう過ぎたことだと言った。縁がなかったのだ、と。

アーベドとアスマハーンは婚約の一年後に結婚した。婚約はアーベドが先だったのに、ガズルのほうが彼より前に結婚式を挙げていた。ふたりはアナタでたびたび顔を合わせたが、どちらもけっして話しかけなかった。ガズルはアーベドのそばを通るとき、顔を赤らめた。頬があまりに紅潮するので、彼女が車で通りすぎるときですら、彼には色の変化が見えた。こちらにまっすぐ目を向けられたとき、アーベドは彼女の悲しげな瞳に批難の色を見た。別れからずいぶん経っても、それぞれ家庭を築いてからずいぶん経っても、咎めるような表情はまだそこにあった。彼女にこんな人生を送らせているのは自分だ。ふたりで計画した人生をぶち壊したのは自分なのだ。

V

アーベドとガズルがそれぞれ結婚したのは一九九三年、イスラエルとＰＬＯがオスロ合意に署名した年だった。この署名でインティファーダが沈静化し、パレスチナ自治政府、いわゆる〝スルタ〟が設立され、最も人口が多い地域であるガザ地区とヨルダン川西岸地区で限定的な自治権を付与された。

ガズルとその夫は、ラマッラーにあるスルタの教育省に雇用された。ある年の二学期の終わりごろ、アーベドが彼女のオフィスを訪れた。彼の甥がハイスクールの卒業と最終試験であるタウジヒの受験を予定していたが、ヨルダンで脳腫瘍の手術を受けたばかりで、手術は成功したものの視力がひどく弱まっていた。いずれは回復するはずだと医師たちは考えているが、いまは、よく見えないせいでタウジヒを終えられそうにない。そこで、アーベドは姉から、特別試験を受けられないか問いあわせてほしいと頼まれたのだ。アーベドはラマッラーに赴き、時計塔広場の公衆電話から教育省に電話した。交換手が学校保健局の番号を教えてくれた。そこへかけると、なじみのある声が聞こえた。

「こんにちは《マルハバ》」と女性が言った。

アーベドは答えなかった。

「こんにちは《アハラン》」と女性がまた言った。

「待ってくれ」とアーベドは答えた。「きみを知っている」

「そちらは、どなたですか?」彼女が尋ねた。

アーベドは口ごもった。「ガズルか?」

「ええ」ゆっくりと言って、ようやく彼女も気がついた。「ああ、アーベドなのね」。ふたりはYMCAの階段で話したあの日からことばを交わしていなかった。

「ぼくの甥のことで話をする必要があるんだ。きみのオフィスはどこ?」

数分後、アーベドはたどり着いた。受付がガズルの部署のほうを指し示した。部屋のひとつは無人で、ふたつめには男がひとり座っていた。ガズルはお手洗いに行っている、とその男が言った。すぐに戻ってくるはずだ。アーベドはやむなく待った。

姿を現したとき、ガズルの目は腫れぼったく赤かった。明らかに、泣いていたのだ。べつの職員がオフィスに入ってきて、張りつめた空気とぎこちない堅苦しさがいっそう増した。アーベドはガズルの手を煩わせて申し訳ないと謝ってから、甥の状況を説明した。自分がいるせいで彼女が苦痛を覚えているのがわかる。最初はことばを詰まらせていたし、その後も明らかにたどたどしかった。それでも、その少年を助けるために最善を尽くすと約束してくれた。アーベドは不快な思いをさせて悪かったと後悔した。自分にとっても、再会がこれほどつらいとは思っていなかった。大急ぎで話を終わらせて、礼を言い、たぶん自分はもうここを訪れることはできないと言った。今後はあの子の両親と話してもらえないか。

気づいたら、アーベドはしじゅう彼女のことを考えていた。彼が心ここにあらずなことは、アスマハーンを含め、周囲のみんなにも一目瞭然だった。とはいえ、彼は妻を愛していないわけではない。妻は美しく、親切で、気が利き、料理上手で、結婚後一年半で生まれた娘のマノーリア、愛称ルゥルゥの愛情深い母親だった。彼の母親や姉妹もアスマハーンをとても気に入っている。彼女たちに言わせると、理想的な妻なのだ。だが、いかに家族に褒めたたえられようと、何かが足りなかった。よき母親、よき料理人以上のもの、美しさ以上のものが、彼は欲しかった。アスマハーンは妻であり、よき連れ合いだ。恋人でも、パートナーでもない。

なんだか、父親の失敗を受け継いだ気がした。父親も心から愛する人を失って、結果的に、同じようには愛することができない女性と一緒になった。自分と同じく結婚生活にじゅうぶん満足しているが、心が満たされていない。アーベドはいつも、両親は対極にあると考えていた。父親は性格的に強く、母親は同じくらい弱い。彼とアスマハーンの関係も同様だった。彼女はごく簡単なことでも決断をくだせない。アーベドが何を尋ねようと、答えはいつも〝あなたのいいように〟の変形版だった。ガズルが相手だったら、どんなにちがっていたことだろう。

アスマハーンに非はひとつもないのだ、とアーベドは自分に言い聞かせた。彼女を選んだのは自分であり、その逆ではない。彼女には敵意がなく、それどころかガズルに対するアーベドの思いに同情的ですらある。この件について、ふたりは率直に話をしていた。だれかがガズルの名前を口にしたら、アーベドの頭がそちらに向く。アーベドの両親や兄弟姉妹は恋愛小説を話題にしたり、ロマンチックな映画を観たりするとき、彼のようすを探るように見る。アスマハーンもそうだ。「いつか、あなたがガズルよりわたしを愛する日が来るよう願っています」あるとき、彼女はそう告げた。とげとげしさはかけらもなく、真剣な表情で。

アーベドは罪悪感にさいなまれた。彼女はこんなふうに扱われてしかるべきではない、夫に逃げ出したいと思われてしかるべきではない。彼は可能なかぎり家の外で過ごすようになった。建設業での仕事を辞め、仕事をふたつ持った。ひとつは、イスラエルの電話会社、ベゼックの仕事。もうひとつは、食堂のビワの木にちなんで店名がつけられたシェイク・ジャラー地区のレストラン〈アスカディンヤ〉のコックの仕事だ。アーベドは午後までベゼックで働き、ダヒヤット・ア＝サラームやシュアファト難民キャンプからオリーブ山や旧市街にいたるまで東エルサレムじゅうの電話線をなおす修理工を監督した。それから帰宅して手早くシャワーを浴び、着替えをして、レストランに出勤する。

真夜中過ぎまで、アーベドは帰宅しなかった。シフトが終わると、〈アスカディンヤ〉の料理長を務めている友人のミドハトと出歩いた。アーベドに料理を教えたのはミドハトで、わずか数カ月で彼を皿洗いからシェフの補佐役《スーシェフ》に引きあげてくれたのだ。ふたりはタイレト——イスラエルがジャバル・ムカベル地区から接収した土地に設けた遊歩道——を歩いて、冷たい夜の空気を吸い、金色の岩のドームが中央できらめく旧市街の景観を眺めた。あるいは、ダマスカス門近くのムスララ地区に行き、焼きたてのリング状ごまパン、カアクを買って〈アスカディンヤ〉のスタッフのために持ち帰った。アーベドがどれほど遅くまで出かけていようと、アスマハーンは夕食を作って待っていた。一緒に過ごせるのは夕食の時間だけなのだ。それさえも、ときおりアーベドがミドハトを連れてきて台無しにしたが、アスマハーンはあくまで愛想よくふたりにマクルーバやムサッハンやマンサフといった手料理をふるまった。彼女にとってひどくみじめな生活だと、アーベドも認識していた。彼女は静かに耐え忍び、めったに不満を口にしなかった。

ふたりめの娘のファーティマ、愛称フゥフゥが生まれたあと、アーベドはもうひとり妻を迎えることを考えはじめた。東エルサレムの家庭裁判所の管轄内でまだ効力のあるヨルダンの法律によれば、彼は四人の妻を持つことが許される。彼の世代、いや父親の世代でもだれひとりとしてふたり以上の妻をめとっていないので、そんなことをしたら、まちがいなくアナタの女性たちから激しい反対、悪くすれば村八分の憂き目にあわされるだろう。彼女たちは自分の夫や息子たちが彼に追随するのを望まないだろうから。アーベドはそれでも喜んで代償を払うつもりだった。とにかく変化が欲しくてたまらなかった。アスマハーンとの結婚は、ガズルの人生だけでなく、自分とアスマハーンの人生をもめちゃくちゃにした。自分はこの過ちの罰を受けて当然だろうが、それでも終身刑はあんまりだ、と彼は自己正当化した。

離婚は考えていなかった。アスマハーンに正当な扱いを、少なくとも現況下で可能なかぎりの正当な扱いをしてやりたい。離婚したら、彼女を実家に帰して両親の支配下で暮らさせるか、彼女が再婚した場合は子どもたちから引き離すことになる。彼女を扶養しつづけて、娘たちと自宅でこのまま生活させておき、新しい妻をダヒヤット・ア＝サラームの家に連れていく、というのが彼の計画だった。週に三夜をアスマハーンと過ごし、ふたりめの妻とは四夜を過ごす。アスマハーンは快く思わないだろうが、いまだってみじめなのだ。自分たちふたりとも。

アーベドは二度めの結婚のことをあちこちで話した。アスマハーンの両親の前で持ち出したところ、冗談だと思われた。アスマハーン本人に提案してみた。どうやら、彼女はアナタの年配女性の処世訓を指針にしているらしかった。〝大勢の子どもをもうけなさい、そうすれば夫はけっして離れないから〟というものだ。結婚三年半で、彼女はちょうど三人めの娘を産んだところだった。アーベドはひと息つきたいと言った。自分は仕事ふたつをかけ持ちし、家には新生児とよちよち歩きの幼子と小さな子どもがいるのだから。ところが、その一年後、彼女は病院から電話で、また妊娠したと報告してきた。〈アスカディンヤ〉で受話器を置き、猛然と厨房を突っ切ったアーベドは、ミドハトから何があったのかと尋ねられ、「きっと信じてもらえないだろうよ」と答えた。「あの女は、こっちがくしゃみしただけで妊娠するんだ」

このころには、アーベドは仕事上の問題に直面していた。ベゼックは、パレスチナ西岸地区の緑色のＩＤカードを持つパレスチナ人労働者の多くを解雇していた。アーベドはそつなく仕事をこなし、上司たちに重宝されてはいたが、安定しているとは言えない境遇だった。ただでさえ緑色のＩＤカードの保持者という好ましくない立場なうえに、西岸地区の退役指揮官が経営するこのイスラエル国営企業の観点からすれば、およそ模範的な従業員とは言いがたかった。彼はベゼックのエルサレム本部があるギバ・シャウルのことを、パレスチナ人の同僚といるときはいつもデイル・ヤシーンと呼んでいた。これは本部が建設された村のパレスチナ名で、一九四八年にシオニストの民兵組織によって悪名高き大虐殺が行なわれた場所だ。アーベドの配下の労働者たちも、全員が同じ呼称を使っていた。アーベドはさらに、シェイク・ジャラー地区の入植者の家で作業するよう依頼されたときは断っていた。

アーベドをはじめ緑色のIDカードを持つ従業員がさらされていた脅威は、実のところ、パレスチナ人をエルサレム大都市圏から切り離すという大きな過程の一環だった。オスロ合意は五年間の暫定的なもので、その間《かん》に、エルサレムの帰属を含むあらゆる主要問題について交渉を終えることになっていた。それらの交渉に先立ち、イスラエルはエルサレムに対するパレスチナ人の権利をなんとしても弱めようとした——彼らの数を減らして、ユダヤ人入植地を増やし、東エルサレムのイスラエル併合を反駁の余地のない事実にしようとした。パレスチナ人の建物の建設は許可されず、家々は解体され、緑色のIDカードの保持者は立ち退かされ、さらに多くの検問所が矢継ぎ早に設けられ、エルサレムへの立ち入りはとくに制限された。エルサレム併合地域の住人で青色のIDカードを持っていた——移動の自由が大幅に認められていた——数千人のパレスチナ人も、在住許可を取り消された。

アーベドの兄弟のナビールは、ダヒヤット・アル＝サラーム在住で青色のIDカードを持っている女性と結婚した。ナビール本人は緑色のIDカードを持ち、エルサレム併合地域に住むことは許されなかった。そこで、この夫婦はアナタに住んだ。だが、ナビールの妻がエルサレムの居住権と青色のＩＤカードを今後も保持するためには、ダヒヤット・アル＝サラームのアパートメントを維持しなくてはならない。イスラエル当局は定期的に視察官を送って、彼女がほんとうにそこに住んでいるかを確認していた。視察官の車両は地域内でよく知られており、それを見かけた住民が大急ぎで警告をよこしてくれた。連絡を受けるとすぐ、ナビールの妻はアパートメントに駆けつけた。道の少し先で夫と暮らしている罪で、彼女はほかの家族や生まれ育った都市から切り離されかねない状況なのだ。

イスラエルがパレスチナ人をエルサレムから分離する過程のなかで、アーベドの友人のミドハトは〈アスカディンヤ〉を去るはめになった。ヨルダン籍のパレスチナ人だったせいで、緑色のＩＤカードすら持っておらず、強化されたイスラエルの監視体制をもはや逃れられなかったのだ。彼はラマッラーのホテルでシェフとして働き、そのホテルでアメリカ総領事に縁故のある人物と出会って、なんとかアメリカへの入国ビザを手に入れた。そしてアメリカに渡り、小規模事業の経営者として成功して、二度とうしろをふり返らなかった。

エルサレムで完全な居住権を保持して追い出される恐れがない唯一のパレスチナ人は、イスラエル市民権を持つ人々だ。彼らは国外で学ぶあいだも、配偶者とともにアナタやベツレヘムといった近隣都市に引っ越したのちも、市民権を失う心配がなかった。アナタの大勢の男たちが、通称四八年パレスチナ人——一九四八年の建国宣言によってイスラエルに編入されたパレスチナ地域に留まっている人々——と結婚することを口にしはじめた。アーベドのベゼックの同僚たちは、それによって職を維持できる、あるいは取りもどせることを期待した。当時、四八年パレスチナ人の配偶者は永住権や市民権をいとも簡単に手に入れられたからだ——二年後には、イスラエルによってほぼ不可能にされたのではあるが。アーベドのベドウィンの友人のひとりは、イスラエル市民権を持つふたりめの妻をめとったばかりだった。この友人は北部の四八年パレスチナ人の家族を大勢知っていて、アーベドがふたりめの妻を見つける手伝いをしてあげようと申し出た。たとえその結婚がうまくいかなかったとしても、とにかく青色のＩＤカードを手に入れることはできるだろう、というのだ。

アーベドはこの申し入れをじっくりと考えてみた。そういう結婚をすれば、今後イスラエルにどんな新しい制限を課されようが、自分は仕事を確保できるし、エルサレムへの出入りも続けられる。ふたりめの妻について、もっぱら実用面から検討したわけだが、現状の閉塞感をやわらげたい気持ちもあることを自覚していた。

アーベドはこの件についてアスマハーンとその両親に相談した。アーベドが仕事を続けるための手段なので、彼らは異を唱えなかった。彼はベドウィンの友人とともにガリラヤのジャリールへ行き、花嫁候補数人の両親と会った。子どもがいることは正直に話したが、妻とは離婚したと告げた。三番めに会った家族は、ナザレのすぐ北にある村、カフル・カンナ（クファル・カナ）に住んでいた――ちなみに、アーベドは一時期そこの工場で働いていた。娘の名前は、〝美しい〟を意味するジャミーラ。平凡な容姿だとアーベドは思ったが、彼女の強い意志と自立心に感銘を受けた。アスマハーンとはちがうところが新鮮だった。両親、とくに父親と意気投合して、その日のうちにジャミーラと婚約した。彼女の双子の姉妹も、ほどなくベツレヘムの緑色のＩＤカードを持つ男性と結婚した。

イスラエルの法律は一夫多妻を禁じているので、ジャミーラと結婚するには、ナザレの裁判所に離婚証明書を提出しなくてはならない。アーベドはアスマハーンに、サラディン通りのエルサレムの裁判所で離婚し、数日後、自分がナザレに戻ったあとに、またそこで再婚しよう、と告げた。エルサレムの判事は計画を察知して不快感を示したが、法律上応じるほかなかった。

次は、結婚の祝宴の計画だった。これを行なわないと、法的に結婚していても、その夫婦はただ婚約しているだけとみなされてしまう。だが、アーベドは遅らせる理由を探しはじめていた。明らかに自分はジャミーラに愛情を寄せられているが、自分のほうは同じように感じていないのも明らかだ。彼女に手を取られてキスされたとき、彼のほうは心ここにあらずなことに、ふたりとも気がついていた。青色のＩＤカードを受け取ってすぐ離婚しそうな見通しに、彼はひどくいやな気持ちを覚えた。ジャミーラの家族にはアスマハーンとの再婚について話しておらず、彼らとともに時を過ごせば過ごすほど、騙しているのが心苦しくなった。ジャミーラの両親は、娘とあらたな婿に土地をあてがい、晴れて青色のＩＤカードを入手できたら家を建てるようにとアーベドに言った。さらには、家具調度を購入しはじめた。

この関係をどう継続すべきかわからなかった。真実を告げるのは論外だが、嘘をつきとおすこともできそうにない。彼はカフル・カンナを訪れるのを先延ばしにしつづけた。いずれにせよ、行くのはいっそう困難になっていた。ちょうど二〇〇〇年の秋で、第二次インティファーダが始まったばかりだったが、これは第一次とはまるきり別物だった——第一次は本物の大衆蜂起で、ゼネスト、集団抗議、ボイコット、市民的不服従で構成されていた。かたや今回のインティファーダは、急速に武装化された。最初の数日間にイスラエルが一〇〇万発以上の銃弾を発砲し、それを受けてパレスチナの軍事集団が前面に出て、大衆の参加はほぼ不可能になった。

蜂起の直接的なきっかけは、入植を積極的に推し進めてきた元国防相のアリエル・シャロンが、アル＝アクサー・モスクを挑発的に訪問したことで、これが抗議活動を誘発した。イスラエルは暴力で応酬し、非武装のパレスチナ人四名を殺害して約二〇〇名を負傷させた。その多くはシュアファファト難民キャンプとアナタの住人だった。より大きな視点で語るなら、今回のインティファーダは、オスロ和平交渉への失望が頂点に達した結果だと言える。この交渉は自由も独立も占領の終結もパレスチナ人にもたらさなかった。入植地の拡大を防ぐこともできず、入植地の人口は最初の合意が署名されてから七〇パーセント以上急増していた。

それどころか、オスロ合意はイスラエルの目標の達成に一役買った。自分たちは最大限の土地を保持し、パレスチナ人には最小限の土地しか持たせないという目標だ。合意によって、ヨルダン川西岸地区はばらばらに分けられ、限定的な自治権を持つ一六五の孤立した〝島〟と化して、各島はそれぞれイスラエルの支配下にある〝海〟に囲まれた。これらの島に閉じこめられ、イスラエルにへつらう自治政府の治安部隊に監視されることとなったパレスチナ人は、自分たちの権力機関であるスルタの無力さをあざけり、サラータ（サラダを意味するアラビア語）と呼んだ。民衆蜂起を機に、イスラエル国防軍の戦車がパレスチナの各都市に大挙してなだれこみ、スルタの首都であるラマッラーでは大統領府を包囲攻撃した。

一般の人々は身の安全を心配して、危うきに近寄らないよう努めた。四八年パレスチナ人ですら危険を感じた。第二次インティファーダが始まったころ、彼らは占領地域に連帯を示してデモ行進し、イスラエルの狙撃兵に発砲された。パレスチナ人一二名が殺害されたが、うちひとりはカフル・カンナ在住の一九歳だった。その葬儀に数百人が参列し、警察への示威行動をした。同じガリラヤ内のほかの場所では、四八年パレスチナ人が道路を封鎖してタイヤに火を放ち、火焔瓶を投げた。二〇〇〇年一〇月事案とイスラエルが呼ぶこれらの集団抗議について、国の委員会が調査し、狙撃兵の配備および非ユダヤ市民への実弾射撃は〝不当〟であるとした。

イスラエルに厳格な移動制限を課されて、アーベドはアナタを離れることがむずかしくなった。インティファーダが勃発する前は、カフル・カンナでジャミーラと生活できるようになるまで、当面はラマッラーで一緒に暮らすという話もあった。それがいまや、論外となった。ジャミーラの両親が娘に最も住んでほしくない場所は、ヨルダン川西岸地区なのだ。西岸地区の各町をイスラエルが封鎖したこと、武装ヘリコプターがラマッラーのビルにミサイルを撃ちこんでいること、エルサレム南部のベイト・ジャラでは戦車がパレスチナ人を砲撃していることを、彼らは耳にしていた。

アーベドの訪問回数が減ったのは、イスラエルに入るのがむずかしいからだろうと彼らは考えた。事実だが、それだけではない。彼は罪悪感から逃がれようともがいてもいた。ジャミーラを相手にへたな芝居を続けるのが苦痛でたまらなかったし、時が経つにつれて、社会的、政治的な面での相違に目をつぶることがどんどんむずかしくなった。ジャミーラとその家族に敬意を抱いてはいても、四八年パレスチナ人の生きかたが好きになれなかった。彼らの社会生活、行動様式、会話で使われるヘブライ語が。彼らはあまりにもイスラエル人に似ていた。ほかの四八年パレスチナ人の町よりもましだとアーベドがみなす、カフル・カンナですらそうだ。あるとき、ふたりでティベリアへ向かっているとき、ジャミーラが軍服を指して、イケてる気がすると言った。

「イケてる?」アーベドは自分の耳が信じられなかった。「イケてるだって? 西岸地区でぼくたちを銃撃してくる軍服だぞ」

「ごめんなさい」と彼女は言った。「そんなつもりじゃなかったの」

「きみはパレスチナ人なんだぞ」彼は言い聞かせた。「こういうことを言ってはいけない」

ふたりの関係が始まって九カ月後に、ジャミーラが自動車事故に遭った。だれもアーベドにそれを話してくれなかった。まれにしか訪問していないこともあり、彼は事故のあと一カ月以上も顔を見せなかった。退院後の自宅療養中に、ジャミーラはアーベドとの関係を続けられないと母親に話した。何週間も見舞いに来てくれていない。頼りになんて、できないではないか。

別れを持ち出され、アーベドは安堵の念しか覚えなかった。これで芝居をやめられる。離婚はすみやかに認められた。ふたりは結婚式を挙げていなかったし、一緒に寝てもいない、だから、夫婦の契りのない結婚だった――ザワージュ・ビドゥン・ドゥクール、挿入なしの結婚だ。ジャミーラの両親はなんら反感を抱かなかった。父親はアーベドをたいそう気に入っており、姪を紹介しようかとまで言ってくれた。教養があり、美人で、近くの町に住んでいる娘だ。だが、アーベドは痛い思いをして学んだ。青色のＩＤカードには、ほかのだれかの心を傷つける価値はない。

VI

第二次インティファーダが激化して、アーベドは自宅に近いエルサレム市の地区、ダヒヤット・アッ゠サラームやシュアファト難民キャンプでもっぱら働かざるをえなくなった。いまのところはまだ、青色のIDカードがなくてもベゼックでの仕事を失っていない。すでに三二歳、四人の娘の父親になっていた。ある日、通りでアフマドに呼びとめられた。同じくDFLPで活動する友人で、近くにある義父所有のコンビニエンスストアで働いている。その義父のアパートメントに来て電話を修理してくれないか、とアフマドは尋ねた。義家族にとって、電話の故障が苦悩の種になっている——アメリカにいる息子たちはニュースを読んで心配しているだろうに、親族の安否を確かめられないのだ。

アーベドは彼の義父と知り合いだった。尊敬に値する人物で、ダヒヤット・アッ゠サラームの長《ムフタール》を務めている。その娘たちのこともよく知っていた。ガズルの家の隣人であり、ティーンエイジのころ、アーベドは彼女たちにガズル宛ての手紙を託していたのだ。ムフタールはコンビニエンスストアの裏手に住んでいた。アーベドはそこに立ち寄って手を洗ってから、アパートメントを訪れた。トイレに行く途中、ハイファとすれちがった。ガズル宛てのメモをひそかに運んでくれた娘のひとりで、当時は八歳か九歳の子どもだった。こんにちはと挨拶したが、彼女は返事をしなかった。年齢差がありすぎて親しいとは言えないが、それでも見ず知らずの間柄ではない。彼女はＤＦＬＰのメンバーで、イベントや会合で何度か一緒になったこともある。

ハイファの冷たい態度を気にかけつつアーベドがトイレを出ると、アフマドが「ハイファ、おまえのおとうさんに、アーベドが電話を修理しに行ってもいいか尋ねてくれ」と声をかけていた。ところが、アパートメントに行ったはいいが、故障の原因がつかめなかった。屋内を調べ、屋根にのぼり、また屋内に戻って、ようやく故障箇所を突きとめた。アーベドはハイファと何度かすれちがい、彼女が家族と一緒にいるところを目にした。その姿はガズルを思い起こさせた。ただ単に、ハムダン家の娘だからではない。頭がよく、機知に富み、自立心が強く、政治的な素養がある――何もかもアスマハーンとはちがう。電話の修理を終えると、ハイファがコーヒーを淹れて自分の父親とアーベドに運んできた。数日後、気づけば、アーベドの頭に彼女が忍びこんでいた。

アーベドはアフマドに電話して、お宅を訪問したいと告げた。

「何か問題でも?」とアフマドが尋ねた。

アーベドは、ハイファに第二夫人になってくれないか尋ねたいのだと告げた。アフマドは逃げ腰になり、自分はこの件に関わりたくないと答えた。

「わかりました」とアーベドは言った。「だけど、それでも、ハイファの姉たちと話をしたいと思います」

その夜アーベドが姿を現すと、アフマドはもう寝なくてはいけないと言って席をはずした。腰抜けめ! とアーベドは考えた。ハイファの姉たちはDFLPの一員で、アーベドのことをよく知っていた。ガズルへの求婚の顚末もすべて承知しており、アスマハーンとの生活で彼がみじめな思いをしているのも気づいていた。アーベドはおもむろに結婚生活がいかにつらいかを切々と語り、どうしてこのような事態にいたったのかを説明した。七年のあいだアスマハーンが変わってくれないかと願っていたが、いまは生活を変えて再婚したいと思っている。先週ハイファと会って、自分と一緒になってくれたらと期待を抱いた。ぼくのために、彼女に話してくれないだろうか?

彼女の姉のワファーが、尋ねてみると約束した。「あの子がイエスと言ってくれればいいんだけど」

「なぜ、〝いいんだけど〟なんです?」とアーベドは尋ねた。「断るかもしれない、と考えているんですか？」

「あの子は何度か、ふたりめの妻をめとる男の人はいやだと言っていたのよ」とワファーは説明した。

とにかくハイファに話してみてほしい、とアーベドは懇願した。「あなたは、ぼくのことを知っている。ぼくの家族も。ぼくの生活のことも」と彼は言った。「こんな運命に甘んじてしかるべき人間じゃない。ぼくは幸せになるチャンスが欲しいんです。どうか、彼女に話してください」

翌日、アフマドが電話をよこし、うちに訪ねてきてくれと言った。居間に入ると、ワファーが、じつはアーベドの求婚をハイファに率直に言うのはためらわれたのだ、と告げた。代わりに、それとなく結婚の話を持ち出した。ハイファはすぐに見抜いた。だれが結婚を申しこんできたのかと彼女は知りたがった。

「いい人よ」とワファーは言ったという。「顔が広く、みんなから尊敬され、賢くて、強い。うちの家族は彼の家族が大好きよ。だけど、ひとつだけ、あなたが抵抗を抱くかもしれない、ちょっとした理由があるの」

「なんなの？」ハイファはせっかちに尋ねた。

「結婚してるのよ」

「わたしがそう言ったとたん」とワファーは続けた。「ハイファは、出ていってちょうだいと言ったの。あなたの名前を出す暇もなかった。あとで気持ちを落ち着けてから、相手はだれなのかと、あの娘は尋《こ》ねた。私が答えたら、『いやよ。あの人、結婚してるだけじゃなく、娘が何人もいるんだもの』と答えたのよ」

ワファーはしばし口をつぐんだ。「あなたがお店と家であの娘を見かけたこと、ずっとあの娘のことが頭を離れないこと、あなたが人生を変えたがっていることも話したの。そうしたら、ハイファはあれこれ質問しはじめた。四時間じっくり話して、ようやくあの娘は承知したわ」

「承知してくれたんですか？」とアーベドは言った。

「そうよ。だけど、ひとつ条件があるの——奥さんを離縁しないこと。あの娘はあなたの家族を壊すのも、アスマハーンを傷つけるのもいやだと言っている」

アーベドは翌朝早く両親を起こして話した。ハイファ、つまりダヒヤット・ア＝サラームのムフタールの娘が、第二夫人になってくれる、と。しかも、彼女の母親は、アーベドの父親の元恋人でもあった。父親が結婚しようとして阻まれたハムダン家の女性だ。その娘の家族は承知したのか、と父親は尋ねた。「おまえは既婚で四人の娘がいるし、相手よりもうんと年上だ。彼女は美人で、ムフタールを父に持ち、兄たちはアメリカで仕事をしている。彼らはほんとうに、この結婚を承諾したのか」

ハイファは同意してくれています。服を着てください、とアーベドは父親に告げた——

―これから彼女の両親の家を訪ねましょう。「おまえは正気か」と父親は言った。「うちの人の半数はまだ眠っているぞ」。アーベドはどうしてもと言い張った。きっとアナタの住人全員がこの結婚に反対するだろうと彼は確信していた。もし、ほんの数時間でもいたずらに時を浪費したら、この話が広まって、ハイファとその両親に求婚を断るよう圧力がかけられる恐れがある。たぶん自分の母も快く思っていないはずだ、アスマハーンを傷つけることになるし、そもそも男が第二夫人を迎えることに反対しているのだから。家族のほかの女性たちも怒るだろう。自分と口をきくのさえいやがるかもしれない。ハイファの男性親族も、それぞれちがう理由から反対するはずだ。彼女と結婚したがっている従兄弟たちもいる。その父親たち――彼女のおじたち――がこの結婚を阻止しようとするかもしれない。彼らは第二夫人を迎えること自体に反対していなくても、それを口実にするだろう。

アーベドの父親は彼女の家族のもとを訪ねることを承知した。相手が初恋の女性の娘でなければ、どんな女性であってもたぶん拒否したのではないか、とアーベドはひそかに思った。ハイファの家の戸口に立つと、彼女の父親のアブー・アウニが出迎えてくれた。

「こんな朝早くにおうかがいしたことをお詫びします」とアーベドの父親は言った。「だけど、この頭のいかれた息子――強引で向こう見ずな息子――が、どうしても、いま訪ねようと言い張ったのです。おそらく、わたしたちがここにいる理由をご存じですよね」

「ええ」とアブー・アウニは言った。「ハイファと話したあとで、わたしたちはこの求婚について検討するつもりです」

「いますぐ彼女と話してください」アーベドが口を挟んだ。

「あの娘はまだ眠っている」

「起こせばいいでしょう。彼女はすでに同意したと聞いてます。彼女を起こして、尋ねてください。ぼくたちは、あとでまた来るなんてできません」

「いやはや、とんでもない人だな」アブー・アウニは答えた。そして、妻に娘を連れてくるようにと言った。ハイファは寝起きのぼんやりしたようすで部屋から出てきた。アブー・アウニが、おまえはアーベドとの結婚を承知したのかと尋ねた。ハイファはにっこり笑って、はいと答えた。アブー・アウニはアーベドの父親のほうに向きなおって言った。

「あなたに頭のいかれた息子がいるというなら、わたしには頭のいかれた娘がいるようだ」

一同はファーティハを唱えた。アブー・アウニは、詳細を話しあうために夕方また来るようにとアーベドに告げた。

「なんの詳細でしょうか。あなたは結婚を認めますか、認めませんか」アーベドは尋ねた。

「認める」アブー・アウニは言った。

「ハイファのおかあさんも認めますか」

「ああ、彼女も認める」

「じゃあ、どうか服を着替えてきてください。ぼくたちは裁判所に行って結婚契約書に署名しなくてはならない」

「なんだって？　いますぐ？」

アーベドはアブー・アウニがこれからアル＝アクサー・モスクに出かける――そして、一日じゅうそこで過ごす――ことを知っていた。裁判所は、そこへ行く途中にある。「あなたの礼拝の前に、契約書に署名できます」

「頭がどうかしてるんじゃないか」とアブー・アウニが言った。

「ええ」とアーベドは答えた。「どうかしてます」

アーベドの父親は同行しようとはせず、やむなくアーベドは代わりの証人を探すはめになった。ふたり必要だ。そこで兄のワーエルと、シェイク・ジャラー地区で働いている甥を連れていった。その朝、彼らは契約書に署名し、そしてアブー・アウニはアル＝アクサーへ徒歩で向かった。

アーベドがまっさきに話したい相手はナヒールだった。その日の午後、彼女の家を訪れた。ナヒールとアブー・ウィサームは、彼が有頂天なことに気がついた。さっき婚約したばかりなんです、と彼はふたりに告げた。アブー・ウィサームの顔がこわばった。きっと姪のアスマハーンを気遣ってのことだろう。相手はだれだ、と彼は問い詰めた。あなたたちの隣人のハイファです、とアーベドは言った。もう契約書に署名もしました。

「それで、ぼくたちに何をしろと？」とアブー・ウィサームが尋ねた。

アーベドは彼らの助けが欲しかった。このことをアスマハーンに打ちあけるときに、ふたりきりになりたくなかったのだ。ナヒールとアブー・ウィサームがそばにいてくれたら、アスマハーンは騒ぎたてにくいだろう。渋々ながら、彼らは了承した。アーベドがまず自宅に戻り、娘たちを両親の家へ連れ出してアスマハーンの取り乱した姿を見せないよう取りはからい、それからナヒールとアブー・ウィサームをともなって自宅に戻った。アスマハーンはふたりの来訪を予期しておらず、叔父とナヒールに会えたのを喜んだ。めったにない、特別な機会に思えた。きっと、アーベドがさきほど娘たちを連れ出したのは、四人でなごやかな午後を楽しめるようにするためだ。そう考えて、いそいそと客人たちにお茶を淹れた。彼女がキッチンにいるあいだ、だれも口を開かなかった。ふだんならアーベド、ナヒール、アブー・ウィサームの三人で冗談を言いあって笑っている。さすがに何かがおかしい、とアスマハーンは感じた。

スイートミントティーのグラスを運んできて、腰をおろした。気詰まりな沈黙をアーベドが破った。二度めの結婚について長いあいだ話していたよね、と彼は言った。いま、ある人に出会って、相手に選んで、婚約したところなんだ。

「おめでとう《マブルーク》」とアスマハーンは冷ややかに言った。そして泣きだして寝室へ行き、ナヒールがあとを追った。アーベドの決めたことに自分は賛成ではないのだと彼女は言った。アスマハーンと同じく、さっき知ったばかりなのだ、と。ナヒールはなんとかアスマハーンをなだめて寝室から出させると、アーベドとともに娘たちのもとへ向かい、アブー・ウィサームは兄であるアスマハーンの父親に会いに出かけた。その夜、アスマハーンの父親がやってきて、憤然と、娘を実家に連れて帰らせろと要求した。アーベドはアスマハーンを帰すのを拒み、ふたりの口論は激化して、ついにアーベドが彼女の父親を追い出した。ふたりが言いあうあいだアーベドの父親は沈黙していたが、あとから、義理の父親に失礼な口をきいたことでアーベドを叱責した。

アブー・ウィサームが仲裁し、今夜はアスマハーンを両親と過ごさせてやってくれとアーベドに頼んだ。もう、よしなさい、と彼は言った。彼女の父親は怒っている。状況はややこしい。彼女を行かせて、二、三日、家族のもとでこの報せを受けいれる時間を与えてやってくれ。そのあとで、ぼくが彼女をここへ連れて帰ると約束する。何もかもうまくいくはずだ。

アーベドはしぶしぶ認めた。二、三日したらアスマハーンが帰ってくるものと思っていたが、そうはならず、アスマハーンの両親からアーベドに離婚してやってほしいと言ってきた。この件について妻と話しあう機会を設けてくれず、アーベドは妻に会わせてほしい、電話で話をさせてほしいと懇願しつづけた。両親は拒んで、とにかく離婚してくれとしか言わなかった。アーベドはアスマハーンに娘たちのもとに戻ってきてほしいと切々と訴えた。なんの連絡もなく、アスマハーンが娘たちに会いに来ることもなく、数日が過ぎ、それから数週間が過ぎた。一カ月後、アスマハーンの年配の隣人であり両親の親友でもある人物がアーベドのもとを訪れた。「この件を終わらせてくれ」と彼は言った。「アスマハーンと離婚してほしい」

「ひとつ頼みがあります」とアーベドは言った。「どうか、アスマハーンとふたりきりで話してください。もし、これが自分の望みだと彼女が言ったなら、あしたの朝、裁判所で彼女と会います。もし、夫や娘たちと一緒にいたいと言ったなら、彼女をぼくの家に連れて帰ります。とにかく、両親が聞いていないところで彼女の本心を引き出して、嘘偽りなく伝えてください」

隣人はアーベドの頼みどおりにして、まちがいないと告げた。アスマハーンは離婚を望んでいる、と。アーベドは手を尽くしたと感じた。彼女が去りたいと心から望むなら、引き留めはしない。こんなみじめな状況はもううんざりだ。新しい生活を始めるときが来た。

彼は隣人に、翌朝アスマハーンと彼女の家族にサラディン通りの裁判所に来てほしいと言い、彼らは言われたとおりにした。アスマハーンは無言で座ったまま涙を流しつづけ、彼女の父親はアーベドにひどく腹を立てていた。娘は子どもたちの親権を放棄する、と彼は判事に告げ、アスマハーンもうなずいて同意した。手続きが完了し、アーベドは離婚して、幼い娘四人の唯一の親権者となった。

ハイファは、アーベドが約束に反してアスマハーンと離婚したことを残念だと言ったが、選択の余地がなかったことは信じてくれた。そもそも、彼はハイファがアスマハーンに取って代わることを望んでいなかった。そうではなく、アスマハーンを補完して、ガズルの不在でできた穴を埋めてほしかったのだ。ハイファが四人の娘の母親になるとは考えてもいなかったのに、結果的にはそうなってしまった。アスマハーンは離婚後も娘たちと会っているが、ハイファは彼女たちをわが子として受けいれ、実質的に育ててくれている。娘たちは父親の自分よりも彼女のほうが好きなのではないかと、アーベドはたびたび思った。ハイファの両親もアーベドの娘たちをたいそうかわいがってくれた。母親にいたっては、この結婚を運命とみなしていた。「わたしたちの人生をごらんなさい」と彼女はアーベドに言った。「わたしはあなたのおとうさんと結婚するはずだったのに、運命がそれを許さなかった。そしていま、あなたがわたしの娘と結婚している」

アーベドは心機一転がんばろうと心に誓った。以前よりもよい夫、よい父親、よい人間になろう。彼は人生ではじめて礼拝するようになった。ただし、場所はアナタの古びたモスクではない。そこはスルタの支配下にあって、なんらかの政治的な含意がないか、説教の内容を検閲されるので、指導者《イマーム》はやむなく、祈りの前にいかに手を洗うかといったことを説いてみんなを退屈させている。アーベドは丘をのぼって東エルサレム――ダヒヤット・ア＝サラームやシュアファト難民キャンプ――のモスクに行くことを好んだ。そこでは、確固たる政治的な説教が聞けた。これらのモスクはいまだヨルダンの監督下にあり、ほかよりもイスラエルやスルタの監視が比較的ゆるいのだ。

ハイファとアーベドが結婚したあと、アスマハーンも結婚した。相手はガザ地区出身で、スルタの治安部隊の将校だった。おそらくそのおかげで、彼はガザからヨルダン川西岸に移住する許可をイスラエルからもらえたのだろう。そうした許可はめったにおりないのだ。アスマハーンよりうんと年上の夫は、体調が思わしくなく、結婚後約一年で亡くなった。彼女は幼い娘とともに残された。

そこで、アスマハーンと再婚してほしいと、ハイファがアーベドに言った。あの人が夫に先立たれたのは神のしるしだ。いまなら、なんの落ち度もないアスマハーンへの過ちを正すことができる。あの人は悲しみに暮れ、孤独で、赤ちゃんを抱えている。アーベドから金銭的な支えをもらってしかるべきだ。

アーベドはハイファの思いやりに心を打たれた。そんな提案をする妻はそう多くはない。彼はアスマハーンと話してみると言った。きっとイエスと答えてくれるはずだ。彼女はいま苦境に陥っているのだし、まだ自分のことを愛しているはずだから。ところが、彼女の両親がそれを拒み、アスマハーンはひとり身のままとなった。

ハイファは結婚後一年足らずで妊娠した。主治医はエルサレム、つまり検問所の向こう側の医師だった。当時は、アナタに住むパレスチナ人も、エルサレムに住むパレスチナ人も、エルサレム市内のどの病院でも許可なく利用することができた。検問所を通るのはわずらわしいが、たいていの妊婦はまだエルサレムに行くことを選んだ。看護が手厚いからというよりも、パレスチナ人の父祖の地に次世代がつながりを保てるようにしたいという理由からだった。数週間早い陣痛が訪れると、アーベドはハイファをその両親とともに相乗りタクシーに乗せてシュアファト難民キャンプのメインの検問所に向かった。国境警察隊員はハイファが陣痛に襲われているのを見ても、通すのを拒んだ。アーベドは運転手に、難民キャンプの反対側の端、ラス・カミス地区にある検問所を試すよう告げた。

その検問所で、アーベドは国境警察隊員の男女ペアと交渉した。彼らもハイファに陣痛が来ているのを見て取った。女性の隊員がたばこを要求し、アーベドが彼女と同僚に一本ずつ、合わせて二本手渡すと、通過を認めてくれた。検問所の道路には大きなセメントブロックが置かれ、車の通行を妨げていた。ハイファはやむなく両親とタクシーをおり、反対側にいるタクシーのところまでよろよろと歩いた。アーベドは仕事着のままで、IDカードを携帯していなかった。そこで、妻とその両親はこのまま旧市街の壁のすぐ東にあるアル＝スワナの赤新月社の病院に向かうが、自分は帰宅してシャワーを浴び、IDカードを持ってべつのタクシーで戻ってくる、と隊員に告げた。戻ってきたら通過させることを彼女は了承した。

しばらくして、アーベドは検問所をまた訪れ、その隊員に約束のことを持ち出した。彼女はさらに二本たばこを要求し、ようやく通してくれた。アーベドが産科病棟にたどり着いたときにはもう、ハイファは息子を産んでいた。ふたりはその子に、人類の父たるアダムと名づけた。三年後、今度はオリーブ山のマカセド病院で、ハイファはふたりめの男子を産んだ。アダムよりも体が小さくて華奢な子だ。ふたりは〝誕生〟を意味するミラードと名づけた。

第二章

ふたつの火

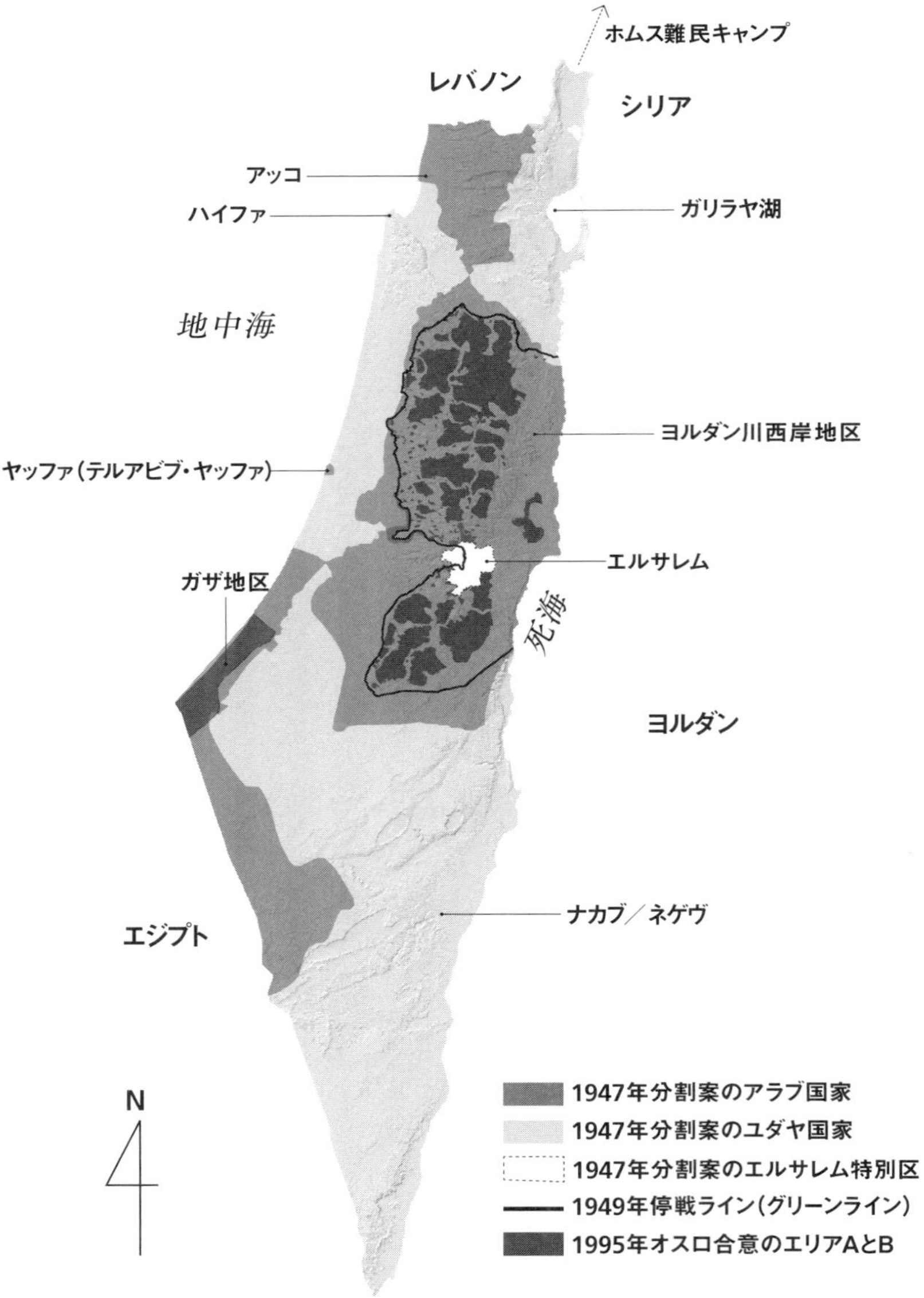

パレスチナとイスラエル

VII

事故の日の朝、フダー・ダーブールはラマッラーのアパートメントを出て、激しい風雨のなか、スタッフと合流するため時計塔広場に徒歩で向かった。五一歳の内分泌医にしてシングルマザーの彼女は、パレスチナ難民のための国連組織、国際連合パレスチナ難民救済事業機関（ＵＮＲＷＡ）が運営する移動診療所の責任者だった。一六年間この組織で働き、イスラエルによってエルサレムへ立ち入りできなくされるまでは、シェイク・ジャラー地区にあるＵＮＲＷＡのエルサレム本部で勤務していた。現在は、ヨルダン川西岸地区の移動診療所で患者を診ている。

時計塔広場で、医療チームの三人と合流した。予定では、ハーン・アル＝アフマルにあるベドウィン野営地を定期訪問することになっている。小型バスに乗りこんで、彼らは運転手のアブー・ファラージに挨拶をした。毛髪も口ひげも白いベドウィンの男性だ。運転のほかに、文化面での助言者の役割を担い、フダーのチームが地域の対立関係や各集団の慣習にうまく対応できるよう手助けしている。

ハーン・アル＝アフマルは、イスラエル建国後にナカブ（ネゲヴ砂漠）から追い出されたジャハリン・ベドウィンの本拠地だった。ナカブにいたベドウィン数万人の大半が一九四八年に強制的に退去させられ、ヨルダン川西岸地区、ガザ地区、近隣の国々へ避難するはめになった。終戦後の四年間に、イスラエルはおよそ一万七〇〇〇名以上を追放した。総計で、人口の約八五パーセントが移住させられたことになる。ナカブに残った人々は土地を接収され、フェンスを意味するシヤアジュ、すなわち居留地に閉じこめられた。イスラエルに住むパレスチナ市民の大多数とともに、軍事政権の支配下で一八年間暮らし、夜間外出禁止、移動制限、政党の禁止、裁判なしの収監、安全保障地帯の封鎖を強いられた。

銃で脅されてやむなくナカブを離れ、西岸地区に入ったジャハリン・ベドウィンは、北へ進路をとってエルサレム郊外の砂漠の丘陵地にやって来たが、またもや追い出され、マアレ・アドゥミーム入植地のために土地を明け渡すこととなった。近くのハーン・アル＝アフマルにたどり着くと、彼らは地主であるアーベドの祖父に滞在許可を求めた。祖父は当初、それを拒んだ。アーベドの一族は、アナタの多くの住人と同じく、地元のベドウィンを信用していなかったのだ。なにしろ、他人の土地に侵入したり、国連から配布された食糧を奪って転売したり、自治体サービスへの支払いを拒否して、ベドウィンのしきたりでは税金を払うといったブルジョワ行動は認められないのだ、とうそぶいたりする者がいたからだ。

彼らは許可がなくともおかまいなしに、ハーン・アル＝アフマルに居座った。やがて、アーベドの祖父は、彼らが自分の土地にいるのも悪くはないと思うようになった。ベドウィンがいれば、イスラエルによる接収がむずかしくなるのだ。入植者たちは彼らの野営地をめざわりだと考えていた。イスラエルの都市計画立案者はパレスチナ人がこの地域からいなくなることを望んでいた。さびたブリキ小屋や、車のタイヤでできた学校校舎を取り壊すよう、イスラエルが命令を発したとき、アーベドの一家はベドウィンがサラーマ家の土地に住む許可を与えられていることを示す書類を提出した。

フダーは、貧困にあえぐベドウィンのためにできるかぎりのことをした。禁止されていてもお構いなしに、ヤギを治療してやったり、国連の車両で食糧を買いに連れていったりした。規則を守らず自分の良心に従う人物として、彼女は国連内でも有名だった。政治活動に関わるなと上司から繰り返し警告されたにもかかわらず、イスラエルのガザ地区攻撃に対する抗議活動にスタッフを連れていき、あるときは、スタッフとともに、イスラエルの監獄から釈放された女性政治犯に花を渡した。ＵＮＲＷＡがコスト削減のためにリスクのある患者の周産期医療を制限するよう変更したときは、診療した妊婦全員にこれを行なうよう指示を出した。上司に詰問されても、誇らしげに違反を認めたうえで、規則が変えられるまで継続すると言いきった。

時計塔広場を出発すると、運転手のアブー・ファラージはハーン・アル＝アフマルの長《シャイフ》に電話をかけて、フダーとそのチームが向かっていることを知らせた。村民たちは、国連スタッフが治療に取りかかる前に歓迎の儀式を行なうようテントを準備していたのだ。南下しながら、チームのメンバーはいつものようにフダーの大好きな歌手ファイルーズの声に合わせて歌を歌った。データ入力スタッフを乗せるためにカランディア難民キャンプに立ち寄ったあとで、薬剤師のニダールが吐き気がすると言いだした。顔色が悪いようだとフダーは思った。幼い子どもふたりの若き母親であるニダールは、三人めの子を妊娠している。彼女に何か食べさせられるよう、停車してほしいと、フダーはアブー・ファラージに頼んだ。車はラウンドアバウトで方向転換し、ア＝ラムに入った。ネヴェ・ヤアコヴ入植地に接する市街地で、三方を分離壁に囲まれている。雨降りの、寒くて陰うつな天候だった。彼らはお茶を飲み、ザアタルとファラーフェルとともにカアク〔アラビア語で焼き菓子やパンを意味する〕を食べた。予定より遅くハーン・アル＝アフマルに向けてア＝ラムを出発し、ジャバ道路でぞっとする光景に出くわした。スクールバスが横転し、ドアを地面で塞がれて、前方が炎にのまれている。

ジャバ道路はもともと、入植者がラマッラーに入ることなくエルサレムへ行き来するために建設された。この種のバイパス道路は数多くあり、入植者の通勤時間を減らして、安全であるという感覚と、エルサレムから入植地まで途切れることなくユダヤ人が暮らしているという錯覚をもたらしている。新しいバイパス道路が次々に建設されたあと、このジャバ道路はもっぱらパレスチナ人に利用されるようになった。

急斜面を削って通した道で、両側が岩がちな高い断崖となって深い溝が形成されていた。片方の崖の上にジャバの村があり、反対側にはア＝ラムがある。カランディア検問所に向かう車線が二本、逆方向のジャバ検問所に向かう車線が一本の道路だが、中央分離帯はない。エルサレムを迂回する主要ルートとして東側の一車線を約二〇万人が利用しているにもかかわらず、ジャバ検問所にはスタッフが常駐していなかった。たいていは朝と夕方の通勤時間帯に兵士たちが来て、車を停止させることで入植者との共有道路に流れこむパレスチナ人の交通量を減らしていた。そのせいで、ラッシュ時のジャバ道路はパレスチナ人のバス、トラック、乗用車の長い列で塞がれた。カランディア検問所のいらいらさせられる渋滞を抜け出したわずか数分後に、この渋滞箇所にさしかかるので、動きののろい車の列を追い越そうとして反対車線にはみ出す運転手もいた。結果、多数の事故が引き起こされ、この幹線道路は〝死の道路〟と呼ばれるようになった。

フダーは車を停めるようアブー・ファラージに頼んだ。列をなす車から人々がおりて、横転したスクールバスのまわりに集まっている。雨に濡れた道路に油膜ができており、アブー・ファラージは後続車が滑って人だかりに突っこむのを防ごうと、横向きに車を停めた。フダーとチームのメンバーは飛びおりて、バスの前方へ駆けだした。その向こうに、一八輪のセミトレーラーが三車線道路のうち二車線を斜めに塞ぐように停止しているのが見えた。

集まってきた人々のひとり、サーレムは、ほんの数百メートルほど離れた場所に住んでいるが、強いヘブロン訛りの持ち主だ。その朝は、土砂降りの雨と濃い霧を理由に、子どもたちを自宅待機させていた。三八年間の人生のなかで、これほど激しい雨に遭ったのははじめてだった。仕事に向かう途中で、横転したバスを目にし、道のまんなかに車を停めて駆け寄った。

フダーはサーレムと近くにいる数人の男性に、運転手を外に出しましょうと声をかけた。炎がすぐそばまで迫っていたからだ。体を引っぱりはじめると、運転手は子どもたちと先生を救助してくれと叫んだ。その瞬間まで、フダーはバスに子どもがいることに気づかなかった。同僚たちは子どもの悲鳴を聞いた覚えがあるが、フダーはその記憶を消し去ってしまったか、そもそも音を遮断していたのだろう。サーレムとともに強く引っぱっても、運転手の体は動かず、両脚が炎に包まれていた。ようやく、なんとか救出すると、降りそそぐ雨が脚の炎を消した。

膝からまだ煙が立ちのぼっている運転手の体を道路脇に横たえて、彼らはバスの前方に急ぎ駆けもどり、運転手の後ろに座っていた教員に手を伸ばした。体をつかまれると、彼女は自分はいいから子どもたちを助けてと叫んだ。このとき、ニダールが体をひどく震わせて金切り声をあげはじめた。フダーはすぐさまUNRWAの車に戻らせて、外に出ないようにと告げた。

その間、アブー・ファラージは交通整理をして、いずれ負傷者を退避させるのを見越して道を空けた。その後は、燃えているバスと斜めに停車したセミトレーラーの前を駆け抜けて、数百メートル先のジャバ検問所へ向かった。そこの兵士たちに救助を要請しようと考えたのだ。検問所から煙が見えているはずなのに、兵士たちはぎょっとした顔で、うしろにさがれ、これ以上近づくなと叫んだ。

この時点で、炎が激しすぎて、バスの前方からはだれにせよ引っぱり出すことが不可能になった。だが、まだ後方には火が到達しておらず、フダーの見たところ、ほとんどの子どもがそこにぎちぎちに集まっていた。サーレムはリアウインドウを割って子どもたちを外へ出したがった。フダーはそれが名案かどうかわからなかった。とはいえ、もっといい案をだれも思いつけないし、集まった人々が必死にイスラエルとパレスチナの緊急番号にかけているのに、いまだ兵士も、警察も、消防車も、救急車も来る気配がない。フダーのチームのひとりは、パレスチナ議会で働く親戚に電話をかけさえした。

フダーをはじめ、バスの近くにいる人々は、サーレムが小型消火器でリアウインドウを砕くことに同意した。集まったひとりが自分の車から持ってきた消火器だ。後部の窓が砕け散った瞬間、フダーは酸素がヒューと音を立てるのを聞き、バスを囲む炎が上空に立ちのぼるのを見た。いまや炎は二倍の高さになり、濃い黒煙の柱を崖の上へ噴きあげている。

フダーはショックで見つめるだけだったが、サーレムは燃えさかるバスのなかへ這うようにして入った。幼稚園児たちの泣き叫ぶ声が彼の耳に届いた。なかには、ひっくり返った座席によじ登り、頭上の窓めがけてジャンプしている子もいる。教員がふたり、ガラスが粉々に割れた窓から数人の子どもを抱えて抜け出していた。

教員のひとり、ウラ・ジョウラニは、受け持ちの幼稚園のクラスにいる甥のサーディとともにこの遠足に参加していた。サーディにとって、彼女は第二の母親のようなものだった。その朝、ほかの平日の朝と同じく、ウラは両親の家に車で向かった。サーディとその家族はそこで暮らしているのだ。母親はひどい天気だとぼやきながら、サーディを遠足に行かせないほうがいいと思うと言った。ウラは笑って、返金を求めたほうがいいかしらと尋ねた。彼女は親を亡くした受け持ちの園児ひとりの遠足代を支払っていたし、友人の息子であるべつの園児の世話をすると約束していた。サーディの祖母と同じく、その友人も今回の遠足に懸念を示していた。

燃えさかるバスの外へなんとか出たあと、ウラは閉じこめられた園児たちが自分の名前を呼ぶのを耳にし、サーレムのあとに続いて車内に戻った。戻ったのはただひとり、彼女だけだった。サーレムが体を丸めつつ、なんとかサイドウィンドウをいくつか開いている。彼とウラは園児を持ちあげてはバスの後部から出してやり、外ではフダーたちが列を作って、ひとりずつ抱えおろした。道路のはるか上、崖のてっぺんには、ジャバとア＝ラムの村人数十人が集まっていた。ジャバのベドウィン数人が水の入った大きなタンクを運んできて、炎の上へ、それから開いたバスの窓のなかへと注水し、サーレムとウラが炎に焼かれるのを防いだ。バスの横では、集まった人々が小さな消火器で火を消そうとしていた。

ウラとサーレムはどうにか園児数十人を救出した。炎が激しい前方へ進むにつれて、彼らが手を差し伸べた子どもの状態はどんどん悪化していた。頭からつま先まで黒焦げになった子もいて、彼らは顔を上向きにされ、膝を胸のほうへ折り曲げるような形で道路に寝かされた。最初からそうだと知っていなかったら、サーレムはその子たちを人間と認識できなかっただろう。全身が真っ黒になった女の子ひとりは、死んだ子どもと一緒に地面に寝かされたが、フダーの同僚看護師のひとりが、その子がまだ息をしていることに気づき、抱えあげて一台の車の後部座席に乗せた。車はその子を病院へ運んでいった。

焼けた髪と肉の匂いは耐えがたいほどひどかった。フダーは何かで、匂いは記憶と最も強く結びつく感覚だと読んだことがある。おそらく、だからこそ、凄惨な現場のまっただなかにいるいま、人生最悪の日に引き戻されたのだろう。

VIII

一九八五年の夏、フダーはダマスカス大学医学部を出たばかりの二五歳の医師だった。父親が、チュニジアのパレスチナ赤新月社に入ってはどうかと提案した。そこなら、PLOの上級職員である彼女の叔父に後見してもらえるはずだ。PLOは、イスラエルによってレバノンから追い出されたあと、チュニスに本拠を置いていた。フダーの父親はファタハを支持してはいたが、自分がとくべつ政治的であるとは思っていなかった。左派も右派も強硬すぎる、とフダーに話していた。父親が穏健なのはハイファで子ども時代を過ごしたからだろう、と彼女は考えている。かの地では、ムスリムもキリスト教徒もユダヤ教徒も隣りあって暮らしていた。

フダーはハイファの話を聞かされて大きくなった。ダーブール家は、カルメル山の斜面に造られたバーブの廟のテラス状庭園と港のあいだにあるワディ・ニスナス地区の出身だ。安息日には、ユダヤ人はさまざまな日常労働を禁じられており、フダーの家族がユダヤ人地区へ行って灯りや暖房をつけていた。

フダーの祖母は、第一次世界大戦中にオスマン帝国下のハイファで生まれた。美人として名高く、家族のお膳立てに従っていとこと結婚し、第一子であるフダーの父親のムスタファーを一七歳で出産した。そのムスタファーがもうじき一四歳になる一九四七年一一月、国連がパレスチナ分割決議を採決した。この決議が引き金となって内戦が勃発し、結果的にナクバ〔大災厄、大惨事を意味するアラビア語で、ここでは、イスラエル建国の前後に大勢のパレスチナ人が居住地を追われたことを指す〕を招いて、イスラエル国となった地域から八〇パーセント以上のパレスチナ人が集団で追放、退去させられることとなった。

一九四八年四月、内戦勃発から数カ月経った過越《すぎこし》〔ユダヤの三大祝祭のひとつ。祖先の出エジプトを記念して春に行なわれる〕のわずか数日前に、この地を治めていたイギリス委任統治政府の軍隊がハイファから引きあげはじめた。イギリス人が立ち去ると、ユダヤ人の民兵組織が市内のパレスチナ人地区を攻撃しはじめ、その作戦行動は、過越の前にユダヤ人の家から酵母《ハーメーツ》入りのパンを一掃する儀式になぞらえて、ビーウール・ハーメーツ作戦と呼ばれた。民兵たちは丘の中腹のユダヤ人地区から、眼下のパレスチナ人の家々や商業地区の市場を砲撃した。ハイファは一日で落ちた。

ユダヤ人の軍勢はアラビア語のラジオ放送や小型トラックに搭載した拡声器を通じて、ただちに退避せよと指示をがなりたてた。彼らは「火をつけることが可能なものをことごとく」焼夷弾で焼き、「遭遇したアラブ人を皆殺し」するよう命令されていた。灯油に浸したぼろ布を詰めて点火装置をつけた樽が、パレスチナ人地区に向けて丘陵を勢いよく転がり落とされた。ユダヤ人は「ワディ・ニスナス地区および旧市街で、動いているアラブ人を残らず撃ち倒していった」と、あるイギリスの諜報部員が報告している。「胸の悪くなるような、まるきり無差別の機銃掃射、迫撃砲攻撃、そして隠れていた礼拝堂の外に出ようとする女子どもの狙撃」も行なわれた。この都市の大半は、過越が始まるころには民族浄化されていた。煙が立ちこめた商業地区の通りは死体やがれきに埋もれ、パレスチナ人の家族が進軍中の兵士たちから逃げまどっていた。恐怖に駆られた生存者たちは港へ殺到し、雑踏のなかで互いに踏みつけあった。パレスチナ人の家々は、元の所有者がけっして戻れないよう、すみやかにユダヤ人移住者に与えられた。

フダーの家族は、北に向かうトラック隊でレバノンへ逃げた。フダーの祖母は当時の恐怖をよく語ったが、その恐怖はレイプや虐殺の話でいっそう増幅された。ユダヤ人の隣人が家を管理すると約束してくれたものの、ほとんど慰めにならなかった。ハイファ陥落の三週間後に、イスラエルが独立を宣言した。そのころには、パレスチナ人一〇〇万人のおよそ四分の一が難民と化し、うち九〇パーセントは、パレスチナの都市でとくに人口が多かったハイファおよびヤッファのアラブ系住人だった。イスラエルと近隣のアラブ諸国との戦争はまだ始まってもいなかった。

数日におよぶ旅で、ダーブール家の人々は貧窮し、空腹に苦しんだ。北へ向かう途中、まだパレスチナにいるときに、フダーの祖母は洞窟に入って女の子を産んだ。へその緒はパラフィンストーブのクリーニングピンで切断した。急場しのぎのお産にちなんで、赤ん坊は聖母マリアを意味するマルヤムと名づけられた。なけなしのパンのかけらを分けあいながら、彼らはレバノンの沿岸都市シドン（サイダ）にたどり着き、そこからシリアのホムスに向かった。難民たちは中世の城塞に集められたあと、フランスの委任統治下に建てられた軍の馬小屋に連れていかれた。この場所に、やがてホムス難民キャンプと呼ばれることとなる施設をUNRWAが設置した。

キャンプでは、パレスチナの同じ村や都市の出身者がかたまって暮らし、各区画の名前が難民の故郷にちなんでつけられた。〝ハイファ〟は、その権威を反映してキャンプの入り口に位置した。ほかの難民はほとんどがガリラヤ出身だが、アッコやヤッファから来ている人たちもいた。各通りもやはりパレスチナの町にちなんで、ヘブロン（アル＝ハリール）、エルサレム、ナザレ、サフェド、タルシーハなどと名づけられた。水道も電気もなく、寒さをしのぐすべはごくわずかで、だれもが共同の屋外便所を利用していた。UNRWAは古着入りの袋を配ったが、靴の左右が不揃いなことも多かった。ある年のラマダーン月の終わり（イード・アル＝フィトル）に、フダーの祖母は古着を青い染料で染め、見ためは新しい祝祭《イード》のプレゼントとして子どもたちに与えた。女性のほぼ全員がこれをまねた結果、キャンプは青い海と化した。冬季には、雨が波形のトタン屋根を激しく打ち鳴らし、石油ストーブの煙霧で息が苦しかった。

一族がばらばらになり、貧困と国外でのつらい避難生活を耐え忍びながらも、ダーブール一家はなんとか幸せを見つけた。フダーの父親が結婚したとき、家族はひと部屋だけの空間に毛布をつるして、花婿と花嫁にささやかなプライバシーを提供した。結婚後、フダーの父親は生活の改善を図って、屋内トイレを設けたり、庭に井戸を掘ったりした。彼らの家の扉はつねに開かれ、キャンプのみんなが汲みたてのきれいな井戸水を利用することを認められた。

キャンプには電気がないので、一家はさまざまな話、とくにフダーの祖母が語る話を聞いて夜を過ごした。祖母はフダーとそのきょうだい、いとこ、おば、おじたちを、ハイファと呼ばれる魔法のような場所が舞台の物語で育てた。その地では、子どもたちが山頂で遊ぶときにカルメル山があちこち移動し、人々の頭には雨がひと粒たりとも落ちてこない。まさに楽園だった。フダーとそのきょうだいは、このおとぎ話のハイファを夢見ながら眠りについた。子どもたちがハイファを見たいと泣くと、おとなたちは大きな樽に水をなみなみと注ぎ、水しぶきとともに彼らをそこへ浸けて、ほら目を閉じてハイファの海に入っているところを想像してごらんと告げた。

ホムス難民キャンプの男は、フダーの父親も含めて老いも若きも最初はたいてい汎アラブ民族主義運動に加わっていたが、一九六〇年代にファタハが力を増すにつれてそちらに乗り換えた。フダーの最年少の叔父カーメルは、同じ世代ではただひとりパレスチナの外で生まれた。フダーよりもわずか四歳年上で、きょうだいとは見た目がちがい、褐色の肌や瞳の色が濃く、まじめな顔つきをしていた。一家のなかでは、最初にファタハに加わった。思春期にファタハの歌を熱心に聴き、のちにキャンプのなかで彼らとともに訓練を受けた。一五歳でホムスを出ると、レバノンのファタハに加わった。カーメルは二、三カ月ごとに家族に会いに帰ってきた。家族は大喜びしたが、実のところ、きびしい条件を言い渡されていた。彼がどこにも行っていなかったようにふるまわなくてはならないのだ──涙も、抱擁もなし。さもなくば、彼は立ち去って二度と戻らないと言った。帰宅した叔父がドアから入ってくると、フダーは祖母とともに飛びついて抱きしめたい衝動を抑えなくてはならなかった。一週間後には、叔父はさよならも言わずにまた姿を消した。

そのたびに、フダーの祖母は地面にへたりこんでさめざめと泣いた。末の息子がファタハの活動で死ぬのではないかと不安だったのだ。シリアでは、パレスチナ人難民の男性は兵役を課されて、パレスチナ解放軍に入隊させられていた。これはPLOの正規軍ではあるが、事実上シリア軍の統制下に置かれていた。あるとき、カーメルが実家に戻ると、フダーの祖母が息子の帰省を当局に通報した。彼はパレスチナ解放軍に加わるべく連行されたが、シリア軍の手足となることに激しく抵抗した。ちなみに、シリア軍はじきにレバノン内戦でファタハに銃口を向けることとなる。フダーの祖母はこれが息子の安全を確保する唯一の道と考えていたが、彼がその意志に反して連れていかれると、フダーとともに涙した。

パレスチナ人難民キャンプのひとつ、テル・アル＝ザアタルをレバノンのキリスト教民兵が包囲し、シリアがこれを支持すると、カーメルはパレスチナ解放軍を抜けて、この難民キャンプを守っているファタハの同志に再合流した。五二日間の包囲を持ちこたえたのちに、キャンプは陥落し、キリスト教民兵が数千名のパレスチナ人を虐殺した。フダーの家族は、カーメルがテル・アル＝ザアタルにいたという報せを受けたが、それ以上は何もわからなかった。何か情報はないかと探って、ようやく、亡くなった日に彼が着ていた血染めのシャツを手に入れた。フダーの祖母は悲嘆に暮れて、そのシャツを抱きしめた。その後もけっしてカーメルの死から立ちなおれず、シリア当局に通報した自分を責めた。通報しなければ、息子はテル・アル＝ザアタルに行かなかったかもしれないのだ。

家族の記憶を歴史にとどめる役割は、フダーの叔父のアフマドが担った。彼は二歳の誕生日にパレスチナを離れ、やはり母親が語るハイファの物語を聞いて成長した。一家が所有していたパン店や、隣人たちの物語だ。こうした家族の歴史に育まれて詩人になり、一八歳で処女詩集を刊行して名をあげた。彼の詩はちりぢりになった一家の話、悲嘆に暮れる母親と彼女が語るハイファの話やテル・アル＝ザアタルで殺された弟の話、難民キャンプでの貧困生活を題材にしていた。何百万人もの子どもたちが学校で彼の詩を暗唱し、また、詩に曲がつけられて、とくに人気の高いパレスチナ革命の歌となった。アフマドは〝ハイファの恋人〟と呼ばれ、やがてPLO文化部の長に任命された。

医学部を卒業後、フダーはチュニスの叔父アフマドのもとに行くことを承諾した。当時、PLOは史上最も脆弱な時期にあった。レバノンの本部を失い、アラブ諸国のあちこちに戦士が散らばって、大半は解放したい土地から遠く離れた場所にいた。組織は内部分裂し、ヤーセル・アラファートを指導者から引きずりおろせという声が高まった。また、占領地域における協力関係をヨルダンとイスラエルが結び、シリアはPLOのべつの分派を支援し、アラブの覇権軍事国であるエジプトはイスラエルと独自の和平を築いていた。

一九八五年九月、イスラエルはキプロスからレバノンへ航海中のファタハの最高司令官と幹部三名を捕らえ、司令官をきびしく拷問した。報復として、ファタハの一分隊がキプロスでイスラエルのヨットを拿捕し、同志の解放を要求して、船上のイスラエル人たちを殺害した。ちょうどヨム・キプル、すなわち贖罪の日だった。イスラエルは六日後の一〇月一日に応酬した。

PLOの本部は、チュニス郊外の沿岸部、ハマム・ショットにあった。その日の朝は、ヤーセル・アラファートとその片腕のアブー・ジハード、アブー・イヤードら数十人の幹部が本部で会合を開くことになっていた。開始予定時刻からほどなく、イスラエルのF－15戦闘機五機が上空を飛んで、五〇〇ポンド（約二二七キロ）と二〇〇〇ポンド（約九〇七キロ）の爆弾を投下し、本部の施設を廃墟にした。パレスチナ人とチュニジア人、併せて六〇名以上が殺された。

当時、フダーはおよそ一〇〇キロ近く離れたマジャズ・アル・バブのパレスチナ赤新月社に駐在し、PLO戦士の家族を治療していた。一〇月一日の朝、スタッフと患者をただちに避難させるよう指示があった。ハマム・ショットの次に、マジャズ・アル・バブが爆撃されるかもしれないからだ。

叔父が殺されたのではないかと不安でたまらず、フダーはハマム・ショットに急行し、襲撃の一時間半後に着いて、がれき、灰、死体の山の地獄絵図に迎えられた。この世の終わりに思えた。建物があった場所に大きな穴ができて、泥水があふれていた。ブルドーザーがすでに到着し、砕けたコンクリートやねじ曲がった鉄骨や金属の破片を片づけていた。医師や看護師は灰色の粉塵まみれになりながら、死者や負傷者を探してがれきを掘っていた。ぐったりした体を、救助隊のチームがストレッチャーで運んでいた。救急車のサイレンがけたたましく鳴って、泣き叫ぶ負傷者の声をかき消していた。不明者の友人や家族が名前を叫びつつ、がれきの山をかき分けていた。むっとする死の臭いが一面に立ちこめていた。

　フダーはわずか二五歳だったが、すでに恐怖を何度も味わってきた。一九六七年の戦争〔第三次中東戦争〕と、イスラエルの爆弾がホムスの石油精製所を吹っ飛ばした一九七三年の戦争〔第四次中東戦争〕を体験した。医学生だった一九八二年には、レバノンから避難してきたパレスチナ人負傷者を手当てした。だがハマム・ショットは、比較のしようがないほどひどかった。フダーは負傷者を治療するつもりでいたが、死体のかけらを回収するよう上司に命じられた。四方八方から嗚咽や悲痛な嘆きが聞こえ、何日も耳に残りつづけることとなった。作業中に、彼女は嘔吐した。

　その後、同じくらい苛酷な、死者の家族を訪問する仕事を与えられた。彼女はまだ経験の浅い若き医療者であり、現場で唯一の女性医師だった。悲しみに泣き叫ぶ母親、父親、子どもがいる家から家へと訪れた。その人たちの神経が静まるよう精神安定剤を処方した。新婚の夫に先立たれた若い女性の顔が、夜な夜なフダーを苦しめた。

　イスラエルはこの一撃により、もう少しでパレスチナ民族主義運動をほぼ壊滅させるところだった。だが、土壇場で会合が延期され、高位の指導者の大多数は本部にいないか、いつものことながら遅刻していた。アラファートとその側近たちは生き残り、フダーの叔父もぶじだった。時間通りにやってきた下位の者たちは殺された。

　この爆撃にフダーの家族はショックを覚え、同じ名前の女性が亡くなったと聞いて、一日じゅう彼女を探した。ショックを受けたのは、彼らだけではなかった。フダーは、アラファートほかＰＬＯの最上層部を含む生存者たちに変化が訪れたことに気づいた。おそらく死の瀬戸際を経験し、組織をイスラエルに壊滅させられかねないと認識したからだろう、和解への動きが加速したのだ。三年後の一九八八年、ＰＬＯはイスラエルに歴史的な妥協を示し、祖国のわずか二二パーセントしかないパレスチナ国が占領地域に設立されることに同意した。ハイファ、ヤッファほか亡命指導者たちの出身地、彼らがそこに戻るために何十年も戦ってきた土地は、このパレスチナ国から除外されていた。

IX

ハマム・ショットの爆撃からほどなく、フダーは夫となるイスマーイールと出会った。彼がモスクワからチュニスを訪れていたとき、扁桃腺炎でフダーのクリニックを訪れたのだ。イスマーイールはモスクワで国際関係学の博士課程を終えようとしていた。モスクワのパレスチナ人学生連合の会長も務め、政治的リーダーとして出世街道にあり、世界各地の学生連合活動家の会合でチュニスを訪れていた。フダーよりも五歳年上で、ぼさぼさのサンディブラウンの髪の毛と豊かな口ひげが、どことなくアクション映画のヒーローを思わせた。フダーは自分の結婚相手として三つの条件を掲げていた。学があること、ファタハのメンバーであること——彼女にとって、これは父親と同じく穏健な人物であることを意味した——そして、おおかたの知人男性とはちがい、成功を収めた知的な女性を相手にしても萎縮しないこと。具体的に言うなら、彼女が専門医になるために医学校で学びなおす計画を支えてくれることも、これに含まれた。イスマーイールは三つとも条件を満たしていた。

ふたりは出会って五日後に婚約し、その後イスマーイールはモスクワに戻った。翌年、フダーは彼に合流して、学生寮で暮らした。モスクワとロシア文化がいたく気に入って、人々の識字率が高く教養があることに感銘を受けた。ロシア語を学んだのちに小児科医学を勉強しはじめたが、じきに妊娠し、その影響で予想もしなかった変化が自分自身に起きた。子どもたちが痛がるさまを見聞きするのが、もはや耐えられなくなったのだ。専門分野の変更を考えていたときに、イスマーイールがアラファートからブカレストの外交的地位に任命された。フダーはモスクワにひとり残って教育を終えたい、と教師のひとりに打ちあけた。教師はそうしないほうがいいと助言した。夫と妻は針と糸のようなものだ――針の赴くところに糸はつきしたがうべし、と。

ブカレストで、フダーは一からまたやりなおし、ルーマニア語を学んで、あらたな医学校に入学を出願した。専門分野を内分泌学に変更するためのいい機会だと前向きにとらえ、この分野の論理と批判的論考を楽しんで、より実際的な見地からは、救急医療とかかわりがない分野なので、子どもを産んだあと夜勤しなくてもすむだろうと考えた。

生まれた娘に、ふたりはヒバ、すなわち〝贈り物〟と名づけた。娘の誕生は結婚生活に緊張をもたらした。ヒバは気むずかしく、ひっきりなしに泣いたが、フダーはイスマーイールから手助けも労りもろくにもらえなかった。ヒバの授乳と世話をひとりで引き受け、内分泌学を学び、ルーマニアの貧しいパレスチナ人学生に食べ物を提供し、外交官や来訪パレスチナ人やルーマニアの役人向けの晩餐を主催した。ヒバの誕生から数カ月後、彼女はまた妊娠した。妊娠後期になり、ひっきりなしに泣くヒバを一年間なだめつづけて疲弊した結果、第二子である息子の名前として、当時強く望んでいたことを選んだ――〝穏やか〟を意味する、ハーディだ。家族の手が借りられるホムスで、彼女はハーディを産んだ。自宅に戻ると、イスマーイールは現状の問題は彼女がみずから作り出したものだと主張した。年子の乳児ふたりを育てながら医学校に留まることを選んだのは、ほかならぬおまえだ。このまま学問を追求したいのなら、反対はしない。だが、自分は料理も子育ても来客のもてなしも手伝わない。これらすべてをやり遂げるなら、勉強してもかまわない、と。

どうにかこうにか、彼女はやり遂げた。ルーマニア語を学び、医学教育を終え、子どもたちを育て、晩餐のホスト役を務め、さらには第三子のアフマドをもうけさえした。結婚生活に疲れきって不幸せだったが、はたからは運に恵まれて充実しているように見えた。なにしろ医師として成功し、立派な夫と三人の幼子がいるのだ。

オスロ合意後、ＰＬＯの要員数千人が、ガザ地区とヨルダン川西岸地区にあらたに設けられた狭いパレスチナ自治地域に戻ることを許された。フダーはＰＬＯで働いておらず、ひとりで戻る資格はなかったが、イスマーイールと一緒なら可能だった。だが彼は、東欧のパリと呼ばれる河畔の都市、ブカレストを離れたがらなかった。外交官としての生活を楽しんでいたのだ。フダーはしかし、戻りましょうと強く主張した。イスラエルのことはよくわかっている、と彼女は言った。いまそうしないと、いずれパレスチナに入ることができなくなるはずだ。心には、もうひとつ、ひそかな理由があった。幸せとは言えない結婚生活と夫の非協力的な態度にもかかわらず、彼女はパレスチナの国土で生まれた子どもを持つことを夢見ていた。これは、家族がその根を引き抜かれた大地に種を蒔きなおす機会なのだ。

一九九五年九月、イスラエルがPLO要員の入国を停止する一年前に、彼らは戻ってきた。その翌年、フダーは第四子を産んで、その女児をルジャインと名づけることとなる。〝銀〟を意味し、大好きなファイルーズの歌の冒頭に出てくることばだ。ちょうど和平プロセスと呼ばれるものが最高潮に達し、イツハク・ラビン首相がオスロ第二合意(オスロII)を締結したころだった。この合意は、占領地域内に点在するパレスチナ暫定自治地域をすべて明確にするものだが、フダーは無意味だと感じていた。

ラビン首相は以下の点を強調した。パレスチナ国家が誕生することはないし、エルサレムに首都ができることもない、いっそう多くの入植地がエルサレムに併合される、ヨルダン川西岸地区にいっそう多くの入植区画ができる、イスラエルはけっして一九六七年の戦争以前に存在した境界線に戻さない、と。歴史上パレスチナだった土地のゆうに七八パーセントが、イスラエルに含まれていた。ヨルダン川西岸地区とガザ地区内にある、残る二二パーセント――言い換えるなら、イスラエルがまだ入植も併合もしておらず、軍の支配下につねに置いてはいない地域――が、ラビンの言う〝国家未満〟の地としてパレスチナ人に与えられた。だが、こうしたおこぼれを渡すのですら、一部のイスラエル人には我慢ならなかった。フダーとイスマーイールが子どもたちを連れて西岸地区に入ったわずか一カ月あまりのちに、ラビンが国粋主義の正統派ユダヤ教徒に暗殺された。この報せをガザ地区の自宅で耳にして、ヤーセル・アラファートは涙した。

オスロ合意下で占領地域に入ったパレスチナ人は、帰還者と呼ばれた。フダーはこの表現をばかげていると感じた。彼女はシリアで難民だったし、両親とともにペルシャ湾沿岸に短期間住んでいたときには国外居住者と呼ばれ、ルーマニアでは移民であり、いまや帰還者となった。たしかにパレスチナの国土にはいるが、どこに帰還したというのだ。自分にとっても、父や叔父や祖母にとっても、ここは知っている場所ではない。フダーの夫は、父祖の地であるジャバル・ムカベルに戻ることを許されなかった。エルサレムに併合された地域だったからだ。彼とフダーは代わりに、隣接するサワーレに移住した。ジャバル・ムカベルとの境界のすぐ外だ。このふたつはかつてひとつの村だったのに、オスロ合意後、サワーレ東部のパレスチナ人はジャバル・ムカベルの親戚を訪れるときも、死者を墓地に埋葬するときですらも許可を必要とした。のちに、分離壁がサワーレのまんなかを貫いた。

フダーはこの地で自分がよそ者に感じられた。村人は粗野で、べつの時代から抜け出したように思えた。方言がきつくて理解できず、同胞であるパレスチナ人の日常的なことばがわからない自分に、彼女は困惑した。また、隣人たちは頭が堅いように思えた。彼らは山の民であり、祖母の話に登場する海辺のハイファのコスモポリタン的な住人とはまるきりちがった。そのハイファでさえも、ようやく訪れることができたとき、祖母の描く世界とは似ても似つかなかった。

帰還者として、フダーはしだいに周囲の社会との距離を感じだした。アラファートとともに戻った帰還者は、インティファーダを率いていた地元のパレスチナ人をさしおいて、新生スルタの要職を占めた。ひとえに地元の住民、いわば〝内部の人々〟の犠牲のおかげで、外部者たちは帰還することができたのに、オスロ合意後、内部の人々の暮らしは悪化するいっぽうだった。移動制限が拡大され、雇用は激減した。イスラエルがパレスチナ人労働者に代えて、大半はアジアからの外国人労働者を雇ったからだ。フダーがやってきた翌年には、パレスチナ人のおよそ三人にひとりが失業していた。それにひきかえ、帰還者はほぼ全員が、広がっていくアラファートの縁故ネットワークで職を得ていた。

世間の人々は帰還者に憤りを覚えはじめ、オスロ合意、腐敗、パレスチナ治安部隊の解決困難なジレンマを彼らのせいにした。治安部隊は、イスラエルの占領維持の鍵となっていた。アラファートに近い者たちが何千万ドルもの公金を着服した。その大半は、テルアビブのひとつの銀行口座を通じて集められたものだった。入植地の建設で大金を手にする者すらいた。アラファートは事態を矮小化しようとし、あるとき、内閣の面々にこんな軽口を叩いた。いましがた妻から電話があって家に泥棒が入ったと報告されたが、それはありえないことだと安心させた、なぜなら、泥棒はいま全員、自分の目の前に座っているからだ。

ジョークにしてはいるが、アラファートはオスロ合意への——そして、その合意が生み出した自治政権への——不満が広がって自身の地位が脅かされているのを認識していた。二〇名の著名人がスルタの「腐敗、欺瞞、独裁」に反対する申立てに署名したとき、その半数以上が拘束されるか、尋問されるか、自宅軟禁された。殴打された者や、脚を撃たれた者もいた。

フダーは、スルタがイスラエルと治安協力していることに最も心を痛めていた。イスマーイールが勤務する内務省は、密告者の広範なネットワークに頼り、イスラエルによる占領に抵抗しつづけるパレスチナ人の監視と逮捕を監督している。大勢のパレスチナ人が互いに裏切りあうさまに、フダーは慄然とした。彼女が働くUNRWAのクリニックのスタッフにすら密告者がいて、クリニックをイスラエル諜報機関が訪れ、尋問した。フダーはしかし、自分のふるまいを改めることも、自己検閲することも拒んで、かたくなに職場で政治的な姿勢をとりつづけた。彼女にとって、この仕事はただ人道的なだけではない。つねに民族主義的でもあった。難民を治療することは、自民族のために何かすることを意味した。

X

フダーがサワーレにやってきた当初、エルサレムはまだ比較的開かれていて、子どもたちを市内の学校へ通わせることができた。まだ一二歳に達していなかったので、出入りに青色のＩＤカードを必要としなかったのだ。だが、時とともに規制が強まり、日によってエルサレムが封鎖されるようになった。あるとき、どうやってもスクールバスがサワーレに生徒を連れ帰ることができなかった。フダーをはじめ、村の親の半数はその日の午後じゅうわが子を探し、日暮れ時にようやく、数時間歩いて子どもたちが帰ってきた。フダーはすぐさま、彼らをエルサレムの学校に通わせるのをやめた。

運命を左右する決断だった。そのときまで、ハーディは名前どおりの少年だった。物静かで、めったに問題を起こさなかった。なのに、アブー・ディスの新しい学校へ通いはじめてから変わった。この町はアル＝クドゥス大学の本拠地で、イスラエル兵との衝突が頻発していた。第二次インティファーダのさなかの二〇〇三年に、イスラエルがアブー・ディスを通る分離壁を建設し、そのせいで収入源をエルサレムの顧客に大きく依存していた商人たちが仕事を失った。あちこちの店が閉まり、土地の価値が半分以下になって賃貸料が三分の一近くにまで落ち、金銭的余裕がある者はよそへ引っ越した。

ハーディの学校の外に、イスラエル軍がほぼ毎日陣取った。彼らの存在目的は、できるだけ多くの生徒を逮捕するための挑発ではないかと、フダーには思えた。兵士たちは帰宅途中の生徒を制止しては、壁に向かって並ばせたうえで身体検査し、ときには殴打もした。

フダーはヨルダン川西岸地区周辺のUNRWAのキャンプで仕事をしているときに、自分の息子たちのことが心配になるようなできごとをいくつも目にした。戦車に石を投げた少年に、兵士が発砲するのも目撃した。地面に倒れたその子を助けに行こうとして、彼女は兵士たちに押しとどめられた。サワーレの自宅で夜な夜な、西岸地区での殺害と封鎖のニュースを耳にし、なかなか眠れなかった。ハーディが外出して石を投げていることを知っていたのだ。

ストレスが体に現れはじめた。まずは頭痛に見舞われ、それがしだいに悪化した。そしてある日、仕事中に、頭のなかに冷たい液体が流れる感覚があった。ものが二重に見え、うまく歩けなかった。サワーレの自宅に戻って仮眠し、二四時間後に目を覚ました。どうやら、昏睡状態に陥っていたらしい。脳出血の徴候だ。ヨルダン川西岸地区や東エルサレムのパレスチナの病院では、手術をする設備がないと告げられた。イスラエルで治療を受ける金銭的余裕はなかった。最終的に、費用の五万シェケルのうち九〇パーセントを補償すると約束するアラファートからの手紙を入手し、エルサレムのハダッサ病院にそれを持参した。

手術は成功したが、脳出血の原因と思われるストレスはいっそう激しくなった。二〇〇四年五月のある日曜日、当時一五歳半のハーディとその友人たちが、イスラエル国境警察に銃撃された。アブー・ディスでは軍の指揮下に、併合された東エルサレムでは警察の指揮下に置かれている憲兵たちだ。複数の目撃者が、この少年たちはいかなる敵対行為にも参加していなかったと、イスラエルの人権団体ベツレヘムおよびフランス通信社に話している。ハーディは母親に、内輪で集まってコーラを飲んでいたところへ、ゲームか何かのように兵士たちが発砲してきたのだと話した。一発の銃弾がハーディのすぐ右隣に座っていた友人に当たった。その少年は即死した。

以降、ハーディは兵士たちにあらたな決意を持って対峙した。彼とその友人たちが通りにいるところをフダーはたびたび見かけた。黒と白の頭巾《クーフィーヤ》で顔が覆われていても、息子だとわかったが、近づかないようにした。兵士たちに母親だと気づかれて、息子を逮捕するため夜に自宅を訪れてほしくなかったのだ。だが、そうした努力も息子を守れなかった。

ハーディの友人が撃たれて一年足らずのある日、イスラエル軍のジープと装甲車両がフダーの自宅を取り囲んだ。兵士たちが四方八方から接近して、ドアをどんどんと激しく叩いた。なぜ彼らがやってきたのか、フダーはわかっていた。

ハーディは一六歳だった。フダーは避けられない瞬間を遅らせて、息子と数秒でも長く一緒に過ごしたかった。叩く音を無視しつづけ、兵士たちが蹴りつけはじめてようやくドアを開いた。銃口を向けられながら、なんのご用ですかと尋ねた。涙が顔を音もなく流れていた。

「ハーディに用がある」と、兵士のひとりが言った。フダーは罪状を知りたいと要求したが、「おまえの息子が知っている」と告げられた。

「わたしはあの子の母親です。知っておきたいのです」。彼らはそのことばを無視した。

一三歳のアフマドとともに、ハーディの部屋へ案内した。アフマドは母親に泣かないでと言った。ハーディがつらくなるだけだから、と。フダーは不安を抑えこもうとした。兵士たちが連れ去るのを少しでも押しとどめようとしたら、ハーディの命を危険にさらしかねない。フダーは彼らが正当防衛だと言って目の前で息子を殺すさまを頭に浮かべた。ハーディを抱きしめたかったが、息子に触れたら、きっと精神が崩壊するだろう。彼女は冬のコートを持たせてやってもいいかと尋ねた。まだ寒い時期だった。どこに行けば息子に会えるのか、知りたかった。朝になったら、近くのマアレ・アドゥミーム入植地に会いに来るようにと言われた。兵士たちが息子の手首を拘束して、ドアの外へ押し出し、庭を抜けてジープに向かうさまを見守った。自分の心が息子とともに去って行く感じがした。

その後二週間、フダーは拘置所から拘置所へと車で回ってハーディを探した。マアレ・アドゥミームからオフェル刑務所、エルサレムのモスコビア拘置所、グーシュ・エツヨンへと、UNRWAの仕事の許可証を利用して検問所を通過し、緑色のIDカード保持者には立ち入りができない入植地へも行った。だがハーディには会えず、どこに拘留されているのかもわからなかった。彼女は食べることも、眠ることも、笑うこともできなくなった。ハーディが好きだった料理も作れなかった。自宅を離れたくなかったし、通常の会話を強いられそうな場所に行きたくなかった。これほど深い悲しみに沈んでいるのに、ハーディが行ってしまったのに、そうでないふりなどできなかった。

青色のIDカードを所持するパレスチナ人弁護士を雇って、三〇〇〇ドルを請求された。イスマーイールは支払いを拒んだ。逮捕されたのはハーディとフダーのせいだと彼は言った。ハーディはなぜ学校に行かず、道で投石していたのか。おまえはなぜ息子を止めなかったのか、と。もはやフダーには耐えられなかった。イスマーイールが父親としてふるまう気がないなら、もう自分の人生には必要ない。神のしもべたるカデルがモーセと別れるクルアーンの一節を引用し、彼女は離婚を求めた。もし拒むなら、あなたが民族主義者ではないこと、息子を支えようとしないことを周囲に言う、と告げた。見るからにぎょっとして、イスマーイールは離婚を承諾した。

二週間後、弁護士が電話をよこし、ベツレヘム南のグーシュ・エツヨン入植地の拘置所にハーディが入れられていること、エルサレムとラマッラーのあいだにあるオフェル刑務所の軍事裁判所でまもなく審問が行なわれることを話した。これほど早く審問を受けられたのは運がいい、とフダーは言われた。ほかの親たちは三カ月、四カ月、五カ月待ってようやく、わが子が裁判にかけられて会えるようになるのだ。

徹底的な身体検査を受けるため、フダーは早めに来るよう指示された。数時間待って、狭苦しい法廷に入った。軍の裁判官、検察官、ハーディ、弁護士、通訳、数人の兵士と警備員しか、そこには入室できない。ハーディが釈放される可能性はほぼゼロだった。軍事裁判所の有罪宣告率は九九・七パーセントで、投石の罪に問われた子どもの場合、その率はさらに高い。ハーディの逮捕後六年間に起訴された子ども八三五人中、八三四人が有罪を宣告され、ほぼ全員が収監された。うち数百人が一二歳から一五歳だった。

審問が始まる直前に、フダーはハーディが投石および反占領の落書きを自白したと聞かされた。また、ハーディに話しかけるのも、体に触れるのも禁じられていると告げられた――やろうとしたら、裁判官に退室させられるはめになる。法廷に連れてこられたとき、ハーディはほかの囚人と脚の鎖でつながれていた。フダーはなんとか沈黙を保ったが、息子の顔に大きなやけどの跡があるのを見てはっと息をのんだ。いまや泣きながら、席を立っと、通訳を通じて訴訟手続きを中止するよう求めた。自分は医師である、と彼女は言った。だから息子が拷問されたのは見てわかる、と。

イスラエル国防軍の裁判官は鋭い声で、静粛にしてまた着席するよう命じた。フダーは従わず、ハーディにシャツをめくらせてズボンをおろさせることをかたくなに求めた。そうすれば、拷問によって自白を引き出されたとわかるからだ。裁判官はそれを認めた。ハーディの体は、まるで警棒で殴られたかのようにあざだらけだった。息子を拷問した兵士たちを裁判にかけるべきだと、フダーは叫んだ。裁判官は審問を延期し、フダーは守衛の怒鳴り声を無視して息子のもとに駆け寄り、逮捕の夜にはぐっと我慢した抱擁を与えた。これから寒い監房で過ごすことになる、だからこの抱擁であらかじめハーディを温めておくのだと彼女は考えた。裁判官が一喝した。息子が釈放されるまでにその体に触れたのは、これが最後だった。

ハーディの弁護士は、どんな取引を提示されても受けいれたほうがいいと助言し、一九カ月の収監および三〇〇〇シェケル（一〇〇〇ドルあまり）の罰金という提案を取りつけてきた。刑期はハーディの友人やクラスメイトの一部よりも軽かった。同じ時期に、一二歳から一六歳までのおよそ二〇名が逮捕されていた。青色のＩＤカードを持つ生徒も少なからずいたが、刑期はほかの生徒のおよそ二倍の長さだった。今回の取引には、ひとつ条件があった。ハーディを拷問した兵士たちに対するいかなる申立も、フダーが取りさげることだ。いずれにせよ、と弁護士は言った。兵士たちが訴追される可能性はない。彼らに不利な証言をする者は、だれひとりいないだろう。この取引に、ハーディは応じた。

彼はナカブ刑務所に移送され、フダーは可能なかぎり面会に行った。なんであれ息子に持っていくときは、ほかの囚人にも同じものを持参した。彼らはティーンエイジの少年で、多くはひどく貧しかった。UNRWAの俸給のおかげで、フダーは彼らの両親が金銭的に買えないプレゼントを渡すことができた。彼らの気持ちをくじけさせない助けになればと、本も持っていった。ハーディの友人たちが恋しい少女の名前を教えてくれたので、そのイニシャルが刻まれた米粒を携えて再訪した。ある祝日には、青空と星が描かれたタペストリーをテントの天井に掲げられるようにと持参した。

四〇分という短い面会のたびに、移動時間が二四時間近くかかった。縁者はガラスの仕切りの前に座り、囚人たちが反対側に座る。妻や両親や一五歳以上の子どもとの面会を許可されていない者や、面会そのものを禁じられている者もいた。囚人とその縁者はガラスの小さな穴越しに話したが、相手側には声がよく聞こえなかった。幼い子どもだけが、身体的な接触を許された。いやがる男の子や女の子の背中を母親が押して、見知らぬ人になってしまった父親を抱きしめさせようとするのを、フダーは何度も目にした。子どもは泣き叫び、父親も涙を流した。

ハーディが収監されていた一年半は、フダーの人生において最もつらい期間だった。一九八五年にチュニスで虐殺と深い悲しみを目の当たりにしたときより、もっとつらかった。この経験で、彼女はほぼすべてのパレスチナ人家庭に影を落としている隠された苦悩の宇宙を知った。ハーディの釈放から一年あまりのちに、ある国連報告書が、占領開始以降およそ七〇万名のパレスチナ人が逮捕されたことを明らかにした。この地域の全男性のざっと四〇パーセントに相当する。彼らの家族は失われた歳月と失われた子ども時代を思って嘆き悲しんだが、心の痛みは直接的な関係者である彼らだけのものではない。痛みは社会全体に、あらゆる母親や父親や祖父母にもたらされる。彼らの全員が、わが子を守るには無力であることをかつて思い知らされたか、いずれは思い知らされるのだ。

XI

フダーとスタッフが燃えさかるバスに遭遇して二〇分近く経過した。いまなお、砕かれた窓から炎と煙が噴き出している。フダーの運転手のアブー・ファラージが交通整理して、避難者のために道を空けたり、後続車の運転手に引き返すよう告げたりしている。人だかりが大きくなりすぎて、フダーとサーレムがバスの前部から引っぱり出した運転手と教員の姿は、彼女の目にはもはや見えない。

フダーは子どもたちに意識を集中し、国連の看護師ひとりとともに、事故現場に停まっている車の列のほうへそっと運んだ。運転手の多くが、やけどした園児を移送しようと申し出て、自分が行けるもよりの病院へ急いで運ぼうと待機している。彼らの大半にとって、それはラマッラーの病院だった。エルサレムの病院のほうがはるかに望ましいが、そこへは青色のIDカードを持っている者しかたどり着けない。何人かの運転手は青色のIDカードの保持者で、エルサレムのスコーパス山にあるハダッサ病院の方角へ発進したが、大多数は緑色のIDカードの保持者で、反対の方角へ向かった。冠水した道路をラマッラーめざして走るのだ。

園児のほぼ全員がバスからおろされたころ、すでに何度も炎に出入りしていたサーレムは、一緒に救助にあたっている教員のウラが前方の座席の下で動けなくなり、その脚が燃えていることに気がついた。だが、なんとかそこへたどり着いたときには手遅れで、彼女はすでに息絶えていた。彼はその体をバスの外へ運び出し、地面に寝かせた。ウラの甥のサーディが、雨に打たれながら、ひとりの男がおばにコートをかけるさまをじっと見ていた。

一連の行動のあいだ、サーレムは何も感じなかった。人だかりのだれかにぎゅっと腕をつかまれてもそうだった。フダーの看護師のひとりが、あなたのジャケットに火がついていると叫び、彼はそんなことはないと叫びかえした。またバスのなかに入ろうとすると、看護師がその火を消した。まだ車内にいる園児数人はもう生きていなかった。サーレムが引っぱり出した最後の男の子は、顔を下に向けて、座席のうしろにうずくまっていた。いまなおリュックサックを背負ったままで、サーレムはそれをつかんで男の子の体を持ちあげた。

最後の最後にバスの外に出ると、サーレムはもっと救えたはずだと叫びながら、どっと涙を流しはじめた。どういうわけか、髪の毛は燃えていなかった。アブー・ファラージはショック状態で、炎に魅せられたように立ちつくしていた。フダーがかたわらの看護師のほうを向くと、顔が黒くすすけ、雨で縞ができている。おそらく自分も同じだろうと彼女は思った。

ずぶ濡れで疲労困憊し、やるべきことはもうない。パレスチナの救急車がようやく一台到着したときには、負傷した園児の大多数がすでに避難させられていた。フダーはそのことに気づきさえしなかった。バスはまだ炎に包まれてパチパチ音を立て、あちこちから叫び声やばたばたと動く音が聞こえる。消防士も、警察官も、兵士も、だれひとり来ていない。

フダーは園児たちの行った先を追跡したかった。チームのメンバーを探し出して、UNRWAの車両に戻った。薬剤師で妊娠中のニダールはまだ車内にいて、慰めようのないほど取り乱している。アブー・ファラージはスタッフを自宅に送りはじめ、フダーはあちこち電話をかけて、大半の園児がラマッラーにいるのを確認した。それから、UNRWAの上司に電話した。彼は事故の大きさを認識できず、チーム全員で引き返してハーン・アル＝アフマルへ行けと命じ、そうしなければ減俸すると言った。フダーは行くのを拒否し、自分だけ減俸して、ほかはだれの俸給も減らさないでほしいと告げた。

自宅に立ち寄ってすばやくシャワーを浴びたあと、フダーはクリニックのソーシャルワーカーをともなってラマッラーの病院へ向かった。到着したときには、フダーが衝突現場にいたという話が広まっていた。大勢の親や親戚たちが彼女を探し出しては、スパイダーマンのリュックを背負った男の子を見ていないか、黄色いリボンを髪に結んだ女の子を見ていないか、などと尋ねた。フダーは全員に同じ答えを返した。子どもたちはすすに覆われて、何を身につけているのかわからなかった、と。

病室から病室へと、彼女は負傷した園児を確認しては、慰めた。バスのそばを離れてからずっと、何かが自分をさいなむのを感じていた。現場では、園児たちは押し黙っていたはずだ、少なくとも最初のうちは。いま、ひとりの女児のベッド脇に立って、フダーはなぜそうだったのか、なぜまったく声が聞こえなかったのかと尋ねた。「すごく怖かったから」と、その女児は言った。「火を見たとき、あたしたち、もう死んだと思ったの。地獄にいるんだって」

第三章　多数傷病者事故

アナタ
アナトト基地
ヌール・アル＝フータ学園
ヒズマ
ピスガット・ゼエヴ
ヒズマ検問所
エルサレム市
ネヴェ・ヤアコヴ
ア＝ラム
ヨルダン川西岸地区

ジャバ道路の周辺地域
アナトト
アダム
分離壁
アダムのラウンドアバウト
ジャバ
ジャバ検問所
事故現場
ジャバ道路
ラマ基地
N
エルサレム市
ヨルダン川西岸地区

XII

事故の前夜、ラドワーン・タワムがジャバの自宅の居間で過ごしていると、電話が鳴った。おじのサーミーからだった。おじはラドワーンが運転手として働く小さなバス会社の経営者で、あすの朝、ヌール・アル＝フーダの園児を遠足に連れていってくれないか、と言ってきた。ふたりは親しく、おじと甥というより兄弟のようで、ラドワーンは日ごろから協力を惜しまなかったが、今回はためらった。ジャバの丘の頂上近くにある自宅からは猛烈な風の音が聞こえ、上空に黒い雲が見える。激しい嵐が来そうだ。地元の道路はそんな天気でもだいじょうぶなように造られてはいない。

翌日の早朝から、サーミーは電話の呼び出し音を鳴らしつづけ、ラドワーンはそれを無視しつづけた。こんな天気に無理やり運転させられるなんて、まっぴらごめんだ。ところが、最後の呼び出し音からしばらくして、サーミーが二七年落ちのがたつく五〇席のバスをラドワーンの家の外に停めた。そして降車すると、近隣の石灰岩の石切場から飛んでくる粉塵をかぶった前庭のオリーブとイチジクの木の前を抜けて、家の扉を叩いた。しぶしぶながら、ラドワーンは行くことを承知した。

家を出て、ジャバの狭い道をゆっくり走って丘をくだった。この道からは、アダム入植地を建設するために接収されたタワム家の土地が見渡せる。第二次インティファーダ中に、イスラエルがジャバへの主要な入り口を土嚢で封鎖し、以来、それが恒久的な障壁となった。アナタに入るために、ラドワーンとサーミーはまず別方向へ走ってア＝ラムに入り、そこから折り返してジャバ道路の検問所に向かわなくてはならない。

ヌール・アル＝フーダに着くと、サーミーは飛びおりて、自分は別件があるのだとラドワーンに告げた。園児の列が、もう一台のバスに乗ろうと待機しているのが見えた。これもサーミー所有のバスで、すでに満員であふれそうになっている。その運転手が、園児数人に、バスをおりて代わりにラドワーンのほうに乗るよう告げた。雨のなか、幼稚園の教員はずぶ濡れになって一箇所に集まり、興奮した園児たちがバスからバスへと乗降していても、だれひとり乗客名簿の修正を思いつかなかった。

どっと乗りこんできた園児たちが、ラドワーンを押しのけるようにして後方へ行く。背中のリュックが小さな体には大きすぎるのだ。バスが学校を出発し、窓越しに分離壁が見えると、ラドワーンは通路の天井からつりさがったテレビをつけて、子どもたちが鑑賞できるようアニメを再生した。ジャバ検問所に着くころには、雨音が激しく大きくなっていた。きしむバスは速度が出ず、ラドワーンは右の走行車線をキープしてほかの車に追い越させながら坂をのぼった。午前八時一五分、検問所を抜けてすぐ、バスが重い衝撃に襲われた。ラドワーンは意識を失った。

集まった人々のひとりが撮影した動画には、救出の最後の数分、救急車と消防士が到着する少し前の場面が映っている。横転したバスに人々が駆け寄り、そのバスは燃える車台《シャシー》だけになり、赤い炎が空中へ噴きあがって、岩がちな崖の上へ立ちのぼる煙で空が黒々としている。女性の金切り声が聞こえる。だれかが「子どもがなかにいる!」と叫び、それから「消火器! 消火器!」と声がする。数人の男性が、自分の車から小さな消火器を取ってくる。べつの男たちが走ってきて、手にしたボトルから水を炎に注ぐが、まさに焼け石に水だ。

炎が勢いを増す。ひとりの男が顔を両手でぎゅっと覆い、ぐるぐると円を描くように歩いている。べつの男は自分の頭を叩いている。三人めは、消火器が空になると勢いよくバスから離れて「みんな、どこにいる? おお神よ!」と叫び、消火器を頭上に持ちあげて地面に叩きつける。小さな遺体が道路に横たわっている。「あの子を覆ってやれ、覆ってやるんだ!」とひとりが叫び、それから「救急車はどこだ?」「ユダヤ人たちはどこだ?」

ふたりの男性が、子どもをひとり抱えて走ってくる。「この坊やは生きてる！　早く！　蘇生が必要だ！」。ほかのだれかが、地面のおとなを指さす。「車をここへ！　この男は生きてる！」。ぼやけた人影が女の子をひとり抱えて、バスから小走りに離れる。その子の三つ編みにした髪の毛がピンクのひもで結わえてある。見たところ無傷で、茫然自失して、下へおろされて「何か欲しいものはあるかな？」と問われても、答えない。画面にさらに多くの子どもが現れ、ひとり、またひとりと、近くの車へ連れていかれる。煙の向こうから、泣き叫ぶ声がする。

ナーデル・モラルは、現場に最初に到着した救急救命士だ。午前八時五四分に通信指令から連絡が入り、バスがジャバ道路で横転していると伝えられた。車内に人がいるか否かは、言われなかった。ナーデルは事故現場を知っていた――「死の道路」と呼ばれているのを聞いたことがある。おそらくイスラエルの救急車が先に現着するだろう、と彼は考えた。というのも、この道路はエリアCに属すからだ。エリアCは、オスロ合意後もイスラエルの完全な支配下にあって、イスラエルの軍隊に統轄され、イスラエルの警察が巡回し、イスラエルの救急隊の管轄下に置かれたエリアで、ヨルダン川西岸地区の半分以上の面積を占める。

ナーデルが待機しているアル＝ビーレの赤新月社本部から現場へたどり着くには、壁で分離されたクファル・アカブを通り抜けなくてはならないが、激しい雨で浸水している可能性があり、車が立ち往生しかねない。そこからカランディアの検問所と渋滞した一車線道路を東へ進み、事故現場まで約七キロあまりの道のりになる。この天気では、たぶん三〇分かかるはずだ。

自分でも驚いたことに、一〇分で現着した。いっそう驚きだったのは、イスラエルの救急隊も軍隊も警察もいないことだ。ナーデルが着いたとき、負傷した子どものほとんどはすでに車で避難させられたあとだったが、彼には知るよしもなかった。崖の上から人々が道路を見おろし、腕を振って叫んでいる。左を見ると横転したバスがあり、いまなお燃えていた。遺体が数体、地面に寝かされている。「多数傷病者事故です」とナーデルは本部に無線連絡し、応援を要請した。

体を動かすたびに、胸のむかつきを覚えた。第二次インティファーダ中、彼はビルゼイト大学の学生で、メインの通学道路をイスラエルに封鎖された。大学の再開を求める抗議活動に加わり、兵士に脚を撃たれて、大腿骨を骨折した。二度の手術と一年間のリハビリを経てようやく回復したものの、大学は中退し、医療チームの働きに感銘を受けたことから、救急救命士に志願した。一〇年後、赤新月社での任務中に、またもやイスラエル軍に脚を撃たれるはめになった。

彼が救急車の外へ出るか出ないかのうちに、人々が遺体をなんとかしろと詰め寄ってきた。いまや炎が激しすぎて、どうやってもバスに近づけない。おとながふたり、アスファルトに横たわっていた。見たところ、どちらも第三度熱傷、つまり皮下組織にまでおよぶやけどのようで、ふたりとも呼吸が苦しそうだ。ひとりは、幼稚園の教員。ひとりはバス運転手のラドワーンで、複数箇所を骨折し、ひどい熱傷を負っている。ナーデルはふたりを救急車に乗せて、ただちに移送することにした。唯一の行き先は、ラマッラーだ――エルサレムに行こうとしたら、検問所で患者を担架に乗せて向こう側のイスラエルの救急車まで運ぶ許可を取りつけるために待つはめになり、貴重な時間を浪費するか、悪ければ患者の命を失いかねない。

ナーデルにとって、こうした危機下では、さまざまなパレスチナ人の法的な立場が異なることはどうでもよかった。重要なのはただひとつ、患者がパレスチナ人であるか、ユダヤ人であるかだ。どんな状況下であれ、ユダヤ人のだれかをパレスチナの病院へ運ぶことは、ぜったいにできない。ただし、イスラエルの市民権を持つパレスチナ人を西岸地区の病院へ運んだことはある――そしておそらく、いま、さらにもうふたり運んでいるようだ。救急車がラマッラーの医療センターへ急行し、サイレンを響かせてカランディアの検問所を抜けるいっぽうで、ナーデルはラドワーンと幼稚園の教員を手当てし、叫ぶふたりに気を散らされないよう努めながら、酸素を与えて止血した。

エルダド・ベンシュタインは、ベツレヘム南東の乾燥した黄色い丘陵の入植地、テコアの自宅で朝早く目覚めた。イスラエルの救急医療機関であるマーゲン・ダビド公社（略称Ｍａｄａ）で交替勤務を始めるために、午前七時までにエルサレムのロメマ地区へ行かなくてはならない。ヘロデ大王がみずからの名前を冠する城塞を築いたヘロディオン山のふもとのテコアは、ヨルダン川西岸地区の壮大な三六〇度の景観を誇る。パレスチナ人は、山頂が平らなこの峰をジャバル・フレイディス、すなわち楽園の山と呼んでいる。

エルダドはテコア生まれではないし、イスラエルで生まれてすらいない——一一歳のときに、ともに医師だった両親に連れられてモスクワから移住してきた。ロシアでは、両親は救急隊員として働いていた。エルダドは医師より救急救命士のほうが刺激的だと考え、正式なスタッフとして加わる数年前、一六歳のときからＭａｄａで奉仕活動を始めた。いまは三三歳で、イヤリングをつけ、スキンヘッドにヤギひげという、バイク乗りのような風貌だ。

要請を受けて、アナタ近隣の入植地、ピスガット・ゼエヴに救急車で向かう途中、通信指令から無線で、行き先を変えてジャバ道路の事故現場に向かうよう告げられた。知らされたのは、トラックが関与する衝突事故ということだけだった。子どもたちのことも、スクールバスのことも言及されなかった。雨が激しく降っていた。救急車はサイレンを鳴らしてジャバ検問所へ急行し、兵士たちに手招きされて通過した。まずは、巨大なセミトレーラーが斜めに道を塞いでいるのが見え、そのうしろから炎と煙が立ちのぼっていた。運転手がセミトレーラーの横をなんとか回りこむと、両側の崖の上から見おろすパレスチナ人の群衆が、叫び声と身ぶりで進めと示した。見れば、横転して炎に包まれたバスがあり、数体の子どもの遺体が地面に寝かされている。エルダドは車から飛びおると、ヘブライ語で「だれかバスにいるのか？　だれかバスにいる？」と叫んだ。群衆の半数は理解できないようすだし、残りの半数は嘆き悲しむあまり彼に注意を向けてすらいない。

午前九時九分、バスが衝突されて二四分経っていた。エルダドは現着した最初のイスラエル人だ。着いてすぐ、反対方向から、一キロ半ほど先にあるラマ軍事基地の救急車がやってきた。だが、いまなお消防車の姿はない。エルダドは車に戻って多数傷病者事故の救援を要請したが、うまく発信できたかわからなかった。携帯電話を試した――圏外だった――あと、イスラエル軍の通信システムを通じてＭａｄａに連絡するよう軍医に求めた。炎が激しく、バスのなかにはとうてい入れそうにない。エルダドはトリアージ〔災害時などに多数の傷病者が発生した場合、緊急度や重症度に応じて治療の優先度を決めること〕について軍医に話そうとしたが、だれにせよバスに残された乗客は消防士が到着するころには死んでいるという確信が、一秒ごとに強まった。

数分後、パレスチナ自治政府の消防車がラマ基地のほうから来るのが見え、じきにサイレンが聞こえた。さらに何台かＭａｄａの救急車が到着すると――衝突事故から三四分経過していた——エルダドはだれか自分の無線連絡を受けたのかと尋ねた。受けたというので、さらに何台か救急車がこちらに向かっていることになる。Ｍａｄａの運転手のひとりで経験豊かな年配スタッフが、やってきた救急車をアダムのほうへ向けて一列縦隊に並ばせて、ほかの緊急車両のために道をあけ、負傷者を乗せたらすみやかにエルサレムへ急行できるようにするべきだと言った。

エルダドは雨のなかに立ちつくし、恐怖におののきながら、パレスチナの消防士たちが地獄の炎を消すさまを見つめた。終わるまで一五分もかからなかったが、はるかに長く感じられた。最後の炎が消えると、骨組みだけになったバスに消防士が次々に乗りこんだ。叫び声が響いた。遺体なし。エルダドはまた呼吸をしはじめた。

最後の子どもをバスから運びおろしたあと、サーレムは気が遠くなる感じがして、意識を失いかけた。どこが悪いのかわからないが、どうやら体を動かせないようだ。パレスチナ人消防士たちが到着すると、なぜか力がよみがえって、叫びはじめた。「一時間、遅い！」と絶叫した。「おまえらはあの子たちを殺した！　おまえらはおれたちの子どもを殺したんだ！」何度も何度も、パレスチナ人かイスラエル人かを問わず、救命士、消防士、警察官の全員に向けて叫んだ。

サーレムはイスラエルの救急車に連れていかれて応急手当を受け、神経を落ち着かせる注射を打たれた。最初は、自分がどこにいるのかわからなかった。わかるとすぐ、逃げ出した。そのあとは、パレスチナの救急車に乗るのも拒んだ。「おまえらはこの子たちを殺したんだ！」と、また泣きわめいた。だれかれかまわず、そしてだれにともなく、パレスチナのやつもイスラエルのやつも救急隊員は子ども殺しだと叫びつづけた。

　このころにはイスラエル兵が現場に到着しており、そのひとりがサーレムに近づいて、ヘブライ語とアラビア語交じりで、何を根拠にそんな批難をするのかと問い詰めた。パレスチナ人は少なくともラマッラーからの交通渋滞を言い訳にできる、とサーレムは言った。しかも、事故現場に近い町に警察官や消防車を配置することを許されていない――イスラエル当局の許可なしにジャバ道路を走ることさえできない。だが、それでも先に到着した。イスラエル人には弁解の余地がない。

　サーレムが営むタイヤ修理店の顧客はすべてイスラエル人だった。彼は仕事で入植地に出入りして、イスラエル人入植者が救急車と消防車を持っていることを知っていた。シャアル・ビンヤミン工業団地にある警察本部は、ここからわずか二・五キロほどの距離だ。テル・シオン――ジャバの北にある超正統派ユダヤ教徒のための大きな入植地――には、消防車と救急車が一台ずつある。ピスガット・ゼエヴの消防署は、直線距離で三キロあまり。アダムでも救急車が何台か駐まっているのを見たことがあるが、ここから一キロ半ほどで、燃えたバスから入り口が見えるほど近い。ジャバ検問所はさらに近く、この道のちょっと先で、煙の匂いが嗅げるほどの距離だ。そこには貯水槽があり、兵士たちはまちがいなく消火器を持っている。ジャバのベドウィンが水のタンクをなんとか崖の縁まで運んだのに、いったいなぜ、イスラエル兵はひとりも姿を見せなかったのか。軍事基地のラマはどうだ？ 兵士や軍医やジープや水のタンクや消火器はどこにある？ もし、パレスチナ人の子どもふたりが道で石を投げたなら、軍はたちどころにその場に現れただろう。ユダヤ人が危機に瀕したら、イスラエルはヘリコプターをよこす。なのに、パレスチナ人の子どもで満員のバスが燃えたときは、みんな連れていかれたあとでようやく、姿を見せるのか？ サーレムはこう結論づけた。「おまえらはあの子たちに死んでほしかったんだ！」

兵士にぐいと体を押され、サーレムは押しかえした。たちまち六人の兵士に後頭部を殴られ、地面に倒れて、殴る蹴るの暴行を加えられた。ようやく兵士たちに解放されると、だれかが彼の携帯で妻に電話し、迎えに来るようにと言った。命の危険を冒して子どもたちを救ったあとで、サーレムはラマッラーの病院で一〇日間過ごした。腎臓がふたつとも傷つき、椎間板がいくつかずれていた。

何カ月ものあいだ、彼は夜な夜な叫びながら目を覚まし、この腕の匂いを嗅いでくれ、この肉体が発する死の匂いを嗅いでくれと妻に懇願した。手を洗っては、焼けた死体の匂いが鼻につくのだと言い張った。なんの前触れもなく、わっと泣きだした。妻は彼をベツレヘムの精神科クリニックに連れていった。彼は事故後に記憶力が衰えた。兵士たちに殴打されたせいだと考えている。だが実のところ、ときどき記憶がなくなるのをありがたいとも感じていた。ひとえに、このおかげで正気を失わずにすんでいるのだ。

自分のやるべきことがないのを認識すると、エルダド・ベンシュタインはできるかぎりすみやかに現場を離れた。アダム付近で救急車を停めてたばこを吸い、気持ちを静めてからエルサレムへ戻った。あとにした光景――ものが燃える匂い、焼け焦げた遺体、嘆き悲しむ群衆、骨だけになったバス――が、無給で活動を始めたころ、すなわち一九九〇年代に彼を連れもどした。一連のバス自爆テロの時代で、彼はひそかに、空に吹っ飛ぶバスの時代と呼んでいた。

エルダドはＭａｄａ本部に帰還し、子どものひとりをスコーパス山のハダッサ病院の施設からエインケレムにあるキャンパスに移送するよう指示された。救急処置室は野戦病院さながらだった。車で運びこまれた子どもの家族たちが、通路を塞ぐようにしてその子を抱え、診察を待っている。エルダドは、シュアファト難民キャンプの女の子、ターラ・バフリを連れていくようにと言われた。彼は知るよしもなかったが、その子は幼稚園一かわいいと評判で、大きな琥珀色の目と長いカーリーヘアに、なんとも愛くるしい笑顔の持ち主だった。それがいまや、だれなのか見分けがつかない――重度のやけどを負い、意識不明で、麻酔をかけられ、挿管されて人工呼吸器をつけている。

エインケレムに向かいながら、エルダドは無線で、Ｍａｄａの救急車が何台かカランディア検問所に向かっているのを知った。検問所の通過を許されないパレスチナの救急車から、移送中の患者を受け取るためだ。患者の大半はラマッラーの病院に連れていかれた重傷の子どもたちで、エルサレムでよりよい治療を受ける必要があった。このときようやく、エルダドは今回の惨事の大きさを認識しはじめた。ターラを外傷ユニットに運びこんで、救急処置室を出ると、彼は病院施設内の小さな庭に入った。そして、立ったままひとりすすり泣いた。ターラを思い、死んだ子どもたちを思い、過ぎ去りし日々の自爆テロを思って。

救急車に戻ると、テレビニュースのスタッフがインタビューしようと近づいてきた。テコアの自宅でそのニュースを見ていた彼の妻は、自分の夫がうろたえて、ことばを探っているのを目にした。これほど茫然自失した夫の姿はいままで見たことがなかった。

エルダドが事故現場を去ってすぐ、兵士、警察官、消防士、記者がどっと事故現場に到着した。最後にやってきた救急隊員のひとりが、ドゥビ・ヴァイセンシュタインだ。彼はいつも最後に現着する。ＺＡＫＡ――埋葬のために死者を迎えに行く超正統派《ハレーディー》ユダヤ教徒の自主的な組織――の兵站を担当しているのだ。白いつなぎの作業服に身を包んだＺＡＫＡのボランティアたちは、災害の起きた場所に広く散らばって、犠牲者やばらばらになった遺体の断片をくまなく探す。エルサレムのボランティアはほぼ全員がハレーディーで、死者を敬い、生まれたままの四肢がそろった状態で埋めるべしというユダヤ法《ハラーハー》の戒律を守るべく活動している。ドゥビは一〇人あまりいる有給スタッフのひとりだ。

彼はエルサレムで育ち、旧市街をのぞけば最も古いユダヤ人地区のひとつ、メーアー・シェアーリームのイェシーバー〔律法を学習するための施設〕で学んだ。ここは偏狭的かつ頑迷な反シオニズムの地区で、敬虔主義《ハシディズム》が支配的となっていて、住人はイスラエル国家を世俗的とみなし、その建国をユダヤ法の冒瀆としてかたくなに受けいれない。ドゥビの家族はやや主流派寄りで、ドゥビ本人はじつに現代的な見た目をしている。黒いスラックス、白いドレスシャツ、黒いキッパーという標準的なユニフォームを着ているが、あごひげは短く刈り、砂色の髪の毛はビジネスマンふうに整えて、耳の前の髪の房は何年も前に切り落とした。

ティーンエイジのころは、いまとは大きくちがう生活を送りたいと考えていた。シャバアブニクと呼ばれる、ハラーハーをまともに遵守しない放蕩少年で、イェシーバーを退学し、安息日《サバト》もろくに守らなかった。イスラエル航空宇宙軍のパイロットになりたいとさえ考え、そのせいでハレーディーの人々から追放者扱いされ、家族と疎遠になった。両親はそろそろちゃんと選びなさいと言った――ハレーディーの世界に片足を残したまま、外の世界に片足を出すことはできない、と。ドゥビは迷わずなかの世界に戻ったが、それは信仰心からくだした決断ではなかった。両親を失いたくなかったのだ。

父と兄はZAKAの無給スタッフだったので、ドゥビもふたりに加わった。彼らはイスラエル警察と密に連携して仕事をし、殺人現場で唯一の外部者として、しじゅう証拠を目にしたり、任務中の刑事のことばを耳にしたりした。高次の機密情報の取り扱い許可と、警察の指揮下にある民間治安部隊の地位を、ドゥビは取得した。だが、死者を見るのが怖いという理由から兵站部門で働きはじめた。以前、親友が自殺したとき、ドゥビは遺体を発見したひとりだった。その場で意識を失い、それから三日間ずっと眠れなかった。兵站部門の責任者となったいま、凄惨な現場に行かずにすんでいるが、多数傷病者事故は例外で、無給スタッフや装備の配備を現場で行なっている。

この仕事の核となる規範は、カーヴォード・ハメット——死者を敬うことだ。犠牲者ひとりに無給スタッフ五人が割り当てられる。地面を引きずらずに担架や遺体袋を運べるじゅうぶんな人数だ。ときおり、回収の対象がばらばらの遺体になった。自爆テロ直後の現場にも立ちあったことがあるが、ZAKAのスタッフは現場で何時間も過ごし、遺体のかけらをひとつ残らず回収しようと努める。こんな日には、彼は自分を掃除夫と呼ぶ。

エルサレムのマヘイン・イェヒューダ市場の爆破事件では、作業がとくに困難をきわめた。無給スタッフは爆破テロ犯と犠牲者の区別をつけられなかった。ある自爆テロのあとでは、ドゥビと無給スタッフが一五名の遺体をアブ・カビールの死体保管所で引き渡すと、病理医に一六個の心臓が運びこまれていると指摘された。ドゥビはときおり、自分の妻と子どもたちが爆破される悪夢を見た。

アダム入植地近くの事故の無線連絡を受けたときには、雨が降っていた。彼は雪に備えてハイキングブーツを履き、ネイビーブルーのセーターと黄褐色の冬用コートを身につけた。犠牲者がユダヤ人かアラブ人かは知らなかったが、子どもの死者がいる大きな衝突事故だという認識はあった。とくに急ぐことなく、彼は現場に向かった――犠牲者の数を知り、必要となる装備の数を決定するまでは。エルサレムの入り口にあるZAKAの本部から車で出発し、ラマット・シュロモ入植地の下にある保管施設に立ち寄って、担架、袋、清掃用具、白い作業着を取り出した。もし作業着に血が付着して、しかも犠牲者のひとりがユダヤ人であったなら、それらを死者とともに埋める必要がある。

現場に到着したとき、道路の両側には緊急車両、軍のジープ、警察車両がずらりと列をなし、中央を抜けるコースだけが空いていた。セミトレーラー、燃えつきたバス、子ども用のリュック数個をドゥビは目に収めた。これまで見てきたさまざまな大虐殺のなかでも、この衝突事故は最悪の部類だった。きっと今後は、わが子が学校へ出かける姿を見て、これらの小さなリュックを頭に浮かべることだろう。

エルサレムのZAKAの責任者、ベンツィ・オイリングはドゥビよりも先に現着した。大きな熊のような男で、でっぷりした腹とサンタを思わせるふさふさした灰色のあごひげの持ち主だ。めがね、黒いフェルトの帽子《キッパー》、黒いベストの下からのぞく房飾り《ツイーツイート》、白い襟のシャツといういでたちは、この場面よりもイェシーバーにふさわしい。一九八九年の設立時からＺＡＫＡで働き、エルサレムの爆発現場の九九パーセントをこの目で見たと自負している。彼はドゥビよりもはるかに反シオニズム主義だった——パレスチナの首相のもとで暮らしてもまったくかまわないと考えていた。自分が迫害されて、シオニストの指導者たちが試みたように、生活様式を無理やり変えようとされないかぎりは。

ベンツィにとって、死者の扱いほど大変なことはほぼなかった。ＺＡＫＡのスタッフは何時間も、ときには何日も遺体とともに過ごし、警察や病理医やヘブラー・カッディーシャー、すなわち埋葬前にユダヤ人の遺体を儀礼的に浄める機関のスタッフと話をする。何よりもきつい仕事は、肉親に告知することだ。死者を目にするよりも、その家族が目の前で崩れ落ちるのを見るほうがつらい、とベンツィは考える。この人たちはけっして彼の顔を忘れないだろう、死神の使いの顔を。ある日、エルサレムの超正統派の地域で、ひとりの父親がベンツィの存在に気づき、避けようとして、六車線の道を反対側へ走って渡った。

装備の入った大きな青いケースを運んだあと、ドゥビはベンツィと六名の無給スタッフとともに、ラテックスの手袋と銀色の反射縞が入ったネオンイエローのＺＡＫＡのベストを身につけた。それから、ひとりの兵士が横で見張っている軍のジープの上に立ち、人だかりの向こうを見渡して大声で指示を出せるよう体制を整えた。ベンツィとＺＡＫＡのスタッフが、バス、トラック、歩道のあちこちで遺体のかけらをくまなく探した。何も見つからなかった。ドゥビは彼らの跡をたどって再確認した。横転したバスの下に遺体があるかもしれないとだれかが指摘したので、クレーンが到着してバスを持ちあげるまで一時間待った。

ベンツィとちがって、ドゥビは死者の家族に話をする仕事は拒否している。自分は俳優ではないので、彼らの愛する人がどんなありさまだったか嘘をつくことはできない。ユダヤ人の死のほうがパレスチナ人の死よりも大きく心を揺さぶるのは自然なことだ、と彼は考える――ユダヤ人でありながら、そんなことはないと主張する人は、嘘をついているにちがいない。同じであるはずがないのだ。だが、自分とはほぼかかわりのない悲劇であっても、ショックは受ける。バスに乗っていた子どもたちは、ドゥビが縁の薄い集団と呼ぶものに属しているが、それでも、リュックのせいで彼らの存在が近くなった――自分をアナタやシュアファト難民キャンプの親の立場に置き換えて想像できた。どんな死も大きな傷をもたらす。たとえ、それが予期されたことであっても、たとえ、その人が病気で生き延びる確率が半々だったとしても。しかし、確率がゼロから一〇〇に跳ねあがるのは、まったくのべつものだ。どんな親でも心を引き裂かれるだろう。

サール・ツール大佐は現場の近く、カランディア検問所付近にいるときに、事故について知らされた。彼はイスラエル国防軍の出世頭であり、大エルサレム圏を含むヨルダン川西岸地区中央部を管轄するビンヤミン旅団の司令官だ。長年駐屯してきたおかげでこの地域に精通し、現在は、ラマッラーの端にあるベイト・エル基地を本拠にしている。もし、現在の司令官の地位に就いて何年かとだれかに尋ねられたら、彼は二年ではなく四年と答えるだろう。というのも、ずっと基地暮らしで、ろくに眠っていないからだ。標準的な一日では、午前五時から六時に就寝し、午前九時ごろに起床する。妻と三人の幼子にはめったに会わない。

カランディア検問所は、けっして忘れられない場所だ。二〇〇四年のこと、彼がここにジープを停めたのと同時に、ジェニンからひとりの男が到着した。ファタハのアル・アクサー殉教者旅団に爆弾を持たされ、送り出されたのだ。国境警察と兵士の一団を目にすると、男は爆弾を遠隔で起爆させた。ちょうどサールがジープをおりた瞬間に爆発し、彼と国境警察官三名が後方へ飛ばされた。サールは九メートルほど宙を舞って車に頭を打ちつけた。警察官たちは重傷を負った。この爆発で殺された人間は、たまたまその場に居あわせたパレスチナ人ふたりだけだった。

分離壁が建てられて以降、エルサレム・ラマッラー地域での不慮の死は、大半が交通事故によってもたらされている。サールの管轄地域では、毎週、重傷事故や死亡事故が起きていた。だが、今回のジャバの衝突事故は甚大であると、サールはすぐ認識した。現場の惨状も、群衆の嘆きも、道路に点々と置かれた小さなリュックを目にした恐怖も、とほうもなく大きい。

サールが到着すると、兵士とパレスチナ人が大声で罵りあっていた。喧嘩の原因はわからないが、私服の保安部隊のパレスチナ人たちは、本来ここにいてはならない。ここはエリアC、すなわち西岸地区のなかで完全にイスラエルの支配下にある領域なのだ。

喧嘩の始まりはサーレムへの殴打だったが、じきに、管轄権をめぐる争いに変わっていた。パレスチナ人たちはイスラエル兵に立ち去ってほしいと求めていた。前代未聞の要請だ。両者が言い争っていると、高官が割って入った──イブラーヒーム・サラーマ、エルサレム地域のパレスチナ内務相だ。サールは彼について耳にしてはいたが、会ったことはなかった。イブラーヒームはアーベドのいとこだ。だが、その息子がバスに乗っていたとは知るよしもなかったし、そのバスがアナタから来たことさえ知らなかった。

事故について注意を喚起されたのは、ひとりの園児の祖父、アブー・モハンマド・バフリの訪問を受けたからだ。クーフィーヤ〔アラビア半島社会で男性がかぶる頭巾〕を身につけたたいそう高齢の男性で、ＩＤカードの更新をするためにシュアファト難民キャンプからア＝ラムの内務省へ車を走らせていたところ、衝突事故を目撃した。だが、孫娘のターラ・バフリがそのバスに乗っていたことも、重傷を負ったことも知らなかった。アブー・モハンマドは取り乱して、話しかたも不明瞭だったが、イブラーヒームは彼がジャバ検問所の近くで何か恐ろしいできごとを目撃したのだとわかった。

そうこうするうちに、部下たちがこの事故について話しはじめた。イブラーヒームは副官と警護隊を率いて、何が起きたのか自分の目で確かめることにした。彼はパレスチナ自治政府のなかでも、武装した護衛つきでヨルダン川西岸地区内を移動することをイスラエルから許可された数少ない役人のひとりだ。護衛は必要だった。イスラエルとの治安協力体制で最も顔が知られた人物で、多くのパレスチナ人を敵に回しているのだ。アーベドさえも、いとこはイスラエルとの仕事で越えてはならない一線を越えたのだと考えていた。イブラーヒームは情報提供者の採用と過激派闘士の逮捕を監督し、国防相や軍の将軍ら大物のイスラエル人としじゅう会合を開いて流暢なヘブライ語で話す。そして、一度ならず銃撃されている。

彼は中年男性の腹部と小さな男の子のいたずらっぽい笑みの持ち主だ。狡猾で、それを誇らしく思い、よく自分をキツネにたとえる。だれかを沖合へ連れ出して、その人がずぶ濡れなのを知りながら置いて帰ることができるのだ。最近、ふたりめの妻をめとった――最初の妻はダヒヤット・ア＝サラームで彼の母親と暮らし、新しい妻はラマッラーで暮らして、週に五夜を彼とともに過ごす。イブラーヒームはときおりイスラエル軍内の友人たちに冗談めかして、こと配偶者に関しては、アリエル・シャロンのガザ地区撤退の方針が正解だと思う、と言う。将軍たちが笑うと、妻たちを真実和解委員会に出頭させようとしたが失敗してしまった、とつけ加える。

イブラーヒームとその随行者たちは、二台の車でア＝ラムのラウンドアバウトから代替路に入り、ジャバ道路と並行する未舗装の道を走った。移動中に、今回の衝突事故にパレスチナのスクールバスが関与し、親たちがわが子の居場所を突きとめようと躍起になっていることを知った。軍のバリケードまでたどり着くと、イブラーヒームは運転手に車を停めるよう指示し、徒歩で先を進んだ。岩がちな丘を人だかりのほうへおりていくと、旧友で、イスラエル民政局——占領統治をしていたイスラエル国防軍から行政部門の権限を委譲された——のラマッラー地域の責任者、ヨッシー・スターンが手を振ってきた。ヨッシーが管轄するのは、パレスチナ人に仕事や移動の許可を与え、入植地の建設を認め、パレスチナ人の家を取り壊すことだ。また、パレスチナ自治政府との治安協力にもかかわり、そのおかげでイブラーヒームと知りあった。

ヨッシーの隣には、サールがいた。ふたりとも緑色の制服姿で、サールは背嚢をふたつ背負い、肩の上にアンテナを立てている。イブラーヒームがふたりに近づいていくと、イスラエル兵とパレスチナの役人とのあいだで喧嘩が起きているのが見えた。どう考えても、まずやるべきことは緊張緩和だ。イブラーヒームはすみやかに、口論の中心にいるパレスチナの役人に立ち去るよう命じた。そしてヨッシーのほうを向いた。いまから口にする要請が法を軽視しているのは百も承知だが、この状況下ではいたしかたない。ひとつめは、本来この場にいることを許されないパレスチナ自治政府の保安部隊に、現場の統率権を与えること。ふたつめは、緑色のＩＤカードを持つ親たちが許可なしに検問所を通ってエルサレムに入れるようにすることだ。

これらはサールの権限の範囲だった。彼は了承して、司令官への確認もしてくれた。サールが最初にして唯一体験した、エリアＣにおける軍の支配権の放棄だった。もし、今回の犠牲者がユダヤ人だったら、論外だ――イブラーヒームは頼みさえしなかっただろう。サールは、イスラエル軍はなんであれ必要なことは協力すると告げた。それから配下の兵士を境界線まで引きあげさせ、権限をパレスチナの文官と消防士に渡した。あとから、パレスチナ自治政府の警察がそこに加わった。彼らはベイト・エル検問所で止められて、ラマッラーを離れる許可がイスラエルから出されるのを待っていたのだ。

セミトレーラーの運転手、アシュラフ・カイカスは、スコーパス山のハダッサ病院に運ばれた。軽傷を負っただけで、警察は事故当日に病室で取り調べをすることができた。アシュラフはかつてアナタに――アーベドの家の向かいに――住んでいたことがあり、トラックの運転手になる前は、アーベドのベドウィンの友人のひとりと、イスラエルの中古車を修理、転売する仕事をしていた。

その日の朝、アシュラフは運転手の仕事のために、午前六時に自宅を出て東エルサレムの工業入植地、アタロットにあるコンクリート工場に向かった。六時半には、空のセミトレーラーに乗りこんで、約四五キロ離れたコハヴ・ハシャハール入植地近くの石灰岩の石切場をめざしていた。着いたら石灰岩を積んで、アタロットの工場へ届け、また石切場に引き返して荷積みするのだ。

コハヴ・ハシャハールは、労働党政権下の一九七五年に、デイル・ジャリルとクフル・マリクの村から軍令で接収した土地に軍の前哨地として建設され、五年後に民間人の入植地に変更された。そしてコハヴ・ハシャハールの石切場は、ヨルダン川西岸地区にイスラエルが所有する一〇箇所の石切場のひとつだ。二〇一〇年の一年間に、入植地内の石切場から採掘された天然石製品の九四パーセントがイスラエルに運ばれた（これは、イスラエル国内で消費された全採掘資源の四分の一に相当する）。残りの六パーセントは、ヨルダン川西岸地区の入植地やパレスチナの建設現場、イスラエル民政局へ運ばれた。

事故のわずか七週間前に、イスラエルの高等法院が西岸地区の入植地にある石切場の合法性に判断をくだした。国際法は、占領軍が占領地の資源を略奪することを禁じている。略奪は戦争犯罪なのだ。ところが、高等法院は全員一致で、イスラエル国は西岸地区の天然資源の利用を許されると判断した。イスラエルではリベラルな判事とみなされているドリット・ベイニシュ裁判長が示した理由は、占領が長期にわたっているため「現地の実状に法律を適合させせる」必要があるというものだった。

スコーパス山のハダッサ病院の病室で、アシュラフは衝突事故がどのように起きたのかわからないと捜査官に語った。なぜ対向車の列に突っこんだのか、なにゆえ悪天候のなか制限速度を大幅に超過して走ったのか、彼は言えなかった。なんと、最高制限速度の二倍近くで——時速五〇キロの道路を九〇キロで——運転していたのだ。雨が激しすぎて、ほんの一〇メートル先もよく見えなかった。フロントガラスのワイパーは最高速で動作していたが、それでも視界ははっきりしなかった。ジャバ検問所に近づくと、彼はスピードをゆるめようとした。バスは見ていない。というのも、くぼみにはまってトラックを傷つけないよう、路面に目を凝らしていたからだ。

実のところ、アシュラフはいちじるしく注意を怠っていた。激しい嵐のなか、一八輪ある重さ三〇トンの殺人機械をとほうもない速さで走らせて、濡れた坂道をくだっていた。しかも、これまでに二五の交通違反を犯し、重車両の操作経験は浅く——前年に免許を取得したばかりで——このコンクリート会社で働きはじめてわずか一カ月だった。会社も注意を怠っていた。きわめて複雑なブレーキシステムの扱いについてアシュラフを適切に訓練していなかったのだ。このトラックは、一〇輪の最新型メルセデス・ベンツ・アクトロスに八輪の高級トレーラーが連結されていた。

アシュラフは、ア＝ラムのラウンドアバウトに入ったときに補助ブレーキであるリターダーを作動させ、そのあと解除するのを怠っていた可能性を否定した——が、のちの証言では認めた。このリターダーは、減速のためにアクセルペダルから足を離すとすぐに作動する、とアシュラフは説明した。彼が話さずにいたのは、トラックのマニュアルには赤い太字で、路面が濡れた状態ではリターダーを使用してはならない、使用すると駆動輪がロックされて滑る恐れがある、という注意書きがされていたことだ。

のちに、べつの捜査官が、最後にひとつアシュラフに質問している。「あなたは職業ドライバーだ。リターダーは雨のなかで利用できますか？」

「はい」とアシュラフは答えた。「雨のなかで利用しても問題ありませんが、注意は必要です」

警察は報告書で、アシュラフの走行スピード、訓練の欠如、トラックの減速システムの経験不足がこの事故をもたらしたと結論づけた。経験豊かな運転手であれば、濡れた路面でリターダーを利用してはならないことを知っていたはずだ、と。

長い直線区間を走っているときに、アシュラフはコントロールを失った。トラックは車線をはみ出して対向の二車線に突っこんだあと、連結部でV字に折れ、トレーラーが道路を斜めにふさぐ形で滑って、運転台に激しくぶつかった。トレーラーを大きく旋回させながら、トラックはスクールバスに向かって走りつづけた。かたやバスはスピードをゆるめて路肩に停止する直前だったが、ちょうどトラックの進路上にいた。車体の前部にぶつかられてバスが後方へ押しやられ、トラックに連結されたトレーラーが振りまわされて旋回した。一瞬のちに、激しく突っこんでバスを横転させた。衝撃でバスのヒューズがショートして発火し、おりからの強風にその火が煽られた。

イスラエル中部の病院で、バス運転手のラドワーン・タワムは鎮痛剤で朦朧としてベッドに横たわっていた。記憶からは、衝突事故のことも、脚に火がついたことも、割れたフロントガラスのあいだからサーレムとフダーが引っぱり出してくれたことも、ナーデル・モラルが到着するまで地面に二〇分間寝転がっていたことも、ラマッラーの病院に向かう救急車のなかで苦悶したことも、消し去っていた。涙を浮かべた妻にエレベーターの脇で会った記憶も、こんなひどい場所でラドワーンの両脚を切断するなんてとんでもないと兄弟が医師に抗議した記憶も失われていた。兄弟のコネでテルアビブ近くのテルハショマー病院に移ったことも、歯科医のいとこが同乗してくれたことも、「おれのせいじゃない、おれのせいじゃない」と自分が繰り返していたことも覚えていなかった。

ラドワーンが覚えているのは、二カ月の昏睡から覚めて、両脚がなくなっているのを知ったことだ。そのショックで脳卒中と心臓発作を起こした。医師たちにまた眠らされ、二度めの昏睡は一カ月続いた。事故から三カ月後にふたたび目覚めたとき、ラドワーンは話す能力を失っていた。園児六名と教員一名が亡くなったことを知ると、ひどく打ちのめされた。何カ月にもおよぶリハビリののち、口の片側だけを使って話せるようになったが、発音は不明瞭だった。何よりつらいのは車椅子を利用することではなく、それによって赤ん坊みたいに人に頼らなくてはならない屈辱的な状態だ。当初はおむつの着用を拒み、ひとりでトイレに行こうと試みては失敗した。腕のギプスがはずされたとき、ラマッラーの病院が骨を変な形で固定していたことが判明し、手首に大きなこぶが残った。自分がいま生きているのはひとえに妻のおかげだと、ラドワーンは信じて疑わない。妻は一年以上ものあいだ病院に寝泊まりしてくれた。

ありとあらゆる詐欺師がラドワーンのもとを訪れ、事故の多額の補償金が出ると請けあった。彼と妻は自分たちには理解できない言語でイスラエルの弁護士や書類に対処しなくてはならず、お手あげ状態だった。息子のひとりが、ハーン・アル゠アフマルに隣接するミショア・アドゥミーム工業入植地のソーダストリームの工場で働いていた。その上司は青色のＩＤカードの所持者で、流暢なヘブライ語を話し、手助けしようと申し出てくれた。だが、弁護士を雇う金を預けたところ、彼はそれを持ち逃げした。壁の向こう側のベイト・サファファに移住したのだと、ラドワーンは聞かされた。探そうにも、そもそもエルサレムに入れないので、ラドワーンは金を取りもどすのをあきらめた。

就労生活は終わりを告げ、おじのサーミーとの友情も終わった。彼は事故後に姿を消した。ラドワーンは残りの日々をジャバの自宅にこもって過ごし、部屋から部屋へと妻に車椅子を押され、石灰岩の石切場から響く爆発音を耳にしながら、前庭のイチジクとオリーブの木に粉塵が積もるさまを見つめることとなった。

第四章 壁

ヨルダン川西岸地区と分離壁
ジェニン
トゥルカレム
ヨルダン
ナーブルス
カルキーリーヤ
コハヴ・ハシャハール
ベイト・エル
ラマッラー
ジャバ
アダム
エリコ
アナトト
アナタ
クファル・アドゥミーム
東エルサレム
マアレ・アドゥミーム
グーシュ・エツヨン
ベツレヘム
エラザール
テコア
死海
ヘブロン
マアレ・ヘヴァー
N
パレスチナ人の地域
ユダヤ人の地域
2012年までに建設完了していた壁
2012年に計画中だった壁
エリアAおよびB
エリアC
併合された東エルサレム
1967年以前のイスラエル

XIII

サール・ツール大佐にとって、ジャバの衝突事故の最も重要な側面は、イブラーヒーム・サラーマと知りあうきっかけになったことだ。ふたりは事故後も友人関係を保ち、互いに恩恵を享受しあっている。たとえばイブラーヒームが、イスラエル軍のコンクリートブロックや土嚢で封鎖されたパレスチナの道路をあけてほしいと頼んだら、サールはそれを了承する。軍の言うこの種の〝緩和策〟は、パレスチナ人の生活に大きな変化をもたらし、通勤時間が大幅に短縮されたり、自分の農地に出入りできたり、囚われているという感覚が少しは減ったりする。また、パレスチナ人の役人や実業家の名前をイブラーヒームが知らせると、サールはその名前を、ベイト・エルにある専用検問所から時間をかけずに出入りできる要人のリストに加える。イブラーヒームのほうは、サールのために、軍が

〝摩擦〟と呼ぶもの——イスラエル軍の規則に対するパレスチナ人の反抗的態度——が減るよう手助けする。

サールのジープは何カ月ものあいだ、ラマ基地やア＝ラムの近辺でジャバ道路を走っているときに石や火炎瓶を投げつけられてきた。どう対処するべきか、サールはわからなかった。ア＝ラムは無法地帯で、イスラエルには顧みられず、パレスチナ自治政府の治安部隊は立ち入ることができない。周囲には軍事施設があり、三方を分離壁でしっかりと囲まれている。制止する者がだれもいないせいで、住人たちははしごとロープを使って壁をよじのぼり、エルサレムへ入っている。

どんなものであれ、サール配下の兵士が対策をとるたびに、結果的に抵抗が激しくなった。石や火炎瓶を投げてくる若者《シャバーブ》については、銃で膝を撃つようにとサールは指示しているが、いずれ配下の兵士たちはもっと高い位置を狙い、抗議者を殺してア＝ラム内の問題をいっそう深刻化させるだろうと確信してもいた。ジャバ道路での事故の八日後、まさにそうした事態が起きた。ア＝ラム地区のはずれで行なわれた金曜日の午後の抗議中に、二三歳の若者がイスラエル国防軍に爆竹を投げつけた結果、銃で撃たれて死んだのだ。装甲板で保護されたサールのジープに、いっそう多くの石が降り注いだ。

これをなんとか止められないかとイブラーヒームに相談したとたん、問題が消失し、サールの任期中は一度も再発しなかった。イブラーヒームはたいして圧力をかける必要がなかった。スルタはシャバーブから軽蔑されているが、ゆえあって恐れられてもいるのだ。この経験により、サールは自分の仕事における最善策について考えを改めた。それまでは軍事的な手段に頼りすぎていたが、イブラーヒームのような者たちと便宜をはかりあえば、より多くのことを達成できると結論づけたのだ。

こうしたパレスチナ自治政府との協力以上に、自分の仕事を楽にしてくれるのは壁の存在だとサールは確信する。イスラエル支配下のさまざまな地域に駐留した経験から、ひとつの都市圏である大エルサレム圏およびラマッラーは、ほかのどの地域よりもはるかに問題が多いと考えている。どこでひとつの区域が終わってもうひとつが始まるのか、彼にはよくわからない。この地域は人口密度が高く、ユダヤ人とパレスチナ人の共同体がすぐ隣りあっている。同じパレスチナ人でも、イスラエル市民であったり、青色のＩＤカードの所持者だったり、緑色のＩＤカードの所持者だったりと、さまざまな法的位置づけの者がいる。また、シュアファト難民キャンプやダヒヤット・ア＝サラームのような、一種のノーマンズランドもある。公式にはイスラエルに併合されていてパレスチナ自治政府は立ち入りができないが、イスラエルの公共サービスもいっさい関知せず、めったに足を踏み入れない――消防隊すら軍の護衛なしには行かない場所だ。その逆も存在する。公式には併合されていないがイスラエルと境目なくつながっている入植地で、隣接地域のパレスチナ人は享受できないサービスをすべて受けられる。

地域内の複雑さとパレスチナ人住民の多さから、だれであれイスラエル国内で攻撃行動をしようとする者にとって、ここは好ましい経路となっている。たとえば二〇〇三年に、イスラエルの銃撃で三人の縁者を亡くした女性が、ハイファのレストランでの自爆テロを計画した。ジェニンの自宅から二時間かけて南下してエルサレムに入り、そこから北へ引き返して、ハイファまで二時間半の道のりを移動した。

イスラエル警察と軍は、こうした攻撃があるから分離壁が必要なのだと主張する。サールも壁の建設、とくに大エルサレム圏での建設を支持している。壁の多くがまだ建設中だった二〇〇〇年代なかばの任務と、管轄地域内で壁が完成したあとの任務は、比較しようがないほどちがう、と彼はよく言う。二〇〇四年から二〇〇六年の三年間に、大エルサレム圏およびラマッラーでイスラエル兵三名と民間人五名が攻撃行動によって殺された。かたや二〇一〇年から二〇一二年には、ひとりも殺されていない。

分離壁は、イスラエル史上最大のインフラ建設プロジェクトだった。衝突事故当時は建設が始まってちょうど一〇年で、費用は三〇億ドル近く、イスラエル国営水運搬船の費用のじつに二倍以上に達していた。計画立案者は、ダニー・ティルザ。ヨルダン川西岸地区でイスラエル国防軍の戦略的立案を一三年間率いてきた予備役大佐だ。パレスチナとの領土交渉のほぼすべてに参加し、オスロ合意でのパレスチナ自治の区域を示す図から、のち

12月の新刊 ●12日発売 ちくま学芸文庫

カロルス大帝伝
エインハルドゥス／ノトケルス 國原吉之助 訳・註

中世ヨーロッパに秩序と文明をもたらしたカール大帝（シャルルマーニュ）の生涯と業績。同時代人による九世紀の伝記2作品を収録。（菊地重仁）

51264-2
1210円

踊念仏
大橋俊雄

空也・一遍による盛興、他宗派の批判、後世への影響、各地に継承された習俗まで。踊念仏という活動を軸として、大きく宗教史を描く。（坂本要）

51270-3
1540円

自由と理性
R・M・ヘア 村上弥生 訳

道徳判断は「指図性」を持ち、同時に「普遍化可能性」をも持つ。この二つの命題を論証することで、実践的な倫理学への道を拓く。（佐藤岳詩）

51271-0
1650円

中国目録学
清水茂

書籍を分類整理して解題目録を作る学問・目録学。中国においてそれはいかなる歴史を持つのか。碩学が学問や書物をめぐり縦横に語る。（古勝隆一）

51276-5
1210円

赤紙と徴兵
■105歳、最後の兵事係の証言から
吉田敏浩

赤紙は若者をいかにして戦地へ駆り立てたか。焼却命令に反し秘匿されてきた貴重資料や証言をもとに、草の根の視点からその実態に迫る。（吉田裕）

51278-9
1540円

新編 意味の変容
森敦

日本文学史上類を見ない特異な思索小説「意味の変容」。併録「マンダラ紀行」「十二夜」と共に、異能の作家の全貌が明らかになる。（柄谷行人）

51280-2
1760円

6桁の数字はISBNコードです。頭に978-4-480をつけてご利用下さい。
内容紹介の末尾のカッコ内は解説者です。

の最終合意に向けたイスラエル側の提案にいたるまですべての地図を用意した。ヤーセル・アラファートからは、アブー・ハリタ、すなわち地図の父と呼ばれたが、実のところアブー・ハルタ、たわごとの父と言いたかったのだとダニーは確信している。

ジャバの衝突事故当時、彼は五三歳で、クファル・アドゥミーム入植地の運営体の長を務めていた。この入植地は、一九七九年、ダニーが移住する一〇年前に、アナタから接収した土地に設立された。最初のころは荒野で、定住者は一〇〇家族に満たず、見渡すかぎり樹木の一本もなかったのを彼は覚えている。いまは緑のオアシスで、花々やヤシ、赤い屋根の邸宅や水泳プールがあちこちにある、三四〇〇人あまりのユダヤ系イスラエル人の居住地だ。なかには第二世代、第三世代の入植者もいる。居住地がしだいに広がって、ふたつの隣接入植地、アロンおよびノーフェイ・プラットも生まれた。これらふたつは、あらたな入植地が建設された事実を否定するために、もっともらしく、クファル・アドゥミームの〝一地区〟とされている。

ダニーがヨルダン川西岸地区に引っ越した理由は、開拓者になりたかったから、自分の祖父と同じく、イスラエル国土の礎石になりたかったからだ。ダニーの祖父は二〇世紀初頭にガリツィアで生まれ、マルクス主義シオニストの青年運動、ハショメル・ハツァイルの一員だった。超正統派だった家族はシオニズムを受けいれず、大半がホロコーストで命を落とした。ダニーの祖父は一生のあいだずっと、自分のことばに耳を貸さなかったせいで家族は死んだのだと子孫に言い聞かせた。

とはいえ、祖父はユダヤ人の安全な避難場所としてパレスチナに移住しようと説いたのではなかった。反ユダヤ主義者の憎悪から逃れたければ、もっといい行き先があった。移住するユダヤ人のほんの一部、イデオロギーを重視するシオニストの先駆者たちだけが、パレスチナをめざした。初期のシオニストの指導者たちは、歴史的な父祖の地にあらたな国家、あらたなユダヤ人を創造するという理想からではなく、捨て鉢になってパレスチナを選んだと言われることに憤りを覚えた。「われわれは逃避という負の理由で移住したのではない」と、一八八六年にポーランド（当時はロシア帝国領）のプウォンスクで生まれたダヴィド・ベン゠グリオンは記している。「われわれの多くにとって、反ユダヤ感情は、国土への献身とほぼ関係がない」

ダニーの祖父は一九一九年、ユダヤ人口が一〇パーセントに満たないころにパレスチナにやってきた。船からおりたとき、けっしてここから去らないことを誓い、その誓約を固く守った。ヘブライ語はさほどうまくなかったが、ほかの言語は話すまいと心に決めた。シオニストの開拓者の多くと同じく、宗教的儀式に激しい嫌悪を抱き、自分の息子、つまりダニーの父親にユダヤ教の成人の儀式《バル・ミツワー》を受けさせなかった。とはいえ、儀式を嫌悪してはいても、聖書を拒絶するのではなく、むしろこれに精通していたし、世俗のきわみであるシオニストの指導者たちですら、聖書はアラブ人が住んでいた土地にユダヤ人国家を設立することを正当化するものだと主張した。「パレスチナにおけるわれわれの権利は、委任統治およびバルフォア宣言に由来するのではない。これら以前から存在するものだ」と、ベン＝グリオンはイギリス王立委員会で宣言した。「わたしはユダヤ人を代表して、聖書こそがわれわれへの付託であると言う」

人口が減少していたティベリア近くのパレスチナの村、ルビアの地に信仰心の厚いイギリス人シオニストが築いた、ラヴィという共同体《キブツ》に滞在したのち、ダニーは一八歳で正統派ユダヤ教を遵守する者となった。その後ほどなく軍に入って、三〇年以上の軍務のあいだに、西岸地区各地に駐留してこれらの地域に精通した――クファル・アドゥミームに住む前は、ヘブロン東部、マアレ・ヘヴァー入植地に住んでいた。一九九三年末、彼はイスラエル国防軍参謀総長エフード・バラックのオフィスへ呼び出され、だれか地理的な知識のある者がオスロ合意の交渉派遣団でイスラエルの安全保障の観点から主張する必要があると告げられた。

ダニーは、レインボー・アドミニストレーションと呼ばれる部隊の責任者にも指名された。これはイスラエル国防軍のユダヤ・サマリア地区――聖書でのヨルダン川西岸地区の呼び名――の師団の戦略的、空間的な立案集団であり、オスロ合意期間中に、彼はこの地域の再編成を監督した。ＰＬＯに率いられた警察隊が今後は西岸地区の各都市で活動するという展開は、イスラエルにとって急進的すぎた。なんとか調整をつけようと、ダニーはユダヤ人入植者とパレスチナ人を分離するあらたな交通ネットワークを計画して、ユダヤ人がパレスチナの都市や検問所を通過せずに移動できるバイパスや高速道路を創設し、軍が〝無菌道路〟と呼ぶ、パレスチナ人が利用をいっさい禁じられている道を作り出した。それと並行して、自分たちの土地を通過しているのに入植者向け道路を使えないパレスチナ人村人のために、アンダーパスや迂回路をこしらえた。これらには、いかにも住民に寄り添う響きがある〝生活構造〟道路という呼称が与えられたが、イスラエル当局は、内輪ではもっと身も蓋もない名前で呼んだ。外交公電の要約版によれば、イスラエルの防衛副大臣が在テルアビブのアメリカ大使との会話で、この道路について〝アパルトヘイト道路〟と言及したという。

オスロ合意のテーマが分離であるとすれば、その象徴はダニーが設けたさまざまな障壁だった——検問所、路上封鎖物、バイパス、そして何よりも、フェンスと壁だ。一九九四年、パレスチナ自治政府が設立された年に、イスラエルはガザ地区を囲むフェンスを設け、ヨルダン川西岸地区には、のちに分離壁と呼ばれることとなる最初の壁を建設した。

ダニーは、自分がパレスチナ自治への潤滑な移行を監督できるものと期待していた。第一次インティファーダの疲弊させられた六年間のあとで、パレスチナ人は欲していたもの、すなわち自治政府を手に入れるのだ——少なくとも、ガザ地区とヨルダン川西岸地区の都市部では。だが、オスロ合意に反対するユダヤ人とパレスチナ人の双方がダニーの期待をうち砕いた。ホワイトハウスの芝生で儀式ばったオスロ合意の調印が行なわれた数カ月後、恐ろしい大虐殺のせいで、ダニーいわく〝大バラガン（大混乱）〟がもたらされ、彼の仕事はいっそう緊迫感を増して複雑になった。

一九九四年二月、ブルックリン生まれの信仰心厚き入植者、バールーフ・ゴールドシュテインが、ヘブロンで二九名のパレスチナ人礼拝者を殺害した。示唆的なことに、彼はわざわざプーリームの日——ペルシャのユダヤ人が自分たちを虐殺する企てを挫き、「敵をすべて剣《つるぎ》で打ち、殺し、滅ぼし（日本聖書協会共同訳、エステル記九章五節）」た聖書の故事を祝う祭日——を選んだ。その年、プーリームはたまたまラマダーンの第三金曜日に当たっていた。ゴールドシュテインはヘブロン近郊のキルヤト・アルバに住む、イスラエル国防軍の予備役大尉だったが、軍服をまとい、急襲用ライフルを手にして、夜明けの礼拝中にマクペラの洞穴のモスクに侵入し、ノイズ低減ヘッドホンを身につけ、嘆願でひざまずいているパレスチナ人の列に向かって一一一発の弾丸を浴びせた。二〇分間におよぶ虐殺のあと、彼は群衆に制圧されて撲殺された。その墓はキルヤト・アルバの公営墓地に設けられ、聖所にして巡礼地となった。墓碑には、「彼はイスラエルの民とそのトーラー〔モーセ五書〕と土地のために魂を捧げた——汚れなき手と清き心の持ち主」と刻まれている。

この虐殺を受けて、軍は分離政策の推進を加速させ、まずは襲撃が起きた場所を最優先することに決めた。ヘブロンには一二万人のパレスチナ人が住み、中心部には三個大隊の兵士およびイスラエル警察に常時守られている四五〇人のユダヤ人入植者がいた。入植者数はヘブロンの人口のわずか〇・五パーセントにも満たないのに、彼らがいるせいでパレスチナ人住民は全員が自由を制限された。ゴールドシュテインの大虐殺後、ヘブロンでは、ユダヤ人は自由にあちこち移動できるのに対し、犠牲者であるパレスチナ人のほうは、日中および夜間の外出禁止、自宅の強制捜査、あらたな検問所の設置、主要市場や数箇所のモスクの閉鎖、無菌道路の通行禁止という憂き目に遭った。

プーリームの流血惨事の影響はヘブロンに留まるはずもなく、悲しいかな、最初のバス自爆テロがついに起きて、ハマースが報復声明を出した。同年中に多数の爆発テロが続き、分離の構造がいっそう深まった。オスロ合意の皮肉な側面は、最も激しく反対する者たち——ユダヤ人、パレスチナ人双方の攻撃者たち——が、分離の過程を根本から推し進めた最たる者であることだ。

ダニーは、相反するふたつの目的のバランスをとることが自分の仕事だと考えている。すなわち、イスラエル市民に安全を提供するいっぽうで、あらたなインフラ建設——と、それによって入植地が拡大すること——が、交渉で合意が形成される可能性を妨げないようにすることだ。暴力行為はいまなお増えつづけ、任務には矛盾が内包されているのに、ダニーはいまなお、和平がいずれ実現するものと信じている。当時、彼はクファル・アドゥミームに新居を建てていた。交渉者としての自分の役割と、パレスチナ人が未来の国の一部になるべきだと考えている地域に自宅を建設することに、彼はなんら矛盾を感じていなかった。それどころか、大半のイスラエル人と同じく、どのような最終合意がなされようと、イスラエルがクファァル・アドゥミーム――マアレ・アドゥミーム周辺の広範な入植地圏の一部――を手放すことはないと考えていた。その東端のアロンは、ヨルダン川西岸地区の横幅の半分近くにまで達しているにもかかわらず、パレスチナ人はそれを受けいれられるはずだ、と彼は自分に言い聞かせた。「よりよい生活を送るためには、いかに多くの土地を手に入れるかではなく、それをどう活用するかが重要なのだ」と彼は言う。

西岸地区を三つのエリア――A、B、C――に切り分ける地図を含む、オスロ合意プロセスにおける最も重要な地図群は、ダニーが手がけたものだ。一九九五年に描かれたこれらの地図は、パレスチナ自治の異なるレベルを示している。エリアAは都市部で、自治政府が最大の自治権を有し、域内の治安を管轄する。エリアBは中規模の町や村で、イスラエルとしては完全な治安管轄権を保持したいが、民政に関してはパレスチナ人に任せたほうが好都合だと考えている場所だ。エリアCはイスラエルの直接支配下にあり、エリアA、B以外のすべてが該当する。つまり、パレスチナの村の内側、周辺、あいだにある開けた土地および、農業地域、国立公園、イスラエルの軍事基地と射撃訓練区域、ユダヤ人入植地、入植者向け道路、工業入植地だ。エリアCはヨルダン川西岸地区の最大面積――ダニーが描いた地図の七三パーセント――を占めるだけでなく、連続性がある唯一のエリアで、たとえるなら、エリアAまたはBに属する一六五の島を囲む、イスラエル支配下の広大な海なのだ。ヨルダン川西岸地区はかつてイスラエルの入植地が点在するパレスチナの領土だったのに、ダニーの描いた図によってネガポジ反転させられ、限定的なパレスチナ自治が認められた小さな居住地域数十箇所を内包するイスラエル支配下の土地となった。「あなたがたは自治をわれわれの牢獄に変えた」と、和平交渉のパレスチナ代表団団長、アブー・アラ（アハメド・クレイ）は言った。

エリアAを西岸地区のわずか三パーセントに限定したこの地図に、パレスチナの代表団が異を唱えるのは明白だったので、イスラエルはオスロ第二合意の最終段階まで待って、これを提示した。アラファートは激怒した。「これら地区は小郡《カントン》だ！　おまえたちはカントンを受けいれさせようとしている！　わたしを破滅させようとしているのだ！」。彼は部屋を飛び出した。イスラエルはその後、アラファートをなだめようとしてエリアBのささやかな拡大を提案した。三日後、イスラエル国防軍の中央管区司令官イラン・ビラン少将が、パレスチナの警察がエリアAの域外を移動するにはイスラエルの承認が必要になると述べて、またもやアラファートの激高を招いた。

何を考えている？　わたしの警察がおまえたちに従属するだと？　おまえたちは、わたしの保安部隊をばかにするのか？　こそ泥や家族どうしの喧嘩に対応するためにエリアBのパレスチナの村へ移動するのに、おまえたちの許可を請うことになるだと？　そんなのは合意ではない。おまえたちの辱めは受けないぞ！　わたしはおまえたちの奴隷ではない！

最終的に、イスラエルは欲しかったものを手に入れ、アラファートは自分があくまで拒否すると言っていたものを受けいれた。パレスチナ人の空間は縮小し、ユダヤ人の居住地は拡大して、当初は暫定的だったはずのオスロ体制が固定化された。だが、イスラエルはダニーが望んでいた和平は手に入れなかった。数年後に、暴力的な抵抗に直面した。

XIV

ダニーが完全な分離壁を建設する責任者となったのは、二〇〇二年三月、すなわち第二次インティファーダの最も血なまぐさい月のすぐあとだった。彼はインティファーダという呼称で反乱を崇高化させるのをよしとせず、代わりに「パレスチナのテロ攻撃」と呼んでいる。三月の三一日間に、一二〇名以上のイスラエル人とその二倍の数のパレスチナ人が殺された。この月の終わりごろに、トゥルカレム出身のハマースの自爆テロ犯がネタニアのパークホテルで行なわれた過越《ペサハ》の晩餐《セーデル》を攻撃し、三〇名を殺害した。イスラエル国内史上最も死者の多い爆破攻撃だった。「占領があるかぎり、抵抗もある」と、ハマースの政治指導者は宣言した。「したがって、われわれは明確に告げる。占領は中止されるべきだ、そうしてはじめて、ちがうものが登場する」

これに先立つ一年半のあいだ、ダニーはどうすれば攻撃を止められるのか、もっと端的に言うなら、どうすればパレスチナ人がイスラエルの都市に入りこむのを防げるのか、答えを見つけだす任務をイスラエル国防軍の中央管区から与えられていた。当初、彼は暫定的な解決策を模索した。インティファーダが数カ月で終わって、両陣営が交渉を再開するものと信じていたのだ。あらたな対話に関しては認識が正しかったが、反乱に関してはちがった。対話も軍の反撃もこれに終止符を打てなかった。ダニーの最初のプロジェクトは、ユダヤ人地域への入り口を限定し、各入り口、出口、および連結道路をフェンス、門、障壁、セメントブロック、土嚢で封鎖して、ヨルダン川西岸地区のパレスチナ人の往来を残らず主要道路へ誘導することだった。その後、軍は西岸地区の検問所を四倍に増やし、イスラエルとその入植地、および併合された東エルサレムに入るパレスチナ人の車をことごとく止めた。

だが、検問所は砂漠のなかの門みたいなものだ、とダニーは気がついた。徒歩でいとも簡単に迂回できる。そこで、軍はインティファーダの指導者たちを逮捕、暗殺することにした。こうした襲撃計画を内閣が承認するにさいして、住宅地図の専門家であるダニーは、パレスチナ過激派の自宅の航空写真を提出した。二、三カ月のあいだに、一〇〇名以上のパレスチナ闘士の幹部が逮捕され、あらたな指導者たちがすぐさま取って代わった。その後、軍は火薬製造工場を閉鎖し、三〇〇にのぼる数を操業停止にした。だが、火薬は必ずしも大量生産する必要がない。バスタブやキッチンのシンクでも製造できるのだ。

その間にも、暴力は激化した。ダニーは娘をエルサレムの学校に通わせることに不安を抱きはじめた。爆弾があちこちで爆発していた。バス、カフェ、市場、ナイトクラブ、歩行者専用道路。どこも安全とは思えなかった。国じゅうが燃え、なんとかしろという圧力が政府に強くかけられた。右派の政党も、左派の政党も、パレスチナ人からの分離を呼びかけた。ただひとつ実行可能な解決策は、広範囲にわたるひと続きのフェンスおよび壁を建設することだと、ダニーは結論づけた。同僚とともに、分離壁の計画を立てた。オスロ交渉中に建設されたヨルダン川西岸地区の壁を延長するのだ。

過越の自爆テロのあと、シャロン首相はダニーの提案を採りいれることにした。二週間後、計画が政府に承認された。おもな議論は、壁を建設するべきかどうかではなく、どこに設置するかだった。どこに建てるのであれ、それは暫定的な安全保障策ではなく、恒久的な境界となるはずだ。右派は不安を抱き、左派は希望を抱いた。ガザ地区にしろ、ヨルダン川西岸地区にしろ、イスラエルは国際的に認められた国境を持たない。一九四九年の停戦ライン——一九四九年の地図に描かれた色から、グリーンラインと呼ばれる——ですら、恒久的な境界として認められていないのだ。一九六七年の戦争後、イスラエルは公的な地図にグリーンラインを印刷することを禁止している。

イスラエル社会では、ヨルダン川西岸地区をどのくらい壁で切り取るかが、とくに意見の分かれる問題となった。入植者のための包括組織であるイェシャ評議会は、エリアＡに割り当てられたパレスチナ自治の各島を取り囲むように壁を建てるべきだと主張した。左派シオニスト――およびアメリカ合衆国――は、こうしたパレスチナの町を取り囲む檻ではなく、主要な入植地を塊として内包するようなもの、さもなければグリーンラインにほぼ沿ったものを望んだ。

シャロンは、最終的な国境線を引こうとしている印象を抱かれないよう心を砕いた。もし、この壁が土地を奪取する口実に見えたら、アメリカ合衆国や国際社会にかまびすしく批判されるだろう。初期の計画では、壁の経路の九〇パーセントがグリーンラインから離れていて、ヨルダン川西岸地区の一六パーセントがイスラエルのものとなっていた。これには、べつの囲いによって切り取られることとなるヨルダン渓谷――西岸地区の二〇パーセント以上を占める――は含まれていない。シャロンはまた、壁の経路がグリーンラインに近すぎて、テロリストのゆすりに屈している、という不満を入植者が持つことも懸念した。そこで一計を案じ、グリーンラインから一マイル（約一・六キロ）あまり離れた場所にひと続きの柱を設置し、あたかもそこに壁が建つかに見せて、実際の建設位置はいくつかある境界案のひとつにすぎないと思わせるよう、ダニーに指示した。

シャロンの内閣では、壁の位置に関して、大臣の数とほぼ同じだけ意見があった。完全な併合を望んでやまない者たちは、唯一の壁の経路はヨルダンとの国境沿いだと主張した――すなわち、ヨルダン川西岸地区全体を包含するべきだ、と。ほかの者たちは、可能なかぎり多くの入植者を壁で取り囲むと同時に、パレスチナ人の大半を排除することを、主たる目的にするべきだと考えた。イスラエル国防軍参謀総長のシャウル・モファズは、パレスチナ人の各都市を囲むように壁を設置する、というイェシャ評議会の考えをそのまま主張した。ダニーはその意見に反対だった。これほど多くの人々をゲットーに閉じこめてイスラエルがなんの批判も受けないなどありえないし、この計画がうまくいくとも思えない。襲撃者は壁の外側の村から簡単に来ることができるのだ。さらに、ほかの大臣たちは、グリーンラインの内側に壁を設置して、パレスチナに住むイスラエル人の大多数をヨルダン川西岸地区と同じ側に追いやるべきだとロビーした。同胞の市民を壁で排除するというこの計画は、彼ら市民の多くがインティファーダを支持して抗議活動に加わっており、したがってその愛国心はユダヤ国家ではなくパレスチナ国家に向けられているという主張によって正当化された。

ダニーは昼夜をおかずこのプロジェクトに注力し、二〇名以上におよぶ専門家のチームを結成していた――技師、考古学者、自然保護論者、環境学者、そして土地登記や水、電気、教育の知識がある内務省の役人だ。彼らは現地に赴き、提案された七〇〇キロあまりの経路を隅から隅まで念入りに調べた。パレスチナ自治政府が壁の建設に協力することを拒んだので、ダニーはパレスチナ人農家や土地の所有者とじかに話をした。このプロジェクトによって住む町や生計が破壊される人々だ。

分離壁はイスラエル人の入植地とパレスチナ人の共同体のまわりを曲がりくねって進み、一部の地域では折り返したり、べつの地域では完全に囲いこまれたパレスチナ人の飛び地をこしらえたりした。その結果、総延長がグリーンラインの二倍以上になり、入植者の八〇パーセントが内側に取りこまれた。壁は大地に巨大な傷を穿った。ヨルダン川西岸地区の多くの地域では、分離壁はフェンス、掘割、有刺鉄線、カメラ、センサー、軍事車両の出入路、監視塔によって構成されている。だが、六〇キロあまりの部分については——とくにエルサレム、ベツレヘム、トゥルカレム、カルキーリーヤといった都市部では——高さ約八メートルのコンクリートの壁となった。

XV

イブラーヒーム・サラーマは、ダニーと同じく、イスラエルとパレスチナは近いうちに合意に達するものと信じていた。一九九三年にオスロ合意が発表されたとき、彼はだれよりも強く支持し、イスラエルとの協力はパレスチナ国家の創造につながるのだと自分に言い聞かせた。パレスチナ国家の創造は可能であるし、また、ほぼ必然でもある、と彼は考えていた。根拠はただひとつ、じつに単純だった——それがイスラエルにも利益をもたらすからだ。イスラエル国防軍の友人たちが、何百回とそう言っていた。

イブラーヒームは長年の痛みのすえにこの結論に到達した。一九八三年、彼は一八歳でファタハに加わった。ちょうど、エルサレムの旧市街から通りを一本挟んだラシディヤ学校で最終学年を終えるところだった。彼はアレンビー橋に向かうバスに乗り、そこで乗り換えて、ヨルダンのファタハの新人募集事務所を訪ねた。レバノンにいるPLOの自由の戦士の残党に加わりたいと望んだからだ。イブラーヒームにとって運が悪かったのは、この事務所の責任者が兄の友人だったことだ。友人から連絡を受けた兄は、もしイブラーヒームがベイルートに闘いに行ったら自分たちの母親は死んでしまうと言った。そこで、事務所の責任者はイブラーヒームに家に帰るようにと告げた。だが、その前に、ヨルダン川西岸地区で地下に潜っているファタハの指導者宛ての手紙を彼に託した。

イブラーヒームにとって、その手紙はいつかファタハに加わるための命綱のようなものだった。幾重にも小さな四角形に折りたたみ、ビニールにくるんでライターの火で封をした。そして、その包みをのみこんで家に向かった。ところが、アレンビー橋を渡るときに逮捕され、モスコビア拘置所に連行された。イスラエル当局にはなんの情報もなかったおかげで、彼は一週間の尋問ののちに釈放された。その間、手紙は二回、体の外に出た。二回ともトイレからそれを掘り出し、シンクで洗ってまたのみこんだ。

第一次インティファーダのころには、イブラーヒームはファタハで頭角を現しており、ヘブロン大学の学生自治会をイスラム原理主義者に対する最初の勝利に導いた。また、ファタハのエルサレム地域の委員会に加わり、パレスチナ蜂起統一民族指導部で積極的に活動した。当然ながら、インティファーダの初期にイスラエル当局に逮捕され、シュアファト難民キャンプでイスラエルのバスに火炎瓶を投げつけたこと、軍事的な小組織を結成したこと、統一民族指導部に加わったことを理由に起訴された。そして一〇年の禁固刑を言い渡され、ベエルシェバ刑務所の独房で一年あまり過ごした。

ベッドがかろうじて置けるくらいの狭い独房で、食べ物を受け取るための小さな窓が扉にひとつあるきりだった。収監中に、イスラエルと占領地域の各刑務所で、七〇〇〇名のパレスチナ人四人が、劣悪な環境および罰として独房に入れられることに抗議して集団ハンガーストライキを開始した。イブラーヒームはベエルシェバ刑務所のストライキを率いた。このハンストは歴史的な成功を収めた。最終的に、イスラエルの刑務所は独房棟のひとつを閉鎖し、全裸での身体検査を取りやめ、監房内での調理を許可し、家族の面会時間を延ばした。

独房に入れられて、イブラーヒームは激しい精神的ストレスにさらされた。それ以前は祈りを捧げたことなどなかったが、神への嘆願を始めた。小さな独房内で、立っているときも、座っているときも、右を下に横たわっているときも、左を下にしているときも、嘆願を行なった。どれも効き目がなかった。そのころには過去の信念を疑いはじめ、紛争の解決に軍事的手段はありえないと結論づけていた。オスロ合意から数カ月後に、彼は早期釈放された。収監期間は六年と二日だった。刑務所では、イスラエルとの協力者を率先して尋問したこともあった。それがいまや、イスラエルに抵抗する人々を尋問する立場になった。出獄してすぐに、あらたに組織されたスルタの情報機関のひとつ、予防保安庁に入ったのだ。

予防保安庁で数年過ごしたあと、イブラーヒームはＰＬＯの難民問題部門に異動し、そこでロン・プンダクと接触した。物腰のやわらかいイスラエル人政策分析家で、オスロ合意につながる最初の秘密会談の実現にかかわっていた。彼が所属する非営利のシンクタンク、経済協力財団（ＥＣＦ、Economic Cooperation Foundation）は「二国家解決の実現は、イスラエルが民主的なユダヤ国家でありつづけるためにきわめて重要である」という中核的理念を掲げていた。ヨルダン川西岸地区への入植はイスラエルの数十年にわたる主要国家プロジェクトであり、中道左派、右派いずれのイスラエル内閣も支持してきたが、イスラエル国防軍内のイブラーヒームの友人たちは、この政策はじつは常軌を逸しており、国民の代表者とは言いがたい宗教的狂信者の小集団に動かされているのだと主張していた。

イブラーヒームは彼らを信じた。

XVI

いろいろな意味で、アダムは典型的な入植地だった。丘の上にあって聖書ゆかりの歴史的な名称をつけられ、接収したパレスチナ人の土地を占拠し、パレスチナ人の村と村を分断する形であいだに入りこみ、運営資金が税金でまかなわれている世界シオニスト機構とイスラエル政府の支援で建設され、グリーンラインの内側よりも手ごろな価格の家——庭と田園風景を享受できる広々とした戸建て住宅——が得られる。だが、ひとつ、ほかの入植地にはない特色がアダムにはある。貧しいミズラヒのユダヤ人——中東およびアフリカ北部からの移民——が建設したものなのだ。

現在五九歳の設立者、ベベル・ヴァヌヌが育ったエルサレムの公営住宅は、アラブ国家からの移住者、なかでも、イスラエル最大のミズラヒ共同体を築いているモロッコ人であふれていた。べベルは一九五二年にカサブランカで生まれ、二年後に一家でイスラエルにやってきた。モロッコはユダヤ人に出ていってほしくなかった——げんに、彼らの出国を制限しようとした——が、べベルの両親はそれでも、シオニストの信念にもとづいて移住した。

結果的に、ひどく失望させられた。イスラエルはミズラヒをマアバロット収容所に入れた。テントに寝泊まりする過密状態の一時収容所だ。塀で囲まれ、警察に監視されて、移住者は外に出るのを妨げられた。水道水も適切な衛生設備もなく、子どもたちをしかるべく教育できる教師もいなかった。主として東欧出身であるアシュケナージのエリートは、ミズラヒを蔑みの目で見た。最初のイスラエル内閣の大臣一二人のうち、一一人がアシュケナージの移民だ。ダヴィド・ベン゠グリオン首相は、ある閣議でミズラヒ用に屋内のトイレ設備ではなく屋外便所を設けることを提案し、「この人たちは家のなかのトイレを衛生的に使う方法を知らない」と述べた。失業率が高く、結核やポリオの発生率も乳児死亡率も高かった。数千名の子どもが命を落とした。

一〇〇〇人を超えるミズラヒの子どもの親から、政府がその子たちについて虚偽の死亡報告を行ない、養子を望むアシュケナージの親にひそかに引き渡しているとの告発があった。子どもの親たちは、わが子の遺体も、埋葬地も、死亡診断書も見ることを許されなかった。べベルも妹が生後五カ月で盗まれたと聞かされている。数十年後、保健省が内部報告書で告発の一部を認めたが、イスラエル当局は、ミズラヒの人々は〝後進的〟であり、誘拐は〝子どもたちの最善の利益〟のためだったとして、これら詐欺行為を正当化した。

ベン＝グリオンが〝原始的なユダヤ人〟と蔑んだアラブ国家出身のミズラヒは、しかし、シオニスト・プロジェクトの成功に必要不可欠とみなされてもいた。「当時、われわれが躊躇なく七〇万人のユダヤ人を入れていなければ、必ずや、七〇万人のアラブ人がいずれ帰還しただろう」とベン＝グリオンは述べている。「われわれは彼らの道を塞いだのだ」。

一時収容所を出たあと、ベベルの親族の何人かは、いまや帰還を禁じられているパレスチナ人が所有していた家に引っ越した。

ベベルは幼少期の貧しい生活にずっと憤りを抱いている。一家はエルサレムのひと部屋のアパートメントに一〇人で暮らしていた。夜に帰宅すると、彼はきょうだいたちをまたいでベッドに入らなくてはならなかった。父親は数カ国語を話したが、移住してきたばかりでヘブライ語を話せないポーランド人に政府の仕事を横取りされた。母親はフランス語の読み書きができたが、エルサレムの診療所で掃除婦として働いていた。

ベベルが育ったスラムは犯罪と薬物にあふれていた。近隣の再開発にかかわったとき、大手の建設業者がこのプロジェクトで巨大な利益を得ているのを目にした。業者は地元の人間に仕事を与えるよりも、ヨルダン川西岸地区から低賃金のパレスチナ人労働者を連れてくることを選んだ。ベベルは建設業者に、おまえたちは歓迎されていないのだとわからせてやった。抗議する業者もいたが、もし聞き入れなかったら自分たちの機材がどうなるか、彼らは知っていた。建設業者が去ると、地元の住人がその仕事を依頼された。犯罪と薬物の使用が減った。隣人たちの顔にはじめて喜びの表情が見られた。

一九七〇年代に、ベベルはブラックパンサー党に加わった。同名のアフリカ系アメリカ人集団を模範としたミズラヒの権利拡大運動だ。設立にかかわった全員が、モロッコ人の家系だった。ベベルは成長する過程で、国がアシュケナージの集産主義的協同組合《キブツ》に無償で土地を与え、そのメンバーを富ませるのを目にしてきた。自分たちが分け前にあずかれないのはわかっていた。父親はよく、たとえこの国を去る最後の人間だったとしても、自分は首相にはなれないのだと言っていた。ミズラヒのユダヤ人が何かを手に入れるには、奪わなくてはならない。一九八二年末、ベベルはまさにアシュケナージの人々がやったように、同胞の町を築こうと決意した。エルサレムの外に新しくできた入植地、アナトトを見学しに行った。そこへの移住に関心があるふりをしたが、ほんとうに知りたかったのは、自分たちの共同体を創造する方法だった。

ベベルは観察し、学んだ。翌年の夏、同じスラムに暮らす数家族とともに、エリコへ向かう道路沿いにテントを張った。かつてオスマン帝国の皇帝がその敷地に立ったことのある〈イン・オブ・ザ・グッド・サマリタン〉〔聖書のよきサマリア人のたとえにちなんで名づけられた歴史的な地で、国立公園、博物館などがある〕の近くだ。軍がその土地を欲しがり、道の反対側の、アナタにある土地をベベルと友人たちに提供した。ベイト・エル基地の兵士たちがトレーラーハウス、水のタンク、発電機、ガスコンロを持ってきてくれた。ところが、長くは住めなかった。くだんの丘はクファル・アドゥミーム入植地の境界内にあり、アシュケナージの住人が若い世代のためにそこを欲しがったのだ。

ベベルは次に、ジャバの村の土地に目をつけた。だが、元理論物理学者で政府の入植委員会会長のユヴァル・ネーマンから、べつの場所、ナーブルスからラマッラー近辺の土地を選ぶようにと言われた。イスラエルとしては、すでにユダヤ人が存在感を強固に確立している東エルサレム郊外に、もうひとつ入植地を作る必要はなかった。いまやるべきは、ヨルダン川西岸地区の奥深くに入りこんで、敵陣との境に前哨地を設け、そこまでの地域の支配を固める、という軍事戦略を用いることだ。したがって、あらたな入植地は、中間地域の建設を念頭に置いて、既存の入植地から遠く離れた場所に築かれていた。

だが、ベベルにはそういった戦略などどうでもよかった。彼はエルサレムの近くに住みたかった。それに、ネーマンはまちがっているとも考えた。オレンジは丸呑みするのではなく、ひと房ずつ口に入れるべきだ。ベベルは地図を目の前の机に広げ、あまたの賞を受賞したこの物理学者にノーと言った。「ぼくは大学を出ていないし、ギムナジウムで学んでもいない。スラムの出身です」――地図のジャバの上に指を置いて――「それでも、ここに築きたいのです」

ベベルは我意を通した。政府はジャバの土地にあらたな入植地が築かれ、聖書の都市ゲバにちなんでゲバ・ビンヤミンと呼ばれることを発表した。ベベルはちがう呼称、アダムを望んだ。レバノンで殺されたイスラエル国防軍副参謀長で、コーカサスのダゲスタン共和国出身の家系であるイェクシェル・アダムにちなんだ名前だ。政府は承知しなかった。やつらは通りという通りにアシュケナージの小物どもの名前をつけている、なのに、たったひとつの入植地すら、戦死した最高ランクの将校にちなんで名づけようとしない、なぜなら、彼がミズラヒだからだ、とベベルは考えた。これまで、各通りがベルコヴィッチ、マイロヴィッチ、モスコヴィッチ、バーンスタイン、ファインスタイン、ワインスタイン、ギンツブルグ、ゴールドバーグ、グリンベルクと呼ばれるのを見てきた——なのに、やつらはたったひとつのアダムを許そうとしない。だが、最後に笑ったのはベベルだった。いまや国じゅうがここを非公式のこの名称で呼んでいる。

ベベルはアダム入植地の議会の議長になった。アダムはジャバの土地に築かれた入植地だが、ベベルとしては地元のパレスチナ人と良好な関係を築いてきたと自負している。入植地を東部へ拡大するさいには、地元の労働者であるジャバの村人を雇った。彼はよく、ジャバでは長《ムフタール》と呼ばれているのだと自慢した。だから、この入植地からバス事故の煙を目にしたとき、エントランスゲートへ駆けていき、治安部隊員を捕まえて現場まで運転させた。そのころには、救急車と消防車が仕事を終えていた。

アダム入植地の重鎮として、ベベルはこの共同体がパレスチナ人の隣人の苦境を遺憾に思うこと、この衝突事故にはなんの責任もないことをはっきりさせたかった。現場から戻ってくると、住人を巻きこんで、アダム共同体から被害児童の家族に哀悼の意を示す大きな横断幕をこしらえた。それはジャバ検問所近くの、入植者向けバイパス道路の上に掲げられた。

XVII

イブラーヒームには、個人的な入植者の知り合いはいなかった。だが、第二次インティファーダの勃発後に、ロン・プンダクが所属するECFによってひとりの入植者に引きあわされた。ECFは軍の暴動鎮圧を支援しようと考えており、そのスタッフでイスラエル国防軍予備役の大隊指揮官のひとりが、パレスチナの村と近郊の入植地とのあいだで試験的に不可侵合意を結ぶ仲介役となった。イスラエルの上層部と密接な関係を築いていたイブラーヒームは、アナトト入植地との協議においてアナタの代表者を任じられた。

アナトトの代表者はアディ・シュペーター、ルーマニア生まれで四〇代なかばの世俗的な男性で、ヨルダン川西岸地区の予備役将校だ。彼はECFのスタッフがあまり好きではなかった。入植者に対してもったいぶった恩着せがましい態度をとるせいだ。彼がエルサレムから建設後間もないアナトトに移住したのは、一九八〇年代はじめだった。当時は、インフラ施設がほとんどない荒涼たる尾根だった。妻には、どうかしていると言われた。だが、景色が驚くほど美しく、息を飲むようなすみれ色の夕焼けと、ヨルダンまで続く黄色い砂丘の全景を望めた。彼は生まれてこのかた右派政党のリクードを支持していたが、アナトトに住むことに政治的、イデオロギー的な意義をいっさい感じていなかった──そう、当初は。だが、第一次インティファーダが勃発すると、自分が前線にいることを思い知らされた。アナタの若者《シャバーブ》が、ふたつの町のあいだを走る道路でアナトトの車に石や火炎瓶を投げつけた。彼は毎晩、怯えながら車で帰宅した。オスロ合意により暴力行為は鎮まったが、一〇年後、第二次インティファーダの勃発にともなって再開された。アディは昼夜を問わず銃を携帯した。

平時には、アナタで買い物をするアナトトの入植者もそれなりにいた。たとえば、アラビア語を話す警察高官のひとりがそうだった。ほかの近隣のパレスチナの村も入植者を歓迎した。イブラーヒームのひとりめの妻の両親はヒズマに雑貨店を所有し、アダム、アナトト、ピスガット・ゼエヴの住人をしじゅう客として迎えていた。入植者の何人かは、つけで買い物をする常連客となり、モシェ、ヤイル、アヴラーハムといった名前が商品の帳簿に記載されていた。

だが、第二次インティファーダは平時ではない。アナタのような閑静な町ですら、入植者は危険な目に遭いかねなかった。イブラーヒームはイスラエルの民政からイスラエル人がアナタに車で入ったという連絡を受けるたびに現場へ急行し、場合によっては、シャバーブが石を投げつけるのを制止した。ある金曜日、アナタとアナトトのあいだの道路で恒例の抗議活動が行なわれたさい、イブラーヒームは群衆のなかへ徒歩で分け入り、石を投げたやつはだれであろうと腕の骨をへし折るぞと告げた。べつの機会には、抗議者たちに金を払って帰らせたこともある。自分がパレスチナ自治政府の命令で動いていると思われていることを、イブラーヒームは承知していた。

イブラーヒームとアディはECFを介して、互いの共同体間に横たわる敵意の抑制に務めることに合意した。イブラーヒームはこの協力関係を誇りに思っている。このおかげで双方の人命が救われているはずだ。個人的には、アナタにたまたま迷いこんだイスラエル人を少なくとも八名は救った。だが、真の目的は自分の村を守ることだと彼は言う。もし、入植者か兵士が負傷したら、イスラエル国防軍はその日の夜にアナタに侵攻し、おそらく死者が出るだろう。自分は村の人たちへの責務から行動しているのだ、イブラーヒームはそう自分に言い聞かせている。武力衝突が起きればパレスチナ人は必ず負ける、こと武力ではイスラエルは最強なのだから。

アディのほうも、自分の共同体の人々を抑制している。アナトトは非宗教的な右派のユダヤ人で占められ、その多くが治安部隊か民政で働いている。一部の住人は、武器を手に両共同体間の道路へ出かけたくてうずうずしていた。石や火炎瓶を投げてくるシャバーブと対決するためだ。彼らがアナタに入りこみ、貯水槽の屋根を銃で撃ったこともある。アディはいつも彼らに、一、二時間でいいから相手が引くまで待ってくれと頼んで、連中はほんの若造でうっぷん晴らしをしているだけじゃないかと説得する。また、アナトトの住人からささやかな人道的申し出があって、たとえば缶詰や粉ミルクを寄付したいと言われたときは、調整役を買ってでて、イブラーヒームを通じて渡したりもする。

ふたりはよき友人となった。アディと、その妻でヘブライ大学のスポークスマンを務めているナーマのもとを、イブラーヒームは家族連れで訪問した。子どもたちは一緒に遊び、妻たちは一緒に楽しく過ごした。イブラーヒームはアディを兄弟と呼んだ。何年も収監され、一族の土地を失い、基本的自由を侵害されたにもかかわらず、イブラーヒームはどういうわけかイスラエル人に怒りを抱いておらず、アーベドたちにイスラエル人との親密な関係を批難されてもどこ吹く風だ。第二次インティファーダのある時点で、アディは予備役召集をかけられ、ラマッラーにあるアラファートの本部を包囲攻撃するイスラエル国防軍の作戦に加わることになった。イブラーヒームはたまたま車でラマッラーを訪れて、ジャバ近辺でイスラエルの軍用車に制止された。車を降りると、緑色の制服をまとった国防軍の将校がアディだとわかった。周囲のだれもが――兵士、村人、入植者、パレスチナ人運転手の全員が――困惑したことに、イブラーヒームはアディを引き寄せて固く抱擁した。

XVIII

ダニーにとって、どの場所よりも複雑で政治的に要注意な分離壁は、エルサレム内部の壁、そしてこの都市を取り囲む壁だった。ここはパレスチナ人口が多いせいで、イスラエル最大の難題が本質にまで濃縮されている。その難題とは、領土を一センチたりと譲らずに、イスラエル側に含まれるパレスチナ人の数を最小限にとどめることだ。

エルサレムのなかでは、壁を築く経路の候補は三つあった。ひとつめは、純粋に人口にもとづくラインで、ユダヤ人入植地をパレスチナ人地区の大半から分離する形になる。これは政治的理由でうまくいきそうになかった。なぜなら、パレスチナ人が住む東エルサレムの大部分を、未来のパレスチナ国家に譲り渡すものと受けとめられるからだ。パレスチナ人も同じく反対した。自分たちの家族、仕事、学校、病院、教会、モスクから切り離されたくなかったからだ。

ふたつめの選択肢は、イスラエルが一方的に宣言した市の境界に沿って、一九六七年に併合した村と東エルサレムの地区すべてを囲む壁を築く、というものだ。この案の問題点は、市境をまたぐように都市部が広がっていることだった。アナタやダヒヤット・ア＝サラームのような市街地に境界を引こうとすると、アパートメントをブルドーザーで壊して地区を分断することになる。そのうえ、シュアファト難民キャンプ、ダヒヤット・ア＝サラーム、および隣接する地区には、ヨルダン川西岸地区の緑色のＩＤカードを持つパレスチナ人およそ三万人がいる。これらの地区はすべてエルサレムの市境の内側だ。もし、その住人を含むように壁を建てたら、イスラエルは彼らに青色のＩＤカードを与えるか、立ち退かせる必要がある。いずれにせよ激しい批判は免れないし、まちがいなく流血沙汰になる。

最後の案を、ダニーは選択した。できるかぎり市境に沿うが、併合地域のうち人口密度の高い場所——クファル・アカブ、シュアファト難民キャンプ全域、およびその周辺地区、すなわちラス・ハミース、ラス・シェハデ、ダヒヤット・ア＝サラーム——を切り離すというものだ。これらの地区をエルサレム市から事実上除外することは、可能なかぎり多くのパレスチナ人を市の外に置くというイスラエルの実態的人口統計の目標にも合致する。

というわけで、エルサレム市の住人数万人が、気づいたら壁の外側に追いやられていた。

これら新しいゲットーについて、市は管轄権を保持したまま、存在を無視している。国境警察は、軍の護衛なしに緊急車両がそれらの地域に入ることを許さない。二〇〇六年、エルサレムの救急車が、壁の向こう側で心臓発作を起こした男性を運ぶためにシュアファトの検問所に急行した。国境警察は軍の護衛車両が到着するまで救急車を通さなかった。救急隊員は国境警察をものともせず、救急車から装備を取り出すと検問所を駆け抜けて男性の家へ向かった。だが、難民キャンプにほど近いスコーパス山のハダッサ病院に運べたのは二時間後で、そのころには男性は亡くなっていた。

壁の建設後、ダニーはその向こう側の見放された地区をどうしたらいいのか解決策を探った。そして、壁をあらたな市境にするよう提案することを検討した——つまり、エルサレムは壁の外側のこれらの地域に対する責任を公式に放棄するわけだ。だが、そうすると、これらの地域にいる青色のＩＤカードの所持者たち、エルサレム市民権を持つパレスチナ人の四分の一以上の人々はどうなるのか。どんな案にせよ、彼らの居住権を剥奪することになれば、それが実施されるまでのあいだに壁のエルサレム市側へ膨大な数が駆けこむのではないかと、ダニーは恐れた。政府が何よりも望まないのは、パレスチナ人をいま以上に市の中心部へ流入させることだ。

それでも、ダニーはこの恣意的な線引き案をエルサレム市長のニル・バルカットに示し、市境を引きなおすことを認めさせたが、この案はすぐさま撤回されることとなった。右派の政治家たちが、イスラエルの地におけるユダヤ人の主権を放棄することだと糾弾したのだ。こうして、他民族の居留地《エンクレーヴ》であるシュアファト難民キャンプとクファル・アカブは見捨てられたままになった。

XIX

イブラーヒームが内務省のア＝ラム支部の責任者となるころには、壁によって、その両側のパレスチナ人住人が生活を変えられてしまっていた。彼自身の家族も例外ではない。シュアファト難民キャンプとクファル・アカブの一〇万人あまりの人々は、以前はエルサレムの公共サービスを受けられたのに、地元の救急車、消防車、警察がないまま放り出された。シュアファト難民キャンプとその隣接地域にはＡＴＭが一台もない。イスラエル軍と国境警察だけは定期的に足を踏み入れるが、通常は装甲車に乗って、急襲用ライフルを抱え、ヘルメットと防弾衣を身につけている。

これらの居留地は、当局から身を隠そうとする逃亡者の避難所となった。四八年パレスチナ人の犯罪ファミリーが続々とダヒヤット・ア＝サラームに移ってきた。この地域では、いくつもの殺人が迷宮入りした。エルサレムを管轄する警察の元責任者は、壁の向こうの区域について「連中には用なしだ……イスラエルの警察はあそこには立ち入らない」と述べた。あるとき、武装した一団がクファル・アカブの学校に侵入し、数時間にわたって職員を脅した。親たちはイスラエル警察に来てくれと懇願したが、彼らは来なかった。

こうした混乱状態はア＝ラムやアナタといった近隣の共同体に波及した。これらの地域にも、エルサレム市と同じく、パレスチナの治安部隊は立ち入ることができない。イブラーヒームは、イスラエルの許可なしにパレスチナの警察や消防車を入れることを許されていない。犯罪者を逮捕しようにも、通常はイスラエルの承認を得るために三日以上待たされた。たとえば乱闘を止めるといった緊急事態でも、許可がくだされるまでたいてい数時間かかった。

この地域のさまざまな問題は、人口が急増するにしたがって増大した。青色のＩＤカードを持っていてもエルサレム側では家賃を払えないパレスチナ人が、壁のすぐこちら側の人口過密地区に引っ越してきた。彼らはその方法でしか、青色のＩＤカードを保持できないのだ。品質が粗悪な高層アパートメントが、これら流入者を受けいれるために乱立された。インフラは崩壊の一途をたどった。停電が頻発した。この地域をないがしろにしすぎて、イスラエルは何人の住民がいるのかさえ把握していなかった。

壁の周辺地域で違法経済が栄えた。イスラエル人が期限切れの商品を壁の反対側の商人に売った。健康基準や環境基準を満たさない安いパレスチナ製品が、イスラエル側に流入した。壁にあけられた小さな穴を通して薬物がやりとりされた。イスラエル側の有害廃棄物がパレスチナ人の地域に捨てられた。未登録の危険な中古車が、パレスチナ自治政府もイスラエルも免許を調べない壁の向こう側の地域のパレスチナ人に売られた。

シュアファト難民キャンプ内および周辺では、親たちがわが子をエルサレムの学校から退学させた。検問所で日々兵士たちに接触させるのが不安だったのだ。壁のパレスチナ側には、かつてヤギ小屋だった公立学校がひとつあるきりだった。教室不足が深刻で——東エルサレムでは二〇〇〇人以上の席が不足しており——生徒たちは交替で勉強するはめになった。九歳でもまだ文字が読めない子どもが公立学校にいた。エルサレムのパレスチナ人の三分の一以上が、ハイスクールを修了することなく中退していた。

シュアファト難民キャンプにはＵＮＲＷＡの学校があったが、それらも目を覆う惨状だった。ティーンエイジャーの一部は薬物に手を出していた。人気が高いのはマリファナ、タバコ、化学薬品——殺虫剤、アセトン、エーテル、殺鼠剤——をまぶしたハーブなど、ハイになれる薬物だ。そこからヘロインへ移行するわけだが、それはキャンプ内の通りで大っぴらに売られていた。中毒者がどんどん低年齢化し、過剰摂取で入院するティーンエイジャーも同じく低年齢化した。

金銭的に余裕がある親はわが子を私立学校に入れたが、それらはおおむね規制されておらず野放しだった。二〇一二年二月、そうした学校のひとつ、ヌール・アル＝フーダが幼稚園のクラスをクファル・アカブのプレイランドへ連れていくためにバス会社を雇った。会社は違法に登録された二七年落ちのバスをよこし、そのバスは適切な照明も警察のパトロールも対向車線との分離帯もない管理不全の渋滞道路を走った。

第五章　三つの葬式

○ パレスチナ人の地域
□ ユダヤ人の地域
⬡ 検問所
2012年までに建設完了していた壁
2012年に計画中だった壁
東エルサレム
西エルサレム
ヨルダン川西岸地区
マアレ・ミクマス
ミツペ・ダニー
ネヴェ・エレズ
エリコ
ミツペ・ハギト
ブネイ・アダム
アロン
アナトト
クファル・アドゥミーム
ノーフェイ・プラット
ミツペ・エリホ
アナトト基地
ハーン・アル＝アフマル
E1地区
ミショア・アドゥミーム工業団地
マアレ・アドゥミーム
ヨルダン川西岸地区
ケダール
1.クファル・アカブ
2.カランディア難民キャンプ
3.カランディア検問所
4.アナトト工業団地
5.ネヴェ・ヤアコヴ
6.ヒズマ検問所
7.ピスガット・ゼエヴ
8.ラモット
9.ラマット・シュロモ
10.シュアファト難民キャンプ
11.ラス・シェハデ
12.ダヒヤット・ア＝サラーム
13.シュアファト検問所
14.スコーパス山のハダッサ病院
15.シェイク・ジャラー
16.メーアー・シェアーリーム
17.モスコビア拘置所
18.旧市街
19.ワディ・ジョーズ
20.ア＝トゥル
21.マカセド病院
22.ジャバル・ムカベル
23.西サワーレ
24.東サワーレ
25.ベイト・サファファ
26.キルヤット・メナケム
27.ハダッサ・エインケレム病院

大エルサレム圏
事故現場
ラマッラー
ラマッラー病院
プサゴット
ベイトゥニア
テル・シオン
コハヴ・ヤアコヴ
ミクマス
オフェル刑務所
アガン・ハアヤロット
シャアル・ビンヤミン工業団地
ギヴァット・ゼエヴ
ジャバ
アル=ジブ
ビル・ナバラ
ア=ラム
アダム
バイト・イズジャ
ハル・シュムエル
ビドゥ
ナビ・サムウィル
ヒズマ
バイト・スリク
バイト・イクサ
アナタ
メヴァセレト・シオン
西エルサレム
エイザリヤ
アブー・ディス
東エルサレム
ベツレヘム
N
1
2
3
4
5
6
7
8
9
10
11
12
13
14
15
16
17
18
19
20
21
22
23
24
25
26
27

XX

アーベドはラマッラーの病院に着くと、大声で叫ぶ親、担架に乗せられた子ども、医師、看護師、警察官、カメラマン、パレスチナの役人でごった返すなかをかき分けるように進んだ。受付でミラードの名前を伝えたが、息子さんに関する情報はないと告げられた。そこで各病室を探しはじめ、ミラードのクラスメイトやその家族を大勢目にした。子どもが見つかってよかったと彼はすなおに思ったが、親たちは感情が高ぶってこちらに気づきもしなかった。ミラードを見たかと、彼は全員に尋ねた。だれも見ていなかった。

アーベドは受付に戻ると、病室をすべて調べたけれども息子はいなかったと言った。「お子さんは二台めのバスにいたよ」と、だれかが騒ぎの向こうから声をかけてきた。「そのバスは事故に遭っていない。アー＝ラムに行った」。このときはじめて、アーベドは二台めのバスのことを聞いた。ミラードと同じクラスにわが子がいる友人のズィヤード・バルクに電話して、その妻のムフィーダに問いあわせてくれないかと頼んだ。彼女は遠足費用を支払うときに助けてくれた教師だ。ムフィーダはすぐに電話をくれた。「ミラードは二台めのバスにいました。きっと、ぶじですよ」

この奇跡のような報せがなかなか信じられず、アーベドは病院のロビーを出て、外の雨のなかにしばらく立っていた。ほどなく、ひとりの親から、ミラードはじつはラマッラーの病院からハダッサ・エインケレム病院に移されたのだと言われた。IDカードが緑色なので、アーベドは自分ではそこに行けず、やむなくダヒヤット・ア＝サラーム在住で青色のIDカードを持ついとこに連絡した。約一時間後、いとこが折り返し電話をくれた。怪我をした子どもが何人か収容されているが、ミラードはちがう、と。その後、二台めのバスがアナタに戻ってくる途中だと報せがあった。アーベドは兄弟のひとりに電話し、そのバスを出迎えてくれないかと頼んだ。数分が経過し、折り返し電話があった。「ミラードは、いない」

園児の家族のあいだをニュースや伝聞が飛び交い、それらが次々にアーベドに伝えられた。やれミラードはア＝ラムの外の軍事基地にいる、いやイスラエルの病院にいる、緑色のIDカードを持つヌール・アル＝フーダの園児の親を軍がエルサレムに入れている、等々。アーベドは水を張った樽にぶちこまれた感じがしていた。最初はぐつぐつ煮られ、それからきんきんに冷やされる。熱い、冷たい、熱い、冷たい、また熱い、また冷たい。アーベドはずっとラマッラーの病院の救急処置室近辺にいて、しつこい記者たちには何も答えなかった。アルジャジーラで映像編集を担当している弟のバシールが、甥のひとりとともに来てつき添ってくれた。その間ずっと、アーベドの電話はひっきりなしに鳴り、その大半がジャーナリストとラジオ局からだった。アーベドは彼らと話す気になれなかった——不安でたまらなかったのだ。電話をバシールにあずけて、ハイファとしか話したくないと告げた。

だが、ようやく話せたハイファも、なんの報せも持っていなかった。彼女はアダムとアーベドの娘四人とともに自宅で待機していた。最年長のルゥルゥはいまや一六歳になり、その朝は最初に帰宅していた。ミラードにとって母親のような存在で、毎晩、ベッドに入れている。朝は起こして、幼稚園に出かける準備を手伝ってやることも多い。だが、遠足の日は特別で、ハイファが自分で息子たちに服を着せて食べさせた。だから、ルゥルゥはミラードに会うことなく家を出ていた。

自宅近くのアナタ女子学校にいると、教師がいきなり、生徒は全員家に帰るようにと告げた。説明はいっさいなかった。教室を出るとき、べつの教師が事故があったと話すのをルゥルゥは耳にした。帰宅後に、ヌール・アル＝フーダの園児を巻きこんだ衝突事故のことを知ったが、ハイファはミラードはぶじだと言い張った。隣人やテレビから情報が得られるにつれて、ルゥルゥは胸騒ぎが増して、アーベドに連絡してほしいとハイファに頼みつづけた。人々が——教師、クラスメイト、ほかの親たちが——立ち寄っては、互いに矛盾する話を提供した。だれかが、ミラードが二台めのバスに乗るところを見たと言った。ほかのだれかが、一台めのバスに乗っているのを見たと言った。べつの人が、いや遠足に出かけてすらいないと断言した。

ルゥルゥの帰宅後ほどなく、アダムが帰って来た。朝の休憩時間に下校させられたのだ。最初わくわくしたが、じきに先生たちが泣いているのを目にし、友だちのひとりからミラードのバスが事故に遭ったと聞かされた。そして、ハイファの義理の兄弟の車で帰宅した。男の子たちはいつも彼に学校に送り迎えしてもらっているのだ。家に入るとき、アダムはその朝弁当を忘れていたことに気づいたが、じきにそれがベッドの上にあるのを目にした。弁当のファラーフェルをはさんだカアクを食べて寝そべり、その日はずっと眠っていた。まるで、脳が心配ごとから守ろうとしているかのようだった。何時間も経って目を覚ますと、四人の姉が泣きながらミラードの服を握り締め、弟の匂いを嗅いでいた。

アーベドはどうしようもなく不安で、自分のまわりで起きていることにほとんど気づいていなかった。パレスチナの大統領と首相がそれぞれ、大勢の側近を従えて病院を訪れていた。いとこのアブー・ジハードが、緊急処置室の入り口にいるアーベドのすぐ前を通った。アブー・ジハードの実の兄弟も義兄弟も、自分の子どもが今回の遠足に参加していた。彼ら三人はジャバ道路へ車を走らせたが、到着したころには火が消え、園児はすべて退避させられたあとだった。渋滞があまりにもひどいので、彼らは車を道路脇に乗り捨てて徒歩でラマッラーに向かった。そして、カランディア検問所で車を捕まえて病院へやってきたのだ。

病院の職員は、園児の親や家族に押しかけられ、大声で質問攻めにされて参っていた。アブー・ジハードは、死者が何人か病院の死体安置所にいると聞かされた。それからようやく、壁に貼られたリストを指し示された。病院が受けいれた子どもの氏名と病室番号が手書きされている。彼はリストに甥と姪のモハンマド・バクルとゼイナの名前があるのを見つけ、病室へ駆けていった。扉をあけると、モハンマド・バクルがゼイナの手をぎゅっと握っていた。

姪は頭のてっぺんから足の先まで煤で黒かった。頭蓋骨にひびが入り、手は骨折している。モハンマド・バクルが言うには、衝突したときバスの前のほうに座っていたが、すぐにうしろへ移動し、ゼイナが金属片の下で動けずにいるのを見つけた。手を貸して、その下からなんとか引っぱり出した。アブー・ジハードは兄弟――ゼイナの父親――を連れてこようとロビーへ走った。父親は娘を失ったものと思いこんで床にへたりこんでいた。

アブー・ジハードがゼイナのベッド脇に戻ると、パレスチナ大統領のアブー・マーゼン

（マフムード・アッバース）が病室に入ってきて、そのあとにテレビの撮影クルーと新聞カメラマンが続いた。七六歳の大統領はいかにも好々爺といった感じで、ふさふさした白髪の持ち主だ。園児ひとりひとりに足を止めて声をかけ、ふたことみことやりとりしている。園児のベッドから離れるたびに、カメラがしばらく残って、側近が大きなショッピングバッグからおもちゃをひとつ手渡すさまを撮影した。なかには、自宅に戻ったあとで、贈り物のプレイステーションが壊れているのを発見した子もいた。

ゼイナのベッド脇で、アブー・マーゼンはアブー・ジハードのほうを向いた。「アナタの状況はどうかな」。アブー・ジハードはおそらく、サラーマ一族のなかでただひとり、自治政府への敬意がアーベドよりもさらに少ない人物だろう。地元のイスラム聖戦を率い、自治政府を迫害の根源とみなしている。「アナタのすべてが〝ジフト〟だ」と、彼はアブー・マーゼンに告げた。これはアスファルトを意味する単語だが、〝ガラクタ〟〝価値がない〟という意味もある。「道だけはべつだけどな、なぜって、どこも舗装されてないから」。アブー・マーゼンは笑った。そこでアブー・ジハードは、町に公益サービスがまったくないことに不満を述べた――銀行や診療所すらない、と。「だれも、おれたちのことを気にかけちゃいない」。アブー・マーゼンは善処すると約束し、部屋を出て、病院玄関の近くで写真撮影の時間を設け、その場で献血をした。

午後遅くには、親たちの大半はわが子を見つけていた。アーベドとほかの数人だけが、まだだった。アーベドは知らなかったが、この病院には遺体が六体あり、しかもすぐそばの部屋に横たわっていた。ひとりは教員のウラ・ジョウラニ。ほかの五人は園児だ。うち三人はやけどがひどすぎて身元確認ができない状態だった。残るふたり、女児と男児ひとりずつはそれほどでもなかった。アーベドは病院にいてもむだだと感じ、ア＝ラムかアナタに息子を探しに行きたいと思ったが、ミラードが近くにいるという強烈な感覚を抱いてもいた。何かが、ここを去ってはだめだと告げていた。

わが子と再会できた親たちが帰りはじめたころ、アーベドは病院の職員から隣室にある遺体のことを知らされた。どうしても、その部屋に入りたかった。それはしないほうがいいと、甥に忠告された。救急処置室から医師がひとり出てきて、損傷が少ない二体の遺体について身元確認ができる親を探していた。医師はアーベドに息子の髪の色を尋ねた。

「金髪です」とアーベドは答えた。「あなたは、ここにいてください」と医師は言った。

「男の子は黒髪です」。医師はアーベドの横に立っている父親のほうを向いた。その息子は黒髪だった。彼は入室を許され、そして叫び声をあげて、自分の頭にこぶしを打ちつけながら出てきた。

アーベドはその瞬間、ミラードの遺体がこの部屋にあり、見分けがつかないほど焼け焦げている可能性をはっきりと突きつけられた。べつの医師が来て、ＤＮＡ鑑定のためにアーベドの血液を採取し、妻と息子を呼んでやはり血液標本を提出するようにと告げた。アーベドが電話をかけると、ハイファはすぐさまアダムを連れて家を出た。病院の廊下の蛍光灯の下でふたりを待つあいだ、アーベドはリノリウムの床で泣きながら祈りを捧げた。

なぜ病院に来る必要があるのか、アーベドはハイファとアダムに話していなかった。ハイファは顔にショックの表情を浮かべて入ってきた。アダムはさっぱりわけがわからないようすだった。アーベドは九歳の息子がひどくいたいけなく見えると考えた――この場に立ちあわせるには幼すぎる。アーベドが祈りを捧げていた廊下の先の部屋で、三人は医師に会った。アダムは泣き、医師が注射のせいかと尋ねた。アダムは首を横に振った。

血がDNA鑑定に出されると、待つほかにやることはない。バシールが三人を家に送ってくれた。自宅は女性でいっぱいだった――家族、隣人、友人たちだ。ハイファはほとんど口をきかなかった。バシールの妻のルバ・アル＝ナッジャールは、ハイファが泣いていないことに気づいて、たばこを一本差し出し、なんでもやりたいことをやるべきだと言った。泣きたいなら、泣くべきだ。泣きたくないなら、それでもいい。ハイファはだいじょうぶだと答えた。

ルバはこの種の沈黙を知っていた。一六歳のとき、兄が尋問で激しく殴打され、一時的に全身不随に陥った。この報せを聞いてすぐ、ルバは兵士を刺しに出かけた。旧市街のアル＝アクサーに入る門の近くで、国境警察をひとり負傷させた。彼女は逮捕され、三年間の投獄を言い渡された。服役中に、父親が事故で亡くなった。ルバは看守に牢の外へ連れ出されて、自宅を訪れた。だれにもこの訪問の理由を告げられなかったが、家族のだれかが死んだ以外に理由はないとわかっていた。

帰り道で、彼女は父親の写真一枚を握り締めていた。兵士たちがヘブライ語で「とうさんが大好き！　とうさんがだーい好き！」と歌いはじめた。同じ歌詞を繰り返し何度も、大声で楽しそうに。ルバは何がなんでも、泣くところを連中に見せるものかと誓った。わたしは石だ、と自分に言い聞かせた。刑務所に戻ると、話す能力を失っていた。牢内の女性たちがつねったり引っ掻いたりして、むりやり叫び声を出させようとした。沈黙の数日間ののち、彼女は耳を強烈にひねられて痛みに悲鳴をあげ、むせび泣きはじめた。そして、また話すことができるようになった。

ハイファの横でタバコを吸いながら、ルバは声を出せなくなったあの日から二〇年近く経ったことに気がついた。兵士たちの残酷さと、心の痛みを隠すために意志の力を振りしぼった話を語るとき、彼女はいまなお涙を流す。ルバはハイファには自分と同じように話す能力を失ってほしくなかった。

アーベドは丘の上のアナタ・ユースクラブで男たちに加わり、夜中近くまで一緒にいた。自宅に戻ると、女たちがまだ居間を占拠して、声をひそめて話をしたり、ラジオのクルアーンの朗読に耳を傾けたりしていた。時が過ぎれば過ぎるほどミラードが帰ってくる見込みがなくなるのはわかっていたが、アーベドはそれでも、息子は生きているかもしれないという希望にしがみついた。あの部屋には、遺体の数よりも、わが子を探している親のほうが多かった。事故から一五時間経って、ようやくわが子を見つけたばかりの母親や父親もいた。たぶん、ふたをあけてみたら、ミラードはイスラエルの軍事基地にいるだろう。いや、べつの病院にいるのかも。ひょっとして、負傷した子どもを車で運んでくれたひとりが、ア゠ラムかエルサレムの自宅へミラードを連れていき、いまはその家族が食事を与えて親を探そうとしているのではないだろうか。

寝室へ行くと、ハイファがベッドに座って姉と話をしていた。ふだんは、ミラードがそこで両親に挟まれて寝ている。空っぽのベッドを見て、アーベドは打ちのめされた。トイレに入り、ドアを閉めて大声で泣いた。朝に報せを聞いてから、はじめて彼はひとりになった。ハイファが泣き声を聞きつけてトイレにやってきた。アーベドの波打つ体を抱きしめ、慰めてくれた。妻の腕のなかでむせび泣きながら、アーベドは逆であるべきだと考えた――自分がハイファを慰めるべきなのだ。なのに、彼女は一粒の涙も流さなかった。

XXI

ナンシー・カワスメは、ヌール・アル＝フーダの園児の母親のなかではとくに若かった。事故当時は二三歳、結婚したときは一七歳で、ハイスクールの最終学年在学中だった。父親の出身地のヘブロンで幼少期を過ごし、八歳のときにエルサレムに——母親の出身地であるオリーブ山のア＝トゥル地区に——引っ越した。父親はヨルダン川西岸地区のIDカードを持ち、母親はエルサレムの青色のIDカードを持っていた。一家でア＝トゥルに引っ越したとき、ナンシーはまだ年齢が低かったので、やはり青色のIDカードを持つことができた。

ナンシーの夫のアッザーム・ドウェイクは、二九歳で結婚し、西エルサレムのタルピオット工業団地でバスのエアコンユニットを修理していた。ふたりの結婚は伝統的な作法でとりまとめられた。アッザームがナンシーのことを聞きつけて、自分の両親に彼女の両親と会ってほしいと頼んだのだ。彼女はこの決定にほとんど発言権がなかった。周囲のだれもが、一八歳にもなってまだ独身なのは悲惨だと言わんばかりにふるまっていた。婚約してほどなく、彼女はアッザームと結婚したくないと両親に告げた。自分が夢に描いていた相手とはちがうから。だが、家族はもう手遅れだと言った。アッザームとはただ婚約しただけではない、イスラム法のもとで正式に結婚している、だから、もし離婚したら彼女のゆく末は暗い、と。

アッザームは求婚に先立って、シュアファァト難民キャンプとダヒヤット・ア＝サラームに隣接するラス・シェハデに建てられた、法的に規制されていない高層ビルの二階にアパートメントを購入していた。ここはエルサレム市内ではあるが、ほかの場所で買うよりかなり安かった。というのも、この地区は壁によって市の残りの地域から切り離されたばかりだったからだ。

結婚前、ナンシーはア＝トゥル地区内をなんの恐れも抱かず自由に歩きまわっていた。だが、ラス・シェハデはほかから分離されたゲットーで、犯罪や薬物が蔓延し、誘拐、殺人、レイプが横行していたし、警察に取り締まられる恐れがないせいで、ティーンエイジにも達しない少年が免許なしに運転していた。穴ぼこだらけの未舗装の通り沿いにごみの山がいくつも並び、それを住人たちが夜にごみ捨て場で焼いた。ナンシーは家族から切り離され、ひとりで歩くのも、壁の向こう側の学校へ通うのも不安を感じた。ハイスクールの最終学年で妊婦となり、日々の生活だけで疲弊していた。平日は毎朝、乗り合いタクシーでシュアファト検問所まで行き、ときには三〇分も足留めされたあと、ダマスカス門までバスに乗って、そこから学校まで歩く。よく遅刻をして、いまはラス・シェハデに住んでいるのだと教師たちに説明した。

第一子のサラーフは、卒業パーティーの六カ月後に生まれた。娘のサーディィーネが、二年後に誕生した。サラーフは、ひときわ頭がよいとみなされていた。二歳で、同年代の子よりもはるかに多くの英語とアラビア語の単語を覚えた。幼稚園に入園するころには、一〇歳か一一歳の男の子の知能を持っているように思えた。サラーフをヌール・アル＝フーダに通わせようとナンシーが決めたのは、この地域でいちばんの学校であり、ほかに妥当な選択肢がなかったからだ。わが子に毎朝検問所を通ってほしくないので、エルサレム市内の公立校は、かつてヤギ小屋だった学校をのぞいて候補から消えた。壁のこちら側の親たちは多くが同じように感じ、ヌール・アル＝フーダのような私立校に毎年一〇〇〇ドルかそれ以上払って通わせていた。これが唯一、検問所を避ける方法なのだ。

ナンシーはつねにサラーフの身の安全に気を揉んでいた。そばを離れていると不安でたまらず、迷子になるのではないか、高いところから落ちるなど事故に見舞われるのではないかと考えた。彼女がとても若く、この子が第一子だったからかもしれない。サーディィーネについては不安を覚えたことがなかった。事故の四〇日前、サラーフはナンシーに自分は死ぬのだと話した。「ぼくは天国に行って、サーディーネはひとりっ子になるんだよ」と息子は言った。ナンシーは、あなたはまだとても若くて、長い人生が待っているのよと答えた。ところが、息子はほぼ毎日同じせりふを繰り返して、母親を苦しめた。不安のあまり、ナンシーはサラーフとサーディーネに添い寝しはじめた。冬は寒いから暖かくしてあげたいのだと言って。

サラーフは一二月に五歳を迎えた。自宅で、そして祖母の家でもパーティーが催されたが、彼は幼稚園のみんなにも祝ってほしがった。そのパーティーは何度も延期された。毎週、ほかのだれかの誕生日が祝われたからだ。ようやく、お祝いの会が二月一六日の木曜日に設定されたが、その日に遠足の予定が入ってしまった。ナンシーは二、三日後にはパーティーを開けるはずだと言った。「ぼくには時間がない！　時間がないんだよ！」と、息子は金切り声で言い返した。「遠足の前にやらないと、パーティーはなくなるんだ」。ナンシーは根負けして、遠足の一週間前にお祝い会を計画した。息子は祖母に、ア＝トゥルから来るよう頼んだ。その日、ナンシーはもうひとつ誕生日プレゼントを買いに、サラーフを連れていった。店に入ると、彼はおもちゃの前を素通りして、大好きなスーパーヒーロー、スパイダーマンが描かれた赤と青のリュックサックを選んだ。

幼稚園の園児の親は、キッズ・ランドへの遠足の許可書に署名しなくてはならなかった。

アッザームは署名するのを拒んだ。前週の金曜日に天気がひどく悪かったからだ。サラーフは打ちひしがれた。泣いて懇願し、友だちと一緒に行かなきゃいけないんだと言った。署名してほしいとねだりつづけるので、ナンシーはついに、火曜日の朝、つまり遠足の日のわずか二日前に屈した。その日の午後、サラーフは祖母の家で、ザアタルを塗った平たい丸パンを食べた。遠足の前にどうしても作ってほしいと頼んでいたものだ。「なぜ、前なの？　あとにだって作ってあげるわよ」と祖母は言った。「だめ」とサラーフは言い張った。「前じゃないといけないの」。その夜、ナンシーは息子を入浴させ、スパイダーマンのパジャマを着せて、ふさふさした黒髪をとかしてやった。息子は眠りに落ちる前に母親を抱きしめて、自分は天国に行く、おかあさんには「娘ひとりしかいなくなるんだよ」とまたもや言った。ナンシーは神経がどうかなりそうだった。「なんで、そんなひどいことをおかあさんに言うの？」と言った

翌日の夜、つまり遠足の前夜、サラーフの父親は帰宅が遅かった。サラーフはナンシーの電話を借りて、早く家に帰ってほしいと何度もせがんだ。遠足のおやつを買いに行きたかったのだ。午後九時に、アッザームが息子を角の店に連れていき、チョコレートミルク、ポテトチップ、キャンディーの詰め合わせを買ってやった。サラーフはそれらすべてを新品のスパイダーマン・リュックに入れて、ベッドの上の自分のすぐ近くに置いておくと言い張った。そして、抱きかかえるようにして眠りについた。

翌朝は寒く、激しい雨が降っていた。アッザームはすでに仕事に出かけたあとで、ナンシーは窓辺に立ち、どうやってサラーフを起こし、この天気のなかを送り出そうかと考えた。いつもなら、ベッドから出すのはむずかしい。許される最後の瞬間までシーツの下に潜っている。だが、その朝、サラーフはドアの外に出たくてうずうずしていた。ナンシーがグレーのズボンの下に暖かいレギンスをはかせようとしたのに、いやだと言った。わくわくしすぎて、一瞬たりとも遅れたくなかったのだ。ナンシーは上衣の上からスカーフを巻いてやり、階下で一緒にバスを待った。サラーフの横で外に立っていると、胸が張り裂けそうになった。天気はまるで神の怒りのようだ。なのに、サラーフはとても幸せそうに見える。ナンシーはキッズ・ランドで使うようにと五シェケルを手渡した。「おかあさん」と息子は言った。「大好きだよ」。そしてバスに乗った。

ナンシーは二階に上がってアパートメントの掃除をした。数分ごとに、なぜサラーフを行かせたのかと自問した。今日よりはるかに雨足が弱い日でも、いままでは子どもたちを自宅から出さなかったのに。ナンシーが掃除を終えた午前一〇時ごろ、サーディーネがようやく起きてきた。ふいに、隣人の叫び声が聞こえた。ドアがノックされた。ナンシーが開くと、同じ建物の女性がふたり――ヌール・アル゠フーダの園児の母親と祖母が――外で泣き叫んでいた。「事故があったの」とひとりが言った。「バスが燃えてる」。ナンシーはドア口で凍りついた。

サーディーネが母親の手をぐいと引いた。ナンシーは娘を抱きかかえた。そして、隣人のあとに従ってそのアパートメントに入った。みんなで、半狂乱になってあちこち電話をかけた。ナンシーがアッザームに電話すると、まだこの報せを聞いていなかった。彼はいま壁の向こう側にいる、だからスコーパス山のハダッサ病院へ行ってみると言った。テレビがついていたが、ナンシーは見ないようにした。いま自分が学校へ行きさえすれば、きっとサラーフは軽い傷で、最悪でも骨折しただけで見つかるはずだ。アッザームからは折り返しの電話がなく、彼女は出かけることにして、サーディーネを連れて下へ向かった。

車にたどり着く前に自分の母親から電話があったので、ナンシーは事故について説明した。「うろたえないで」と母親は言った。「ちゃんと、あの子を連れて帰れるから」。ナンシーの母親は、ア＝トゥルの自宅でテレビをニュース番組に変え、バスの映像を目にして、自分の顔を平手打ちしはじめた。隣人が入ってきて、何をしているのかと尋ねた。「あたしの孫息子」と彼女は叫んだ。「あたしの孫息子が、あのバスに乗ってる」

ナンシーはサーディーネを青い自家用のトヨタ車に乗せて、雨のなかを学校へ向かった。通りは冠水し、泥がたまっている。穴ぼこにタイヤをとられて進めなくなった。彼女は泣きながら車の外に出て、サーディーネを抱えて自宅アパートメントに駆けもどった。ちょうどそのとき、兄のひとり、ファーディが電話をよこし、すぐに駆けつけると約束してくれた。その間に、さきほどの隣人たちは娘ふたりがぶじだと知らされていた。そこへアッザームがハダッサ病院から電話をかけてきて、ナンシーの兄でラマッラーの国連施設で働いているオサーマも、そこの病院から電話をよこした。サラーフは何を着ていたんだ？ ふたりとも知りたがった。ナンシーはその質問の重要性がわかっていなかった。

ファーディが到着し、ナンシーとサーディーネをヌール・アル＝フーダへ連れていった。学校は人気《ひとけ》がなかった。どのクラスもみんな下校し、校長もいなかった。わが子を見つけた親たちはすでに帰宅していた。いよいよ不安が増して、ナンシー、サーディーネ、ファーディが連れだって丘の上のアナタの役場に行ってみると、ひどく取り乱した大勢の親族が情報を求めていた。それを落ち着かせようとして、ひとりの職員がメガホンで叫んだ。「あなたがたのお子さんは、きっとぶじです」数分後、彼はつけ加えた。「お子さんたちは、まもなく到着します」その後しばらくして「お子さんたちは、こちらに向かっているところです」。教員のひとりが、バスに乗車した児童のリストを読みあげたが、内容がまちがっていた。その日、登園すらしていなかった子どもが含まれていたのだ。ナンシーはすすり泣いて、「サラーフはどこなの？」と何度も繰り返した。

マカセド病院に立ち寄ってサラーフを探したあとで、ナンシーとその家族はア＝トゥルの実家に行った。アッザームとオサーマがまた電話をよこした――ほかの病院でもサラーフは見つからず、彼らは服装についてさらに質問をしてきた。オサーマはラマッラーの病院の死体安置所に入って、焼け焦げた遺体を確認した。早く忘れたいと願うような光景だった。確信は持てないが、サラーフがそのなかにいるとは思えなかった。そこで数台の救急車の運転手に電話をかけ、ナンシーから聞かされたサラーフの服装とスパイダーマンのリュックについて伝えた。ナンシーはサラーフがテディベア柄の青と紫のボクサーショーツを身につけていたことを思い出した。一台のＭａｄａの救急車の運転手が、そのような下着をつけた男の子が、ほかのふたりの子どもとハダッサ・エインケレム病院に移送されたと言った。オサーマがこの情報を聞きつけたときには日暮れ近かった。

ナンシーとその家族はすぐさまア＝トゥルからハダッサ・エインケレムに車を走らせて、午後九時過ぎに到着し、そこへオサーマがラマッラーからやってきた。病院に入りながら、ナンシーは知り合いのほぼ全員を目にした。彼らがここで何をしているのか、よくわからない。まさか、みんな、彼女の息子が死んだと聞かされたわけでもないだろうに。何百人も、ここにいるように思えた。すぐに夫を見つけたが、アッザームはナンシーを無視した。彼の両親と家族も同じだった。全員で情報を待つあいだ、アッザームはずっと距離をとりつづけた。彼の家族もそうだった。こちらを見るたびに、彼らの目に激しい憎悪が浮かんだ。

ついに、ナンシーの母親がアッザームのもとへ行った。「あなたの妻のところへ行って」と彼女は言った。「そして慰めてやって」

「いや、おれはあいつの近くにいたくない」と彼は言った。「あいつがサラーフを遠足に行かせたんだ」

XXII

ハダッサ・エインケレム病院はエルサレム最大の病院で、専門の熱傷ユニットが設置されている。リヴナット・ヴィーダーはふだん成人の腫瘍科でソーシャルワーカーのチームを率いていたが、その朝は、おもに東エルサレムのパレスチナ人家族が殺到したせいで、応援にかり出された。そして、自分の能力不足を痛感した――パレスチナ人家族の多くはヘブライ語を話せず、こちらはアラビア語を話せない。しかも、彼女は精神的外傷や子どもへの対応に不慣れだった。いつもはがん患者とその親族を相手にする仕事で、いまやっているのとはまるきりちがう――長期的な緩和ケアであり、そのなかで家族と密接な絆を結んでいる。

衝突事故の犠牲者が救急処置室に運ばれてくるまでに、病院は多数傷病者事故のプロトコルを発動させていた。第二次インティファーダの最中に確立されたプロトコルで、三つのセンターを設けることになっている。ひとつは情報センターで、親族やメディアからの問いあわせをさばく。ふたつめは、トリアージ。そして三つめが、患者の家族のサポートセンターで、ソーシャルワーカーが対応する。情報センターにはいまや何百という問い合わせが入り、その多くは緑色のＩＤカードを持つ親からで、軍が検問所を開放する前にエルサレム市に入る許可が欲しくて電話をかけてきていた。ハダッサ病院のスタッフは、パレスチナ人の親への対応をしている民政のダリア・バサに連絡し、移動手段を確保して許可を取りつける手助けをしてほしいと頼んだ。リヴナットは家族のサポートセンターに配属され、ほかのスタッフたちとテーブルや椅子を並べて、お茶、クッキー、コーヒー、水を用意した。パレスチナ人家族はすべてここに集まるよう指示された。通常は、一家族につきひとりのソーシャルワーカーが割り当てられるが、いまは何百人もの親族が次々に入ってくるので、リヴナットらスタッフはきりきり舞いした。

家族のサポートセンターには、アラビア語を話すスタッフが三人しかいなかった——そのひとりが、フダー・イブラーヒームだ。エルサレム西部のアブー・ゴーシュに住む四八年パレスチナ人のソーシャルワーカーで、独身。いつもは血液腫瘍科で子ども相手に仕事をしている。リヴナットはつねづねフダーに敬愛の念を抱き、イスラエル一のソーシャルワーカーだと思っていた。教えられて身につくものではない深い共感を、相手に示せるのだ。何十人ものソーシャルワーカーを訓練してきて、リヴナットはこの仕事の核心的技能は天与のものだと結論づけるにいたった。学ぶ側はそれを持っているか、いないか、どちらかだ。だが、最優秀の学生ですら、フダーにはかなわなかった。彼女は心から患者に寄り添いつつ、彼らが求めるあらゆることがらに対応する能力がある。

リヴナットはアメリカ系ユダヤ人が設立したエラザール入植地に住み、現代正統派ユダヤ教徒にふさわしくベレーで髪を覆っている。そして、ヘッドスカーフを身につけたフダーを称賛し、その姿を見て、自分の共同体のありようにあらためて気づかされている。ソーシャルワーク部門のスタッフは、フダーをヘブライ語名のイェフディット・アヴラムで呼ぶ。そうするのは賛辞であり、仲間であることを示すしるしなのだ。

リヴナットは、もうひとりの四八年パレスチナ人、ハリール・フーリーとも仕事をしていた。ハイファ在住のベテラン看護師だ。彼にとって、この病院はイスラエルで唯一、パレスチナ市民がユダヤ人の同僚とそれなりに対等でいられる場所だった。病院内には人種差別がごまんと存在する――ハダッサ病院は、ユダヤ人の母親たちの求めでアラブ人とユダヤ人の妊婦を分離している――が、ハリールは同僚からよくしてもらっていると感じる。ある日、ひとりの患者からガザ地区へ帰れと言われたが、ユダヤ人の上司がその女性に、どうぞご自由にほかの病院へ行ってくださいと言ってくれた。アリエル・シャロン首相が二〇〇六年に脳卒中を起こしたとき、ハリールはその看護に携わり、看護雑誌『アメリカン・ジャーナル・オヴ・ナーシング』にそれについて寄稿したが、「［首相の］治療チームにアラブ人がいることは異例だった」と述べている。四八年パレスチナ人として、ハリールは両方の陣営から虐げられてきた。イスラエルに入ることができるパレスチナ自治政府の役人は、ハリールがこの国に税金を払って、シオニストの施設で働いていることを批難する。そのたびに、「わたしの両親はこの地に留まったが、あなたがたは去った」と彼は言い返す。「なのにいま、治療を受けるためにここへ来ているんですね！」

ハリールとフダーの手を借りて、リヴナットは行方不明の子どものリストを作成した。学校から提供されたリストは正確ではないようだった。ハリールとフダーに通訳してもらいながら、リヴナットは室内の親族から親族へと回り、情報——氏名、身元を確認できる特徴、服装、写真——を集め、病院データベースに入力した。それを使えば、行方不明の子どもが国内のほかの病院にいるかどうかが調べられる。だが、ほぼすべての犠牲者が、このデータベースにリンクされていないラマッラーの病院にいた。

ロビーは大混乱で、その混乱が家族のサポートセンターにまで流れこんできた。たいていの多数傷病者事故では、家族は犠牲者の病室を訪れる。ところが、いまは訪れる先の犠牲者がほぼ存在せず、ただ何百人もの親族がいるだけで、その全員がふたつの小さな空間に詰めこまれ、待機している。女性よりも男性のほうが多いのを、リヴナットは見て取った。ヨルダン川西岸地区の家庭では、男性のほうがエルサレム市へ入れる労働許可証を持っていることが多い。リヴナットには六人の子どもがいて、最年少の子はこの幼稚園児たちに近い年齢だが、彼女は自分の子どもたちに思いを馳せ、ふいに、幼いわが子を探しに行きたくても行けない母親たちに深い同情の念を覚えた。

その後、リヴナットは、スコーパス山のハダッサ病院から移送されてきた三人の子どもの身元を確認する任務を与えられた。ひとりめのファドルという名の男の子は、片耳と顔の片側が焼け焦げていた。ほどなく、その子は両親と再会した。ファドルはほかのふたりよりもはるかに状態がよかった。そのふたりとは、エルダド・ベンシュタインが救急車で運んだターラ・バフリと、まだ生きてはいるがやけどがひどすぎて身元が確認できない男の子だ。

リヴナットは男の子の名前も家族も照合できなかった。数時間が過ぎて、なおもだれひとり自分の子だと言いに来なかった。ところが、勤務交替の間際に、ふたりの母親がそれぞれ息子を探して病院に現れた。どちらも、わが子かもしれない男の子がいると聞かされたのだという。そのころには、身元が判明していない子どもはごくわずかだった。女性はどちらも、この子がわが子でなければ、自分の息子はおそらく死んでいるはずだとわかっていた。リヴナットの頭に、聖書のソロモンの裁きが浮かんだ。ふたりの母親が王のもとへ来て、ふたりとも同じ赤子をわが子だと言い、死んだ赤子を相手の子だと主張する話だ。

先に病院に到着したのは、ハヤー・アル＝ヒンディだった。彼女の息子のアブドゥッラーは、ターラ・バフリと仲がよかった。ふたりは授業で並んで座り、園の活動ではいつも互いをパートナーに選んでいた。ヒンディ家はシュアファット難民キャンプのメインストリートに面したバフリ家の近くに住み、ターラとアブドゥッラーはよくスクールバスに一緒に乗っていた。ハヤーは生まれてからずっとシュアファト難民キャンプで過ごしてきた――一家は一九四八年にラムラ近郊の村、ジムズ（ギムゾ）を追い出されていた。彼女は夫のハーフェズとともに、キャンプ中央にあるUNRWAのビルの六階に住んでいる。ふたりとも青色のIDカードの所有者だ。ハーフェズは毎朝、検問所を通過して、西エルサレムのシャーレ・ツェデク病院の薬局で働いている。

その日の朝、ハヤーは息子のアブドゥッラーとアフマドが遠足に出かける準備を整えてやった。家を出る時間が来ても、アブドゥッラーはカウチでぐずぐずしてこちらを見つめていた。その表情に、彼女は困惑した。息子たちはやがて階下におり、年上のいとこに偶然会って、雨のなかを徒歩で遠足のバスまで送ってもらった。バスは午前七時半に出発した。一時間あまりのち、朝食の最中に、ハヤーはふと食べる手を止めた。なんらかの予感に襲われたのだ。その後すぐ電話が鳴りだした――ハーフェズからで、息子たちが遠足に行ったかどうか知りたいという。ハヤーは、アブドゥッラーの担任のウラ・ジョウラニに電話をかけてみたが応答はなかった。さらに何度か、呼び出した。そこへ、事故のことを耳にした。ハヤーはアバーヤを身につけると、シュアファト検問所まで駆けていった。一四キロ近く離れたラマッラーの病院へは、大渋滞していたうえに、検問所が二箇所あるせいで二時間近くかかった。名前のリストを持った男性から、アフマドもアブドゥッラーもここにいると告げられた。彼女は病室から病室へと探してまわったが、まだ事故の深刻さを認識しておらず、バスが横転して焼けたことも知らなかった。ようやく、裸でベッドに座っているアフマドを見つけた。病院のなかは寒く、外はまだ雨が降っている。息子を覆うシーツを探したが、見つからなかった。「なぜ、この子は裸なの?」と、ひとりの医師を見つけて叫んだ。「子どもたちは全員やけどしていたのです」と彼は答えた。

アフマドは背中にあざをこしらえていたが、それ以外は無傷だった。男の人にバスの窓の外へ投げ出されたのだと、彼は言った。アブドゥッラーは、運転手のうしろの席に一緒に座りたがった。だけど、自分はそうしたくなかったので、うしろのほうへ行った。検問所を越えてすぐ、地震があってバスがひっくり返った。みんなも先生たちも、どさっと投げ出された。それから火事があって、小さな灰色のかけらが落ちてきた。何人かの子は、そのかけらが雪だと思った。男の人がひとりバスに入ってきて、みんなを持ちあげはじめた。バスの外へ出たあとは、アブドゥッラーを見ていない。

ハヤーは残りの病室を探したが、アブドゥッラーは見つからなかった。少しして、ハーフェズの兄弟たちから、ハダッサ・エインケレム病院にアブドゥッラーかもしれない男の子がいると聞かされた。そろってラマッラーの病院を出て、カランディア検問所の微動だにしない渋滞で立ち往生し、ハーフェズよりもはるかにあとにエインケレムの病院に到着した。車の外に出ると、ヒンディ一族とおぼしき数百人を目にした。彼らはシュアファト難民キャンプ最大の一族のひとつなのだ。

ハヤーは、フダー・イブラーヒームが待機している部屋に連れていかれた。フダーの説明によれば、男の子がひとり入院中で、ひどい状態にあり、ハヤーはＤＮＡサンプルを提供する必要があるとのことだった。看護師に綿棒で口内をぬぐわれた。そして女性警察官がくだんの男の子の服を持ってきた。一部はひどく焼け焦げていた。息子の服ではありません、とハヤーは言った。警察官はもう一度見てほしいと頼んだ。ハヤーは、この服はたしかにアブドゥッラーのものではないと繰り返した。警察官は食いさがった。アブドゥッラーのものだと、ほかの人たちが言っていたという。「あなたはショック状態なのですよ」と、警察官はさとすように告げた。

ハヤーはしだいに怒りを覚えた。頭がどうかなりそうだった。フダーが割って入って、落ち着かせてくれた。「わかりました、隣室の男の子はあなたのお子さんではないようですね。あなたは息子を探しに行かないといけません」。一家は念のため、ＤＮＡ検査の結果が出るのを待った。ところが、そこでハーフェズの兄弟たちがやけどを負ったこの男の子に会うのを許され、アブドゥッラーではないことを確かめた。彼らは泣きながら出てきたが、この男の子は首にほくろがひとつあったのだ。アブドゥッラーはなおも行方がわからない。もう夕方だった。

ナンシー・カワスメとその母親は、リヴナットとフダーに呼ばれ、まだ身元がわからない男の子がいると説明された。ふたりはナンシーにＤＮＡのサンプルを求め、それから男の子の服を見てほしいと言った。ほとんど熱で溶けてひとつの硬く黒い塊と化していたが、ジャケットの端がまだ確認できた。サラーフのものだった。次に、テディベアのボクサーショーツが目に入った。どういうわけか、完全な状態のままだった。ナンシーはいまや、サラーフがやけどを負ったことを知ったが、その程度はさっぱりわからなかった。

ナンシーと母親はＤＮＡ検査の結果を待つために部屋を出て、もうひとりの女性の近くに座った。ハヤーだった。ナンシーはすすり泣き、ハヤーは慰めようとした。「わたし、息子のひとりを見つけたの」と彼女は言った。「もうひとりも見つけるつもりよ、そして、あなたの息子さんも見つかるはず」。ナンシーは泣きながら、いま息子の服を見せられたのだと言った。

看護師がナンシーとその家族に、やけどした男の子の部屋に入ってもいいと告げた。アッザームが最初に入った。ナンシーの母親は出てくる彼の顔をまじまじと見つめたが、なんの感情も見えなかった。アッザームの父親も一緒に入り、やはりなんの反応も示さなかった。ナンシーの母親は希望を抱いた。たぶん、サラーフはそれほどひどい状態ではないのだろう。オサーマが次に呼ばれ――すぐに外へ連れ出された。泣きわめき、嘔吐しながら部屋を出て、卒倒した。意識を取りもどしたあと、彼は一脚の椅子を持ちあげ、扉や窓に激しく叩きつけた。スタッフは、この人が父親なのだろうと考えた。オサーマは母親の足元にひざまずき、泣きながらその両手にキスをした。「インシャーアッラー・ハイル、インシャーアッラー・ハイル」神のご意志ならば、きっとだいじょうぶ、と彼は言った。ナンシーの兄のファイサルは、入室後、扉に拳を打ちつけて手を骨折した。

ファイサルとオサーマは、ナンシーに部屋へ入らせないようにしてくれと母親に懇願した。「あなたは娘を失うことになる」とオサーマは言った。ソーシャルワーカーのひとりが、ナンシーの母親を脇に連れ出し、サラーフの皮膚はほとんど残っていないのだと告げた。ほくろがなかったら、身元の確認はできなかっただろう。それでも、ナンシーはサラーフに会いたかった。

手術が終わるまで待たなくてはならない、と家族は言った――新しい皮膚が移植されるまで。これから長い苦しみが待っている。家に帰って、休んでおきなさい。立ちあがって帰ろうとしたとき、ナンシーはひとりの医師がサラーフの病室から出てくるのを見た。足を止め、容態はどうかと尋ねた。医師は空を指さした。神の御心しだいだ、と。

＊

ハヤーは午後一〇時過ぎにエインケレム病院を出た。これ以上ここにいても意味はない。この病院に運ばれた男の子はすべて身元が判明していた。ただし、ターラ・バフリについてはまだ確認されていなかった。ターラの父親は朝から捜索を始め、シュアファト難民キャンプからヒズマ検問所に向かって渋滞にはまり、車を乗り捨てて事故現場まで走っていった。姉妹がラマッラーの病院を調べるというので、彼は他人の車に乗せてもらってナーブルスのラフィディア病院へ行き、そこからエインケレム病院に向かった。日没後数時間経ってようやく、家族のサポートセンターに掲示された画像のひとつで、ターラの黄色いジャケットを目にしたのだった。

ハヤーのほうは情報がまったくないままで、ハーフェズとその家族とともにラマッラーの病院に戻ることに決めた。車中でふいに、アブドゥッラーは死んだにちがいないと悟った。すでに事故から一三時間以上経っている。家族が手分けしてエルサレムのすべての病院を調べてくれた。そして自分が知るかぎりまだ身元が確認されていない唯一の子どもが、ラマッラーの死体安置所にいる。病院に着くと、ハヤーはまっすぐ死体安置所へ向かい、なかに入れてくれと守衛に頼んだ。「何を見たいんだ？」と守衛は尋ねた。「炭か？」

ハヤーは気を失った。ベッドで意識が戻ったとき、腕に点滴針が刺され、血管に挿入された管から血がぽたぽたと滴っていた。病院にも、守衛にも、能なしのスタッフにも、彼女は悪態をついた。頭が割れるように痛い。心が受け入れまいとしている報せを、体が取りこんでいる感じがする。看護師に車椅子に乗せられ、ハーフェズに廊下を押してもらって、ひと晩入院しているアフマドのところへ行った。病室にたどり着く前に、ずきずきする頭頂に両手をあてて泣きわめいた。家に連れて帰ったほうがいいと、ハヤーの母親がハーフェズに言った。今夜、アフマドにつき添う人は、ほかにたくさんいるのだから。

ハヤーとハーフェズは真夜中過ぎに自宅アパートメントに帰り着いた。部屋には、隣人や家族が詰めかけていた。念のため病院に確認したが、DNA検査の結果はまだ出ていない。ハヤーはひと晩じゅう起きて、窓の外を見つめていた。噂では、子どもが数人、ジャバのベドウィンに連れていかれたという。だから、もしかしてジャバの一家がアブドゥッラーをともなって下の通りに現れるかもしれない。夜が明ける前、ハヤーは朝の祈禱をして、服を着替え、さらに二回祈りを捧げた。キッチンに入ってきたハーフェズの兄弟のひとりが、床ですすり泣いている彼女を見つけた。落ち着かせようとして、彼はアブドゥッラーは生きている、見つかったのだと言った。ハヤーはいっそう激しく泣きはじめた。ほどなく、モスクの拡声器が、アブドゥッラー・アル＝ヒンディが死んだことを知らせた。

XXIII

事故の翌日の朝、アーベドとハイファはアーベドの母親宅のキッチンで報せを待っていた。母親はアルツハイマー病を患い、衝突事故のことも、ミラードのゆくえがわからないことも知らずにいる。DNA検査の結果はまだ出ていない。イブラーヒームがやってきて、最新情報を得ようと、パレスチナ自治政府内の知人に電話をかけてまわった。その前に、彼はハダッサ・エインケレム病院の近くに住むユダヤ人の友人に、ミラードがその病院にいないか調べてほしいと頼んでいた。イブラーヒームがアーベドと一緒にいるときに、彼女が折り返し電話をよこし、その男の子の両親から何か特別な身体的特徴を教えてもらえないか、と言った。どうやら、首の正面にほくろがある子がいるらしい。ミラードの首にほくろはありません、とハイファが言った。背中にはありますが。髪の毛の色もちがっていた。金髪ではなく、黒かった。わたしの息子ではありません、とアーベドは言った。

訪問客が来ては去り、やがて午前のなかばに、サラーマ家はセミトレーラーの運転手であるアシュラフ・カイカスの代理人一行の訪問を受けた。アシュラフはアーベドの実家の向かいにある家で育ったが、カイカス一家はアナタの出身ではなかった。一九六七年〔第三次中東戦争のあった年〕のあとに、北方のジェニン近郊の村、アラベからやってきた。ひとつの家族がヨルダン川西岸地区を半分縦断して、アナタのような結びつきが密で小さな町に引っ越してくるのは、異例なことだった。なんらかの問題から逃れる必要がないかぎり、ふつうはそんなことをしない。アシュラフの父親とその息子たちはエルサレムの青色のIDカードを持っていたが、結婚を通じて取得したわけではなく、エルサレム市から与えられてもおらず、なんとも不可思議だった。ジェニン出身の一家が青色のIDカードを入手するのはほぼ不可能なのだ。

アナタの住人から、彼らは協力者ではないか、つまりイスラエルの治安部隊の保護下にあるのではないか、と疑われていた。アーベドの兄やいとこのアブー・ジハードが刑務所で会ったアラベ出身の囚人たちの話によると、アシュラフの父親はファタハのある組織を密告したことが発覚して村から逃げたのだという。だが、サラーマ家の人々はカイカス家の前ではこの件をけっして持ち出さなかったし、ふたつの家族は互いに敬意を持って接していた。オスロ合意後、アシュラフの一家は青色のIDカードを保持できるダヒヤット・

ア＝サラームへまた移住し、アシュラフ自身は結婚後に壁のエルサレム側であるベイト・サファファ地区へ引っ越した。アシュラフがセミトレーラーの運転手だったことは、アーベドには初耳だった。事故からこのときまで、彼は何も尋ねずにいた。どうでもよかったのだ。衝突事故そのものについても、だれの責任なのかも、まったく知らずにいた。そしていま、アシュラフ家の代理人が尋ねてきて、サラーマ家にアトワ、すなわち民族法《ウルフ》による停戦を求めた。だが、アーベドはだれかを罰したいとは露とも思わなかった。もともと、彼は復讐心を強く抱く性格ではないのだ。

あるとき、アダムが自分のおもちゃを奪おうとする子どもたちから逃げようとして、家の外へ駆けていったことがあった。道路のタクシーの前に飛び出し、空中に投げ出されて、地面に着地するさい頭を打った。怪我をしたが、骨は折れていなかった。タクシーの運転手を襲う気満々だった親族を、アーベドはなだめた。運転手はアナタの住人ではなかった。何度も謝罪して、紙に自分の電話番号を記した。アーベドはその必要はないと告げた。「こちらが悪いんです」と彼は言った。「あの子はわたしの息子だから、わたしがちゃんと見ていなくてはいけなかった」

アーベドはアシュラフのことを考えたくなかった。いまはとにかく、ミラードを見つけたいだけだ。だからアトワを承諾した。

あらたな子どもがひとりも発見されないまま正午になった。ミラードがアーベドとハイファの家のドア口に現れるという幻想は、しだいに消えていった。午後、アーベドはDNA検査の結果を待つためにラマッラーの病院へ戻って、弟のバシールと落ちあった。ハイファは自宅に残してきた。アダムと娘たちと訪問客の一団が彼女と一緒にいる。じきに、イブラーヒームが電話をよこした。つてを通じて検査の結果を入手したのだ。病院の遺体安置所にいる子どものひとりは、ミラードだった。

まだ日暮れ前だったが、空はすでに暗く、雨が降っていた。サラーマ家の友人、家族、隣人が、遺体の受け入れのためにアナタに集まりはじめた。アダムは家の外にいて、この報せを伝えられていなかったが、やがて、いとこのひとりから聞かされた。「おまえは嘘つきだ」とアダムは言った。ほどなく、モスクの拡声器からアナウンスが流れた。ミラード・サラーマが死んだ、と。

アーベドは息子に会わないまま病院を去るのはいやだったが、バシールが会わせてくれなかった。ならば、ミラードと同じ車でモスクに向かうと言った。またもやバシールが止めた。救急車内でミラードとふたりきりになるのは、とうてい耐えられないだろうと心配したのだ。そこで、アーベドとバシールは車で一緒に救急車のあとを追った。バシールは、埋葬するまでミラードの遺体をアーベドに見せないのは、せめてもの情けだと考えていた。

通常の死であれば、ミラードは自宅に運ばれて家族の男たちに洗い清められる。左手を腹部に置かれ、残りの不浄物が取りのぞかれるよう、アーベドとその兄弟たちに体を揺すられる。それから三回か、五回か、とにかく奇数回洗われる。そして両手、両足に小浄《ウドゥウ》を施され、穴をすべて綿で塞がれ、体に樟脳油を降り注がれて、ヘナパウダーをふりかけられ、白い埋葬布でくるまれる。だが、いまはこのどれも行なわれなかった。

ミラードは熱傷がひどすぎてこの儀式に耐えられない。いずれにせよ、スルタが三日間の全国喪を発表し、今回の死者は殉教者であると宣言していた。殉教者は着衣のまま埋葬されることになっている。だが、アーベドはスルタの声明などどうでもよかった。病院がミラードの遺体を白い埋葬布でくるみ、茶色の毛布で覆っていた。死者を遅滞なく埋葬する慣習にのっとって、遺体はモスクへじかに運ばれた。

アナタ地区に入るとき、アーベドは葬儀に訪れた数千人とおぼしき人々を目にした。町の大家族の人々だけでなく、ヨルダン川西岸地区じゅうからやってきた哀悼者たちだ。女たちはアーベドの自宅やほかの家々に集まり、男たちはモスクに向かう通りを埋めつくしている。ミラードの遺体が救急車から運び出され、緑色の箱に据えられた。大勢の男たちが死者への祈りを唱和し、わが子の死を悼む両親のために神の加護を求める特別な祈りを追加した。やがて拡声器からまた発表があった。ミラード・サラーマがこれから埋葬される、と。

男たちの集団はモスクから丘の斜面の墓地まで短い道のりを歩いた。アーベドの家から目と鼻の先の墓地だ。この丘の頂上からは、今回の事故現場の全体像が見渡せる。壁の向こう側にピスガット・ゼエヴの家々や遊び場があり、その向こうのネヴェ・ヤアコヴには イスラエル国防軍の中央軍が駐留し、さらにネヴェ・ヤアコヴとア＝ラムのあいだを壁が走っていて、ア＝ラムの先にジャバ道路、ジャバ、アダム入植地が見える。

葬儀と埋葬はじつにすみやかに進み、アーベドはいっときもミラードとふたりきりになれなかった。大勢の群衆に阻まれて、近づくこともできない。アーベドは友人と親族に四方から体を押しつけられ、抱えられ、引っぱられて、墓に近づけないようにされた。ソ連の大学に通っていた旧友のオサーマ・ラジャビが、この間ずっとそばにいてくれた。丘の高い場所に、アーベドのいとこが近親者のために墓を築いていた。屋根はバラ色の長方形のタイルで、斜面に垂直に置かれ、まだ空っぽの墓穴には四列の小さな厚板がかぶせてある。ミラードはいちばん北の区画に埋められることになっていた。

アーベドの兄のワーエルが、布に覆われたミラードの遺体を抱えて墓穴に入った。イスラム法にのっとって、遺体はメッカに顔を向けて横臥位に安置された。両脚が膝で曲がり、亡くなったときの姿勢で固まっていたが、ワーエルはそのままにした。

埋葬ののち、アーベドは男たちの集団にアナタ・ユースクラブのほうへ押しやられ、ハイファと町の女たちはそのまま家に残った。ユースクラブでは政治家や著名人が演説し、アーベドは〝ノア〟と名乗る人物から電話を受けた。アナタのシャバク人の長だという。

〝ノア〟は哀悼の意を示し、アーベドはそれに謝意を表した。

翌日の夕方にもう一本、電話があった。今回はパレスチナの情報局からだった。怒れる親や親族の一団がヌール・アル＝フーダに集まって、学校を燃やすと脅している。どうか、そこへ行って彼らをなだめてくれないか、と。情報局の役人は、アーベドが衝突事故の件で学校を責めていないことを知っていると言った。アーベドに電話したのは、アナタで尊敬されており、また、子どもに先立たれた父親として道徳的権利を持っているからだ。パレスチナ自治政府の武力部隊はアナタに入ることを許されておらず、たとえ行こうと試みても、到着が間に合わないだろう。アーベドは了承した。

学校の外に集まった一団はかなり小さく、彼のいとこのアブー・ジハードとその兄弟が率いているようだった。あんなひどい嵐をおして遠足を強行したこと、二七年落ちのバスを、それも見るからに過去に何度か事故を起こしたバスを使ったことに、彼らは激怒していた。学校のだれひとりとして謝罪に来ていないし、だれひとりとして病院を訪れるどころか、負傷した子どもたちの容体を確認してもいない。

アーベドはじっと耳を傾けてから、口を開いた。自分はあなたたちのだれよりも多くを失った。それでもなお、ヌール・アル＝フーダはよい学校で、アナタ一だと信じている。この町にとって大切な存在だ、子どもたちだけではなく、共同体全体にとって。この学校は何十人ものアナタの住人に仕事を提供している。ハイファの姉はここの教員だ。アーベドはこれからもアダムをこの学校に通わせる。「そして、もしミラードがぶじに戻ってきていたなら」と彼は言った。「やはりヌール・アル＝フーダに通わせると思う」。アブー・ジハードも、ほかのみんなも家に帰った。

アッザ、すなわち三日間の服喪の二日めに、ガズルがアーベドの家を訪れた。女性のアッザは客間で行なわれていた。男性が服喪するアナタ・ユースクラブの広間は、正午の礼拝が終わるまで、あと数時間は開かない。

アーベドがガズルと同じ部屋にいるのは、一五年以上前に教育省の彼女のオフィスを訪れたとき以来だった。ガズルはいま、母校のアナタ女子学校で中等教育の科学と文学を教えている。よき指導者であり、アーベドのふたりの娘、ルゥルゥとフゥフゥも彼女が大好きだ。今回、ガズルは同僚の女性たちとともに弔問に訪れていた。

アーベドはガズルの訪問を予期しておらず、その姿を目にすると立ちあがって出て行こうとしたが、ハイファが留まるよう強くうながした。ガズルら教員たちがハイファとその姉妹にお悔やみを伝えるあいだ、アーベドはじっと座っていた。いま、彼とガズルは、彼がなくしたネックレスを彼女から手渡されたときと同じ場所にいる。ふたりはひとことも交わさなかったが、苦々しい空気は消えていた。アーベドの悲嘆を前にしたら、たいしたことではないのだ。

アッザのあと、ハイファは自分の殻に閉じこもった。事故のことをけっして話さず、ミラードについて言及することも、その名前を口にすることもめったになかった。彼女を慮って、ほとんどの人が一緒にいるあいだは同じようにした。だが、アーベドはちがった。あくまで口を閉じようとせず、自分が耐えうるかぎり頻繁に息子のことを話した。彼がそうすると、ハイファは理由を見つけて静かに席をはずし、別室へ行った。アーベドは彼女のことが心配で、いつになったら苦しみを外へ吐き出すのだろうと考えた。ひょっとして、けっしてそのときは来ないかもしれない。

XXIV

ナンシーがアッザームに求めていたのは、抱擁といくばくかの慰めだけだった。病院を出たあと、彼はナンシーをともなってア＝トゥルにある彼女の両親の家に向かった。娘のサーディィーネが待っていたからだ。だが、そこでも彼は冷たかった。夜、ナンシーは眠れなかった。人生で最も長い日だったのに、まだ終わってくれない。確かな事実は、サラーフのスパイダーマンのリュックが、ニュースやソーシャルメディアに、事故の写真や録画映像に何度も繰り返し現れていることだ。まんじりともせず、天井を見つめながら、ナンシーは衝突事故の場面を想像した。サラーフはバスのどのあたりに座っていたのか、隣にいた友だちはだれなのか、あの子はキャンディーを食べたのか、バスが横転した瞬間に何をしていたのか、母親を呼んだのか。

翌朝、彼女はまた病院に行きたがった。「どこへ行くって?」とアッザームが言った。「顔も、鼻もない。あそこには何もない」。この男は何も感じていないのだろうか。どうして、あんな無表情でサラーフの部屋を出ることができたのだろう。わたしの兄弟たちは失神し、悲鳴をあげ、手を骨折したのに? ハダッサ病院で、アッザームの母親はあくまでナンシーと話そうとしなかった。敵だと言わんばかりに、にらみつけてきた。アッザームの父親は、ナンシーはサラーフを見るべきだと言った。「あの子を遠足に送り出した張本人だからな――その結果を自分の目で見るべきだ」

だから、ナンシーはまた、サラーフの病室に行きたいと頼んだ。またもや、兄弟たちがそれを止めてくれと母親に懇願した。オサーマは母親の顔を両手ではさむと、その視線をナンシーにじっと向けさせた。「あなたの娘にそんなことをさせないでくれ。きっと、おかしくなる――あなたは娘を失ってしまう。もし、ぼくがトイレに行っても、あの子を入らせないと約束してくれ」。またもや、ナンシーはスタッフに最新情報を尋ね、昨日と同じ医師が同じように空を指さした。サラーフは鎮静剤で深く眠らされて、痛みを感じることはない、と彼女は説明を受けた。そこで、ア=トゥルのサーディーネのもとに戻った。

ナンシーはその後二日間、ハダッサ病院を訪れては帰った。あらたな報せはなく、サラーフの病室にはやはり入らなかった。義理の家族は、なぜ自分の目で息子を見ないのかと問いただした。実の家族は、断じてそうしてはならないと言い張った。ア=トゥルでは、両親の隣人たちがサラーフはだいじょうぶだと言ってくれた。彼らは食べ物も持ってきた。だが、彼女はろくに食べられなかった。弱って、顔色がすぐれず、神経をすり減らしていた。

三日めの夜に、サラーフが夢に現れた。お気に入りだが遠足には着ていかなかった赤いコートをまとい、亡くなった五人の園児と遊んでいた。ナンシーの母親とおばも、その夜にサラーフの夢を見た。サラーフは祖母に話しかけた。「バイバイ、ぼく、お友だちのところに行くの」と彼は言い、それからウラと五人の園児のほうへ歩いて行った。ナンシーのおばは、亡くなった園児たちに向かって預言者イブラーヒームがクルアーンを唱え、これからお友だちが加わるのだと告げる夢を見た。

ナンシーは疲労が限界に達したと感じた。その日は、病院に行かなかった。家族からも休みなさいとうながされた。サラーフにとって最善を祈りなさい、たとえそれが死を意味してもね、と母親は言った。日暮れ前に、ナンシーは胸に激痛を覚えた。心臓のあたりにだれかの拳をぎゅっと捩じこまれた感じがした。まず頭に浮かんだのは、サラーフの魂が体から離れようとしている、ということだ。服を着て、いまサラーフに会わなくてはならないのだと家族に告げた。今回は病室に入って、自分の目であの子を見るつもりだ、と。すぐ出かけられるようにと、階段の吹き抜けで待ち、それから階下におりて車に乗った。母親が家を出ようとしたとき、アッザームの姉妹から電話があり、サラーフが死んだと告げられた。

母親はそのまま車に乗って、ナンシーには何も言わなかった。ふたりは隣のモスクで父親が日没時の祈りを終えるのを待った。父親がモスクを出ながら電話に出て、動きを止めた。ナンシーは何かがおかしいと感じたが、父親もまた事実を告げなかった。そして、サラーフが感染症になったので、自分たちは病院に行けないと言った。外側を保護する皮膚がないせいで、やけどの患者はとくに感染に弱いのだ、と。彼らはそろって上階に戻った。

隣人たちが彼らのあとに続いてアパートメントに入り、ナンシーは何かが変わったのを察した。ようやく、彼女がすでに知っている事実を、だれかが口にした。ナンシーはなんのショックも受けず、深い後悔だけを覚えた。家族のことばに耳を傾けるべきではなかった――ICUでサラーフに会って、やるべきことを息子にしてやるべきだった。遠足へ出かける許可書に署名した罪悪感に加えて、ナンシーはいまや、サラーフにさよならを告げなかった深い深い自責の念にさいなまれていた。

広間では、隣人たちがナンシーの顔に輝きがあると言った。こんな輝きはいままで見たことがない、とまで言いきった。部屋の灯りはたしかに、日が暮れたすぐあとだからか、ふだんと質がちがうように見えた。だがナンシーの母親は、娘の目に輝きがいっさいなく、ただ苦悶だけがあるのを見て取った。

アッザームは、亡くなった園児のアブドゥッラー・アル＝ヒンディと同じ共同墓地にサラーフを埋葬した。旧市街の壁に隣接するバーブ・アル＝アスバートの墓地だ。葬儀後の三日間、ナンシーはワディ・ジョーズのアッザームの実家に行き、人々からお悔やみのことばを受けたが、義家族には相変わらず避けられていた。かけられた数少ないことばは、激しい痛みをもたらすよう意図されたように思えた。「おまえはあの子の母親だ。なぜ、さよならを言いに行かなかった？」。事故が起きたときに着ていた上衣を彼女がいまも着ていること、しかもそれが黒ではないことに、義理の父親が文句を言うのが聞こえた。

ラス・シェハデのアパートメントに、サラーフの描いた絵やおもちゃや服がある家に戻ることが、ナンシーにはどうしてもできなかった。あそこはどこもかしこも息子の思い出が刻まれている。だから、ア＝トゥルの両親の家に滞在しつづけた。アパートメントの隣人、学校の友人、アナタの知人が口々に、いつ壁のこちら側へ戻るのか、いつ弔問に行けるのかと尋ねた。彼らのIDカードは緑色なので、彼女の実家を訪ねることはできないのだ。ナンシーは壁に囲まれたゲットーに戻るのが恐かった。

サーディーネのことも心配だった。衝突事故の日から、娘は自分の髪の毛を抜いたり、顔を引っ掻いたりしはじめた。一カ月以上も、口をきこうとしなかった。そんなおり、アッザームから、ナンシーとサーディーネをラマッラー旅行に連れていきたいと言われた。はじめて彼が妻に示した、思いやりの感じられる行為だった。ナンシーはかすかな希望を抱いた。彼はそれまでひどくよそよそしく、冷酷だった。凶暴でもあった。葬儀のあとの数日は、彼女に暴力をふるった。

ナンシーは事故後のさまざまなことを快く許すつもりだった。アッザームをかわいそうに思った。夫も傷ついて悲嘆に暮れているのだ、たとえそれを外に見せなくとも。というわけで、三人はラマッラーめざしてジャバ道路を車で走った。アッザームが途中の路肩で停車し、ここが事故の起きた場所だと言った。ナンシーはショックを受け、夫の悪意に傷ついてすすり泣いた。後部座席で、サーディーネが母親の泣く姿を見つめていた。ナンシーは穴に入って死んでしまいたかった。もし、アッザームに薬かナイフを与えられて自殺しろと言われたら、その場でそうしただろう。傷つけるつもりはなかった、と夫はのちに言った——現場を見たいだろうと思ったのだ、と。

しきたりにのっとった四〇日の服喪期間の終わりに、ナンシーは妊娠したことを知った。友人はこの日付に神の思し召しをくみとった。神は子どもを奪い、いま、もうひとりの子ども、もっとよい子どもを与えようとしている、と。なぜ、みんなこうも愚かになれるのだろう、と彼女は考えた。もっとよい子どもがいるだなんて。

この妊娠が結婚生活にいっそう緊張をもたらした。アッザームの家族は自分を虐げることに喜びを見出しているのだと、ナンシーは思った。「おまえがあの子を殺したんだよ」と、義理の母親が何度か言った。妊娠六カ月になるころには、ナンシーは憔悴し、ほとんどの時間をベッドで過ごして息子の思い出を反芻した。お腹の子どもが男の子と判明し、サラーフと名づけたいと思った。だが、それはだめだと警告するかのような夢をふたつ見た。最初は、ひとりの長《シャイフ》から、モハンマドという名の赤ん坊を手渡される夢。ふたつめは、サラーフが青い着ぐるみ《ワンジー》を持ってきて、弟のモハンマドのだよと言う夢だ。だから、ナンシーはその子にモハンマドと名づけた。生まれたのはサーディーネの四歳の誕生日で、サラーフが亡くなって九カ月と少し経ったときだった。

ほどなく、ナンシーはまた妊娠した。望んだ妊娠ではない。それどころか、避妊していたのだ。アッザームはいまや離婚したがっているが、その前にまず、サラーフの死で受け取った賠償金の権利を放棄する署名をしろと要求してきた。今回、青色のIDカードの所持者は、交通事故犠牲者のためのイスラエル政府の基金、カーニットからお金を受け取っていた。イスラエルの法律には、イスラエル人が所有する車両にぶつけられた者はだれでも、事故が起きた場所がどこであれ、賠償金の支払いを受けることが明記されているが、それは犠牲者がイスラエル人か旅行者の場合にかぎられる。アーベドやハイファのような緑色のIDカードの所持者は、イスラエルからお金をいっさいもらえない。

アッザームとナンシーは二〇万ドルを少し超える金額を手に入れた。アッザームは賠償金の取り分だけでなく、ほかの何もかもを彼女に放棄させたがった。共有財産も、子どもの養育費も、マフル、つまりナンシーに結納として与えた金《きん》も。

ナンシーがいやだと言うと、アッザームは殴った。弁護士に離婚合意書を作成させて、数日ごとに彼女の前に突きつけた。署名を拒むたびに、ナンシーは殴られた。ときには、そのせいで病院へ行くはめになった。あるときは、流産するかもしれないと覚悟した。アッザームは手をゆるめなかった。「疲れただろう？」と彼は言った。「この書類にサインしろ、そうすれば行っていい」。それから、ナンシーを精神病院送りにすると脅し、おまえはおかしくなりかけているのだと言い聞かせた。子どもたちのおもちゃをアパートメントのおかしな場所に置いては、それをナンシーのせいにした。彼女は薬物の混入を疑って、夫が淹れたコーヒーを飲むのをやめた。アッザームはさらに、自分の姉が病院でサラーフの写真を撮ったと言い——それは事実だった——署名しないとむりやりその写真を見せるぞと恫喝した。

ナンシーは彼を咎めず、悲しみでどうかしてしまったのだと考えた。だが、それでも、彼の携帯電話に録音アプリをダウンロードした。そして、彼の姉と父親が、あいつを殴れ、なんとしてでも厄介払いしろ、とうながすのを聞いた。ある録音では、だれかを雇ってあいつを殺させよう、と彼の父親が提案していた。ナンシーは命の危険を感じはじめた。

二〇一四年三月に、もうひとりの娘が生まれた。夏が来て、この赤ん坊が生後四カ月になり、ナンシーは子どもたちにラマダーン月の終わり《イード・アル＝フィトル》のプレゼントを買うお金が欲しいと自分の父親にせがんだ。新しい衣服が入った袋を持って帰宅すると、アッザームが怒って激しく殴打した。今回、ナンシーは兄のオサーマに連絡して迎えに来てもらった。ナイトガウンのほかは何も身につけず、三人の子どもを連れて、永久にアッザームのもとを去った。

彼女はア゠トゥルの両親の家に、つまり壁の向こう側に引っ越したが、これで安泰とは言いがたかった。イスラエルは実家の五階建てのアパートメントがあるブロックを取壊しリストに載せた。パレスチナ人は日ごろから、併合された東エルサレムでの建設計画を却下されていた――パレスチナ人地区ではわずか一三パーセントしか建設用地に割り当てられておらず、その大半はすでに開発済みだった。そこで、彼らは違法に建設するか、引っ越すかを余儀なくされた。ナンシーの両親は、ほかの多くの人々と同じく、市に毎月数百ドルの罰金を支払って取壊しを免れようとしていた。

離婚後も、ナンシーはアッザームに子どもたちの父親であってほしかった。だが、彼はめったに面会を求めなかった。ナンシーと両親は自分たちだけで子育てをした。事故がナンシーの人生をめちゃくちゃにし、家庭を壊したが、自分は例外ではないと彼女は考えている。事故はすべての家庭を、それぞれちがう形で破壊したのだ。

エピローグ

　事故から一カ月後、テレビ番組の撮影スタッフがアーベドの家のドア口に現れた。イスラエルの放送局、チャンネル一〇〔現在は、べつの放送局と合併してチャンネル一三になった〕の週末ニュースの特集を撮影するためだ。放送予定日は、三月末の土曜日の夜。タイトルは『アラブ人の子どもが死んだ、ハハハハ』だ。当番組のレポーターを務めるアリク・ワイスは、左派とみなされている――夜のニュース番組のキャスターだったとき、数人の右派の政治家が彼との共演を拒んだこともあるほどだ。

　今回の特集の軸となるのは、バス事故そのものではなく、パレスチナ人幼稚園児の死を喜んだイスラエルの若者の反応だ。フェイスブックの投稿やネットの書き込みに、命が失われたことを喜ぶ内容があふれており、アリクは愕然とした。「ハハハハ、一〇人死んだ、ハハハハ、いい朝だ」「たかがパレスチナ人を満載したバスじゃないか。どうってことないさ。もっと死ななかったのが残念だよ」「すばらしい！　テロリストが減ったぞ！！！！」「うれしいニュースで一日が始まった」「すんごぉぉぉぉくすてきな一日になったよ」

アリクが衝撃を覚えたのは、投稿の内容よりも、書き手の多くが自身の身元を公然と示していたことだ。彼が番組ナレーションで述べたとおり、若者たちは「匿名のキーボードの陰に隠れることなく、恥じることもなく」書きこんでいた。また、投稿の多くが中学校、高等学校の生徒によるものだった。こうしたティーンエイジャーたちは、比較的平穏な時代を生きている。若すぎて、一九九〇年代や第二次インティファーダのころの暴力の記憶を持たない。なのに、上の世代より人種差別的な傾向が強い。なぜイスラエルの若者は年配者より激しい敵意を抱えているのか、アリクは理由を探りたかった。そして、この番組がイスラエル社会を映す鏡になるものと考えた。

ハイファとテルアビブの中間にあたる海辺の町、ハデラのハイスクールで、アリクは本名を明かして投稿した生徒数人にインタビューした。番組中、アリクが投稿主の少年に向かってその投稿内容を読みあげている。「やつらパレスチナのチビどもは、将来テロ攻撃犯になる可能性があった。みんな同じ人間だなんてたわごとはやめてくれ。やつらは人じゃない、ゴミクズどもで、死んで当然だ」。カメラがその少年の顔をクローズアップする。

見たところ宗教的ではなく、運動神経がよさそうで、ファスナーを開いたパーカーの下にホリスターのTシャツを着ている。

「きみは本心からこれを――」アリクが質問を始める。

「――本心から書きました」と少年が言う。

彼はバスケットボールコートの前に立ち、その背後では、もっと若い小学生くらいの子たちが遊んでいる。アリクは本気でそう言っているのかと尋ねる。「ぼくたちが話題にしているのは、四歳から五歳の子だよね？」

「小さい子だからって、なんだっていうんです？」

次の場面では、友だち数人が加わって、くだんの少年がそのひとりに尋ねる。「正直に答えてくれよ――パレスチナの子どもがたくさん死んだ事故のことを聞いたとする。ほんとのところ、どんな感じがする？　うれしい？　超快感？」

「そうだな」と友人が言う。「本音で？　超快感」

カメラがフェイスブックの投稿をクローズアップし、アリクのナレーションが入る。

「あなたが左派であろうと右派であろうと関係ない。人の死を祝う者がいるという事実を前に、わたしたちはしばしば立ち止まって、尋ねるべきだ。いったいどうして、このような状況が生じてしまったのか、と」

べつの場面では、アーベドが事故現場の道路脇に立っている。路肩の土には、だれかが立てたのだろう、ミラードとサラーフの写真が掲げられた木製の杭がある。現場に向かう車中で、アリクはカメラを止め、大喜びの投稿を見たかとヘブライ語でアーベドに尋ねた。話に聞いたことはある、と彼は答えた。園の親たちはみんなそうだ。アナタとシュアファト難民キャンプのみんなもそうだ。アーベドが話をした人々の多くは、イスラエル当局が子どもたちの死を望んでいたと考えている。ある子どもが投石しようものなら、イスラエル兵がすぐさまヨルダン川西岸地区の道路に現れることを、だれもが知っている。なのに、検問所の兵士も、ラマ基地の軍隊も、もよりの入植地の消防車も、こぞって手をこまぬいて、燃えさかるバスを三〇分以上も放置したのだ。

投稿の一部はギバ・シャウルに住む生徒たちによるものだと、アリクは言った。そこはエルサレム近郊の地区で、イスラエル国の建国前にユダヤ民兵が悪名高き大虐殺を行なったデイル・ヤシーン村が含まれる。アーベドはわざと感情を煽られている気がした。「わたしたちの社会には過激派がいる」と彼は答えた。「それは、あなたたちの社会も同じだ」

番組では、その後、事故現場近辺に住むふたりの入植者とアリクが会う場面が映された。ひとりはアダム地区のアリク・ヴァクニシュで、二〇〇〇年にここへ引っ越してきた。アーベドがラマッラーの拘留施設で裁判にかけられたのと同じ年に、彼はそこの守衛としての軍務を終えたという。ベベル・ヴァヌヌと同じく、エルサレムのモロッコ人家庭で育ち、流暢なアラビア語を話す。現在は〈アングロ＝サクソン・リアルエステイト〉の役職者で、ヨルダン川西岸地区のあらたなユダヤ人住民に家を売っている。

事故後、彼はベベルとともに、哀悼の意を示すヘブライ語とアラビア語の大きな幕をアダム・ジャンクションに掲げた。この幕を見たチャンネル一〇のスタッフがヴァクニシュに連絡し、アナタの自宅にアーベドを訪ねてくれないかと頼んだのだ。

ふたりめの入植者はアナトト地区のドゥリ・ヤリーヴで、被害者の親族のために隣人たちからおよそ一〇〇〇ドルを集めた人物だ。彼もエルサレム市内の、ベベルとヴァクニシュが住んでいた地区の近くで育った。空軍で軍役を終えたのちに、家を探しはじめた。どこか田舎の地域を望んでいたが、両親が近くに住んでほしがった。グリーンラインの内側は高すぎて手が届かなかったので、アナトト地区を調べてみた。そこは景観が美しく、比較的手ごろな値段で、実家にも近かった。二階建ての家を建てて自分のグランドピアノと姉妹の絵画を置ける、数少ない地区のひとつだった。

撮影中のカメラの前で、ドゥリはアリク・ワイスに、アナタに入るのは気が進まないと告げた。「あまり友好的とは言えない村なんだ、だから必ず外に出られる確証がないかぎり、ひとりでは行かないようにしている」。ヴァクニシュとドゥリは、アナトトから一マイル（一・六キロ）にも満たない道のりを走っている。落書きされた壁、穴ぼこだらけの道、歩道のない道で遊ぶ幼い子どもたち。「一キロ半の距離が、アナトト入植地とアナタの町を隔てている」と、アリクがナレーションで言う。「車で五分走れば、がらりとちがう世界だ」。アーベドと兄のワーエルがテレビの撮影スタッフと入植者ふたりを出迎える。番組では、ワーエルが〝自爆テロ犯〟であり、テロを実行しに行く途中で逮捕された、と誤った情報を伝えたが、刑務所から出て平和活動家になったことは正確に述べていた。この活動家のネットワークを通じて、イスラエルのTVスタッフがアーベドの家の前に現れたのだ。ワーエルがイスラエルとパレスチナの共同活動に参加することを、アーベドは好意的に受けとめていない――連中は何もやり遂げていない、ただイスラエル人におもねって、迫害者と被迫害者が同格であるという偽りの絵図を示しているだけだ、と彼は考えている。

ワーエルとアーベドが並んでカウチに腰をおろし、ヴァクニシュとドゥリのふたりと向きあった。黄色のカーテンが、客間に差しこむ陽光を遮っている。サラーマ兄弟は発泡スチロールの皿に載せた菓子を客に出した。アリクが、息子さんの写真を見せていただけないかとアーベドに尋ねた。彼はカウチから立ちあがり、ピンク色のアルバムと大きなフレームに入ったミラードの写真を抱えて戻ってきた。イスラエル人ふたりはその写真をまじまじと見つめ、ドゥリがアーベドとワーエルに率直な思いを話した。「聞いてください、わたしはアナトトに住んでいます。入植者です。ラジオで事故のことを耳にしたとき、頭をよぎったのは、そのバスがわたしたちのバスかもしれないということでした――そして、何かが少しばかりちがっていたら、そうだった可能性はじゅうぶんありますーさらに、ドゥリは続けた。「この入植地のだれかが、アラブ人の子どもでよかったと考えるとは思えません。なぜって、あすはわが子かもしれないのですから」。ドゥリを懐疑的に見つめるアーベドを、カメラが長々ととらえていた。

ドゥリとヴァクニシュが辞したあと、カメラマンはアーベドに続いて寝室に入り、そこで携帯電話の動画を見せられた。縁なし帽をかぶって冬用のコートをはおったミラードが、父親に冗談を言って楽しげに笑っている。

恋に落ちた人は骨抜きにされるという慣用句を口にしてから、ミラードはこう続ける。「あるとき、ひと粒の小麦が恋に落ちて、気づいたら粉になっていたんだって」

「べつのを話して」と、アーベドがカメラの外から言う。

「べつの？」

「べつの話だよ」

「悪魔の話は？」とミラードが提案して「男の人がトイレに入ったの」と始める。悪魔を撃退するいつもの祈りの代わりに、その男はまちがった祈りを唱える。「『慈悲あまねく慈愛深き神の御名《みな》において』とその人が言ったから、悪魔は笑いすぎておしっこをちびっちゃったの！」ミラードは大声で笑い、動画のなかでアーベドも一緒にくすくす笑っている。

アーベドは動画を観るのをやめ、両手で顔を覆ってすすり泣きしはじめた。この場面は、その映像で終わる。

＊

アーベドの母親は、事故から一年近くのちに亡くなった。アルツハイマー病のおかげで、ミラードに何が起きたのか完全に理解することはなかった。その葬儀の数日後、サラーマ一族はべつの子どもの喪に服した。致死性の病にかかった生後八カ月の男の子だ。赤ん坊の父親は、アフマド。アーベドのいとこで、以前アーベドとけんかして、マカセド病院で外科用メスを握ったナーエルに襲われた人物だ。

アフマドは酷薄で、けちな男でもあった。息子の葬儀に金を払いたがらず、アーベドの母親の葬儀会場をそのまま利用した。アーベドの家族が提供した飲み物とナツメヤシの実を弔問客にふるまい、慣習の三日間ではなく二日間しか客を招かなかった。というのも、その時点でアーベドの母親のアッザが終わったからだ。

埋葬のときが来ると、アフマドはミラードが眠っているのと同じ墓地に息子を入れようとした。だが、費用が惜しくて、わが子の名前を墓石に彫りたがらず、ひとつの区画をまるまるわが子に使うのもいやがった。そこで、ミラードと一緒に埋葬することを提案した。当初、アーベドはこの案が気に入らなかったが、ふと、これはいい機会だと思いなおした。事故のあと、彼はミラードに会う機会も、ふたりきりになる機会も得られなかった。そもそも、ひとりになる機会がなかったのだ。数カ月前、アーベドは団体で巡礼旅行に出かけ、メディナにいるあいだは目を向ける先々にミラードの顔を見た——モスクの柱のそばに、クルアーンのページに、すれちがう幼い男の子すべての瞳の奥に。この集団の聖地詣には友人や家族がだれも参加しておらず、ひとりきりに最も近い状態だった。

自宅にいるときは、みんなにまわりを囲まれ、圧迫されている感じがした——葬儀でミラードの墓地から自分を引き離した群衆によって、悲しみに浸る自分を取り巻く親族によって、家族に先立たれた者を一瞬たりともひとりきりにさせない社会によって、男はつねに強くあらねばならぬと主張する文化によって。ほんの一時間でも逃げ出せたなら、山の頂上に登って叫べたなら、とアーベドは願った。だが、そうはせず、全力で願望を抑えこみ、公の場では涙を流さないよう努めた。

悲しみを抑えこんだせいで、さまざまな負の影響がもたらされた。心臓に問題が生じ、歩くのが困難になった。血栓で入院した。心エコーで〝きわめて深刻な心不全〟が判明した。医師たちには、まだ生きていることに驚かれた。実を言うと、アーベドはもう生きていたくなかった。ハイファとアダムと娘たちを愛してはいるが、この世で最も望むことはかなわないのだから。

自分でも、息子がこの世を去った事実をなかなか受けいれられないのだとわかっていた。

テレビのインタビューを受けたあと、アーベドはミラードの写真二枚だけを残し、動画はすべて削除した。見るのがつらすぎたのだ。だが、しばらくして後悔した。ミラードの姿を見て、あの子のことを話したかった。たとえ傷口をえぐられても、あの子を近くにとどめておきたかった。褪せていく息子の記憶にしがみつく代償が、終わりのない悲しみであるなら、喜んでその代償を払うつもりだ。ミラードを思い出す痛みのなかで、アーベドは息子を近くにとどめておくことができた。

ハイファはちがった。いまなお、ミラードのことを話したがらなかった。長女のルゥルゥが自分の息子にミラードと名づけるのを許さなかった。アーベドは息子のことをハイファと語りあうのをあきらめた。そして、預言者ユースフに関するテレビ番組を繰り返し何度も観た。息子の死を信じようとしないユースフの父ヤクブに、自分の姿を重ねた。クルアーンには、彼の目が悲しみで白くなった——見えなくなった——とある。

だから、アーベドはアフマドの求めに応じることにした。墓地を訪れると、アフマドとその家族がミラードの埋葬区画の入り口にある石を動かした。そして赤ん坊を横たえる前に、ひとりきりの時間をアーベドに与えた。彼は石の屋根の下を這って、ゆくゆくは自分自身が埋葬されるであろう場所に入った。息子のそばの土中にしゃがみこむと、埋葬されたときのまま白い埋葬布にくるまれたミラードの遺体が見えた。いつか、自分もここでこの子と一緒になるだろう。アーベドは墓のそばにしばらくひざまずいた。そうやって、ようやく彼はミラードにさよならを言えた。

数年後、タクシーの運転手として働いているとき、アーベドは女性ひとりとその子どもたちをシュアファト難民キャンプまで乗せた。事故現場に近づくと、アーベドはファーティハをささやき声で唱えた。「神よ、彼らにご加護を」と、後部座席で女性が言った。アーベドは驚いて「あの衝突事故のことを知っているんですか」と尋ねた。女性は、いま横に座っている息子がそのバスに乗っていたのだと言った。

アーベドは一家を昼食に招きたいと強く主張した。タクシーがヌール・アル＝フーダの前を通った。アーベドは毎年、事故が起きた日に、ミラードがいた幼稚園の教室にたまご型チョコレートのキンダー・サプライズを持参している。きょう、彼はミラードのかつての級友のために、店に立ち寄っておもちゃを買った。自宅に着くと、少年とその家族をハイファと娘たちに紹介した。ハイファは少年の頭に手をあてて、母子を居間に通した。アーベドはカウチで少年の横に腰をおろし、勇気をふり絞って、あの日のミラードについて何か覚えていないかと尋ねた。「ミラードはバスの前のほうにいました」と少年は言った。「怯えて、シートの下に潜りこんでました」

アナタの人々の事故に関する記憶が薄れてくると、アーベドとハイファは殻に閉じこもった。町ではめったにふたりを見かけなかった。七年めの命日が近づいたとき、アーベドはミラードの一七歳のいとこ、ラマのフェイスブックの投稿を目にした。ラマはミラードと同じ学校に通っていたが、年は五歳上だった。ふたりが親しかったとは思えないのに、ラマはこの投稿で愛情を込めてミラードについて書き、もうすぐ来る命日に触れていた。アーベドはラマの家を訪れ、これほど歳月が過ぎたあとで、なぜ彼の息子のことを投稿しようと思ったのかと尋ねた。「あの子に最後にキスをしたのは、あたしなの」と彼女は答えた。「ミラードがバスに乗る前に、チョコレートのたまごをくれたから、頰にキスをしたのよ」

アシュラフ・カイカスは禁固三〇カ月を言い渡された。七名の死者を出した重過失にしては、かなり寛大な罰だ。彼は裁判中に白血病を発症した。その弁護人――アッコ在住の四八年パレスチナ人――は、この病気こそ軽い判決がくだった理由だと考えている。アシュラフは控訴したが、イスラエル最高裁判所はそれを退けた。「人間ひとりひとりが、ひとつの世界であり、その実在物である」と、ニール・ヘンデル判事は判決文に記している。「七名の死は、単純なかけ算で評価することのできない悲劇だ。その喪失は、各要素の合計よりも大きい」

裁判でも、警察の捜査でも、運転手の行動のみに焦点が当てられ、事故の原因や、これほど死者を出した要因、緊急サービスの反応が嘆かわしいほど遅かった理由等が幅広く追求されることはなかった。エルサレムから駆けつけたイスラエルの救急車は、一部が軍のせいで遅れて到着した。カランディア検問所で分離壁の門が開くのを待っていたのだ。ヨルダン川西岸地区の入植地からの救急隊も、ヒズマ検問所を抜けて来る救急隊も、やはり遅れた。通信指令によってちがう場所に、つまりアダムのラウンドアバウトに送りこまれたからだ。イスラエル人はふつう、西岸地区の地域をもよりの入植地の名前で呼ぶ。大半がパレスチナの道路や村になじみがないからだ。

べつの救急隊員は、イスラエルのメディアに「パレスチナの支配領域だったせいで正確な場所を突きとめるのに相当な時間がかかった」と話した。だが、ジャバ道路はパレスチナ自治区の領域ではない。何十万ものパレスチナ人が利用してはいるが、この道路はイスラエルの完全な支配下にある。

事故の数日後、パレスチナ自治政府は原因究明のための閣僚委員会を開いた。その報告書には「もよりのイスラエルの救急車、緊急サービス、消防署はわずか一分半の距離である」が、かたや「パレスチナの救急車および緊急車両」をジャバ道路に送るには「イスラエルとの調整が必要になる」と書かれている。また、パレスチナの緊急サービスがカランディアおよびジャバの検問所で「身動きの取れない渋滞」に阻まれたこと、事故が起きる前に街灯と中央分離帯を当該道路に設けてほしいとパレスチナが要求したのに「イスラエルに却下された」ことも記されている。要するに、「イスラエル側に道徳的、法的な責任」があると述べているわけだ。わが子を亡くした親たちは、この報告書を酷評した。見かけ倒しで、急ごしらえの、不正確なものであり、当のパレスチナ自治政府のお粗末な救助体制と、学校およびその安全に対する監督不行届きをもみ消そうとしている、と。

さまざまな糾弾がなされたが、だれひとりとして——捜査官も、弁護士も、判事も——この惨事のほんとうの原因を挙げはしなかった。だれひとりとして、東エルサレムで慢性的に教室が不足していること、そのせいで親たちがやむなく、適切に監督されていないヨルダン川西岸地区の学校にわが子を通わせていることに触れなかった。だれひとりとして、分離壁と許可制度のせいで幼稚園のバスはすぐ近くにあるピスガット・ゼエヴの娯楽施設にまっすぐ向かえず、ラマッラーの端まで長く危険な遠回りをせざるをえなかったことを指摘しなかった。

また、イスラエルの基金による犠牲者への補償を緑色のＩＤカードを保有する家族についても認めるべきだ、という提案はなされなかった。イスラエルの支配下にあってイスラエルの警察がパトロールする道路で殺された子どもたちの家族なのに。そして、だれひとりとして、管理のよくないわずか一本の幹線道路だけでは、大エルサレム圏およびラマッラー地区に住むパレスチナ人の南北の移動をさばききれないことを指摘しなかったし、だれひとりとして、各検問所がラッシュアワーのパレスチナ人の移動を抑制して入植者の交通混雑を緩和する目的に利用されていることに異を唱えなかった。だれひとりとして、分離壁の片側に緊急サービスがないことが必然的にこの悲劇につながったことに言及しなかった。だれひとりとして、この地域のパレスチナ人がなおざりにされているのは、大エルサレム圏――イスラエルが最も欲している場所――に存在する彼らの数をユダヤ人国家が減らそうとしているからだとは言わなかった。これらについては、だれひとりとして責任を問われていないのだ。

本書はノンフィクションの作品である。本書中の名前はすべて実名だが、以下の四人――アブー・ハサン、アッザーム、ガズル、ハサン――はプライバシーを尊重して仮名にしてある。

アラビア語とヘブライ語の音訳については、単一の基準を設けていない。単語の多くについて、すでに一般的に受けいれられている英語の音訳があるので、一貫性はなくなるが、可能なかぎりそれらの音訳を用いた。英語で広く知られていない単語については、それら言語についてなじみのない読者が容易に読めることと、発音が正確であることのバランスを意識しながら音訳した。

通貨の米ドルへの換算は、二〇二三年六月現在の数値でインフレ補正している。

謝辞

まずは、本書の主要な登場人物のかたがたに感謝を捧げる。彼らは、人生のこのうえなく個人的なことがらを詳細に打ちあけてくれ、ときには、一〇年近い歳月ではじめて、自分の悲劇的なできごとについて話をしてくれた。なかでもとくに、アーベド・サラーマにはご面倒をおかけした。この三年のあいだ彼と多くの時間を過ごせたことは光栄であり、彼の物語も、ミラードの物語も、本書で正しく描けていることを願う。ハイファ、そしてサラーマ一族のかたがた——ルゥルゥ、フゥフゥ、サナア、マヤール、アダム、フィダア、ワーエル、ナヒール、アブー・ウィサーム、バシール、ルバ、ジェセニア、ジャド、イブラーヒーム、サハル、アッブード、アブー・ジハード、ターエル——にも感謝する。彼らはわたしが一家の名誉メンバーであるかのように接してくれた。

フダー・ダーブールは自身の物語をわたしに託し、幾たびも惜しみなく時間を割いてくれた。また、サラーフ・ドウェイク、アブドゥッラー・ヒンディ、ウラ・ジョウラニのご家族、ターラ・バフリとそのご家族、ラドワーン・タワムとそのご家族、サーレム・アブー・マルキエにも感謝を捧げる。

本書には、ほかの多くの人々のインタビュー証言が登場する。以下のかたがたに感謝申しあげたい。ドヴィル・アダニ、アムノン・アミール、エルダド・ベンシュタイン、イツァーク・ブロック、イタイ・エライアス、ナミル・アイディルビー、ワダフ・ハティブ、ハリール・フーリー、ミラ・ラピドット、ヤアコヴ・ラピドット、ナーデル・モラル、ベンツィ・オイリング、シュロモ・ペットローヴァー、リタ・カーワジ、ロン・シャッツバーグ、アミ・ショシャニ、アディ・シュペーター、ダニー・ティルザ、サール・ツール、アリク・ヴァクニシュ、ベベル・ヴァヌヌ、アリク・ワイス、ドゥビ・ヴァイセンシュタイン、リヴナット・ヴィーダー、ドゥリ・ヤリーヴ、メイスーン・ザハルカ。

時間と専門知識を惜しみなく与えてくださったかたがたもいる。ミレーナ・アンサリ、シャシュティ・グラーヴェルサーター・ベルク、ミック・ダンパー、ドロール・エトケス、ラファエル・ヘルブスト、ワダフ・ハティブ、イータイ・マック、ナダヴ・マッツナー、カマル・ミシルキ＝アサド、デイヴィッド・マイヤーズ、マンスール・ナサスラ、イレイ・ペレド、マイケル・スファード、アヴィヴ・タタルスキー。

調査に関しては、並はずれたふたりのジャーナリスト、アシーラ・ダルウィーシュ、サミ・ソコル、そして初期には二〇二三年一月に逝去されたバシャール・マシュニにも協力いただいたことを光栄に思う。

二年間におよぶ調査および執筆は、オープン・ソサエティ財団の助成で可能になった。当財団の中東・北アフリカ担当責任者、イサンドル・エル・アムラニに、ひとかたならぬ深い感謝を捧げる。国際危機グループで、彼と同僚として過ごせたことは幸運だった。それから、貴重な支援をくださったヌール・ショウファニ、アビエル・アル＝ハティーブ、レニー・ベナルドにもお礼を申しあげたい。

わたしはバード大学で二〇二二年度のライティング・フェローとして本書を執筆した。わたしと家族にハドソン・バレーの牧歌的な一年間を与えてくれたこと、そして心ない批判に屈しなかったことを、トム・キーナン、ジョナサン・ベッカー、レオン・ボットスタインに感謝する。

本プロジェクトは、『ニューヨーク・レビュー・オブ・ブックス』誌の記事として始まった。当該記事から本書に収められた文章は一ページにも満たないが、それでも、本書がいまあるのは『ニューヨーク・レビュー・オブ・ブックス』誌と、当該記事を強く支持してくださった三名のかたがた、パトリック・ヘダーマン、エミリー・グリーンハウス、そしてだれよりもマット・シートンのおかげである。

当該記事を書籍にするよう勧めてくれたセアラ・カヤリ、ジェレミー・クライナー、デイヴィッド・レムニックと、マーク・ダナー、ナディア・サーフ、デイヴィッド・シュルマン、そしてとりわけキャスリーン・ペラティスに感謝する。

中東では、三人の親しい同僚がわたしの職業生活および私生活の中心にいて、言い表せないほどさまざまな形で本書の執筆にご助力くださった。オマー・シャキールとイェフダ・シャウル、そしてハガイ・エル゠アドにはとくに、滅私の支援をいただいた。また、エルサレムのサナア・アナンとガザ地区のアズミー・ケシャウィにも、じつに多くの支援をいただいた。わたしの家族をご自分の家族の輪に受けいれて、歓迎してくださったすばらしいおふたかただ。数名の友人が初期の原稿の一部または全部を読んで、貴重な意見をくれた。タレク・バコニ、サラ・バーシュテル、ロブ・マリー、そして最初からずっとそばにいてくれたジョシュ・ヤッファ。

前著もそうだったが、本書も親愛なる友アディナ・ホフマンとピーター・コールのムスララの家で大半を執筆した。彼らはわたしたち一家のエルサレムの生活をたいそう豊かなものにしてくれ、彼らの非の打ちどころのない目と耳に、わたしは大小さまざまな形で頼りつづけている。

このうえなく有能なわが編集者、リヴァ・ホッカマンがいなかったら、本書は日の目を見なかっただろう。彼女の関与の深さ——その知性と細やかな編集——は、どれだけ強調しても強調しきれない。献身の度合いについてもそうだ。彼女は数えきれないほどの草稿を、毎回ほとんど超人的なスタミナで、細部までこだわりをもって読み返してくれた。ほかのだれが手がけても、はるかに劣った本になっていただろう。

メトロポリタン／ヘンリー・ホルト社では、フローラ・エスターリー、ラウラ・フラヴィン、デヴォン・マッツォーネ、クリス・オコンネル、キャロリン・オキーフ、ケリー・トゥーにもありがとうを言いたい。イギリスのアレン・レイン／ペンギン・プレスでは、編集者のマリア・ベッドフォード、そしてヌーシャ・アライ＝サウス、ロジー・ブラウン、マディー・ワッツと一緒に仕事ができて幸運だった。レヴェンテ・サボーがイギリス版の、クリストファー・セルジョがアメリカ版の装幀を手がけてくれた。ダリーン・サーフが画期的な地図を作成し、わがエージェントのエドワード・オルロフが本書を実現に導いて、マイケル・ティーケンズがたくみな手腕で世に送り出してくれた。

わが妻にしてプロの編集者であり、最初にして最後の読者でもあるジュディ・ヘイブルムに、最大の感謝を捧げる。わたしが書くものはすべて、彼女が方向づけをして、磨きをかけてくれている。だが、妻はさまざまな形でわたしが実物よりもよく見えるように尽力してくれており、これはそのなかでも最もささやかなものだ。三人の娘、ジュノ、テッサ、ゾーイはエルサレムで育った。本書に登場する子どもたちとわが娘たちを隔てている分離壁のすぐそばだ。わたしの生きているあいだはこの分離は終わりそうにないが、彼女たちの生涯でこれがなくなることを願って、わたしは本書を執筆した。

訳者あとがき

占領されるとは、こういうことなのか……

表現しがたいさまざまな思いに襲われながらも本書を読みおえて、まず〝ことば〟として頭に浮かんだのは、冒頭の感想でした。

本書『アーベド・サラーマの人生のある一日――パレスチナの物語』（*A Day in the Life of Abed Salama: Anatomy of a Jerusalem Tragedy*, Nathan Thrall, Metropolitan Books, 2023）は、二〇一二年にヨルダン川西岸地区で起きた事故――スクールバスがセミトレーラーに衝突されて横転、炎上し、パレスチナ人の児童六名と教師一名が死亡した――に焦点を当てて、この地域の歴史的、社会的背景を挟みつつ事故関係者の日常や当日の行動、生い立ちなどを紹介することで、パレスチナ・イスラエル問題に翻弄される人々を描いたノンフィクションです。

タイトル中のアーベド・サラーマ（Abed Salama）は、幼い息子がこの事故に巻きこまれてしまったパレスチナ人男性ですが、本書には彼とその家族のほかにも、トレーラーに衝突されたスクールバスの運転手、乗客の救出に当たったさまざまな人々、イスラエル国防軍の大佐、パレスチナ自治政府の役人、愛するわが子を失った親たち、トレーラーの運転手、事故の遠因である（と著者が力説する）分離壁の建設を立案した建築家といった、立場や考えの異なる大勢の人が登場しており、綿密な取材と考え抜かれた構成で、パレスチナ・イスラエル問題が立体的、多角的に描かれています。

二〇二三年一〇月、ハマースによるイスラエルへの大規模攻撃と、それを受けたイスラエルによるガザ地区への空爆および地上侵攻で、双方に大勢の犠牲者が出ました。刊行時期がちょうど重なったことから、本書はたちまち注目を集め、新聞や雑誌など多数の紙媒体にレビューが掲載されて、テレビやラジオの番組でも著者のインタビューをまじえて紹介されました。また、『ザ・ニューヨーカー』『タイム』『フィナンシャル・タイムズ』など一〇以上の有力紙誌に二〇二三年のベスト本として挙げられたほか、二〇二四年のピューリッツァー賞一般ノンフィクション部門を受賞しています。

著者のネイサン・スロールは、カリフォルニア州出身、エルサレム在住のジャーナリスト。二〇一〇年から一〇年ほど、世界の紛争予防のための調査・政策提言を行なう非政府組織である国際危機グループに在籍し、アラブ＝イスラエル・プロジェクトの責任者を務めました。ニューヨーク州のバード大学で教鞭をとっていたこともあり、『ガーディアン』『ニューヨーク・タイムズ・マガジン』等に書籍のレビューやエッセイを寄稿しています。パレスチナ・イスラエル問題に深くかかわってきて、前著に、この問題をテーマにしたエッセイ集 *The Only Language They Understand: Forcing Compromise in Israel and Palestine* (2017) があります。

公式プロフィールには書かれていませんが、二〇二三年一〇月一五日付の『ガーディアン』のインタビューによると、著者の母親は、ソヴィエトからアメリカに移住したユダヤ人であり、同インタビューのなかで、彼は〝イスラエルを批判するユダヤ人であること〟のむずかしさと孤独を語っています。けれども、アメリカ人として、ユダヤ人として、そしてパレスチナ人と深い親交を結ぶエルサレム在住のひとりの人間として、自分の行動に道義的責任を感じているとも話しており、強い信念を持ってこの問題に取り組んできたことがうかがえます。

本書で取りあげられた事故は、自爆テロや軍による攻撃で起きた悲劇ではありません。一見すると、どこでも、それこそ日本でも起こりそうな衝突事故です。しかも、事故についてプロローグで少し触れられたあとは、ガズルとの恋愛を中心にアーベドの半生が長々と語られており、いったい著者は何を伝えようとしているのかと、読み進めながら不安になる読者もいるでしょう。しかし、かつて先祖のものだったのに現在はイスラエル人入植者に占領されている土地をアーベドの視点で眺め、逮捕、拷問、劣悪な環境下での収監、IDカードの色による差別的な扱い、イスラエル人入植者の安全で快適な生活を守るために多大な不自由を強いられる生活……等々を、アーベドの身になって追体験するうちに、パレスチナの被占領地域で暮らす人々の姿が、単なる知識としてではなく生身の人間として鮮明に浮かびあがってきます。

そして、事故に遭ったバスがなぜ目的地とは別方向の現場を通らざるをえなかったのか、事故の要因のひとつである慢性的な大渋滞はなぜ起きた（おそらく、いまも起きている）のか、なぜ迅速な救助がなされなかったのか……これらの問いを解きほぐしていく過程で、このバス事故と、パレスチナの人々がいま置かれている状況がみごとにリンクしていくのです。

著者が本書で何より伝えたかったのは、ニュースでよく伝えられているような、イスラエル軍による武力行使や、パレスチナ過激派によるテロ行為といった、わかりやすい暴力ではなく、断片的な情報からはなかなか想像しにくい占領下の人々の日常の困難なのでしょう。抑制のきいた冷静な語り口で、できるかぎり感情を排し、正義感を振りかざすことも、取材で得た情報に自身の論評を加えることもなく淡々と綴っています。また、パレスチナ人を一方的に〝虐げられた弱者〟として描いてはおらず、アーベドについても、イスラエル市民権がなく緑色のIDカードを持たされたパレスチナ人のなかでは恵まれた環境にあること、概して善良な好人物ではあるけれども人間としての弱さ、ずるさ、愚かさを抱えていることをきちんと伝えています。とはいえ、中立的な立場を貫いているかというと、心情的にはパレスチナの人々に寄り添っていることが随所でうかがえます。本書の底流には、テロ防止を大義名分に彼らを抑圧しつづけるイスラエルの占領政策に対し、静かな憤りが息づいているのです。

報復が報復を呼び、戦禍が広がって、パレスチナ・イスラエル問題はいつ、どういう形で終結するのか、現段階ではまったく先が見えません。このあとがきを執筆する少し前の二〇二四年九月一八日、国連総会において、イスラエルに占領状態を終わらせるよう求める決議が、日本を含む一二四カ国の賛成多数で採択されました。これは、同年七月に出された国際司法裁判所の「イスラエルのパレスチナ占領政策は国際法に違反している」という勧告的意見を受けたものですが、この勧告的意見にも、今回の国連総会の決議にも拘束力はありません。そのうえ、イギリスやドイツなど四三カ国が棄権、アメリカなど一四カ国が反対しており、決議の実効性には疑問があります。けれども、今後、国際世論と圧力が高まっていけば、たとえ占領状態の即時終結はむずかしいにしても、占領政策がパレスチナの人々にとって望ましい方向へ転換される可能性がないとは言えません。

そのためにも、日本の読者にとって、本書が、イスラエルによるパレスチナ占領の現状を知る一助になれば幸いです。

宇丹貴代実

二〇二四年一〇月

- ———.“The State of Israel v. Ashraf Qayqas: Hearing on 14 June 2016” [Hebrew]. 14 June 2016, 28–99.
- ———.“The State of Israel v. Ashraf Qayqas: Hearing on 15 June 2016” [Hebrew]. 15 June 2016, 28–74.
- ———.“The State of Israel v. Ashraf Qayqas: Hearing on 23 March 2017” [Hebrew]. 23 March 2017, 32–92.
- ———.“The State of Israel v. Ashraf Qayqas: Sentence” [Hebrew]. 29 March 2018, 1–17.
- Macintyre, Donald. “Bassam Aramin's Search for Justice.” *The Independent*, 18 August 2010.
- Palestinian Authority Government. “The Full Report of the Ministerial Committee in Charge of Investigating the Traffic Accident in Jaba.” *Wafa* [Arabic], 18 March 2012.
- Rosenberg, Oz. “Hundreds of Beitar Jerusalem Fans Beat Up Arab Workers in Mall; No Arrests.” *Haaretz*, 23 March 2012.
- Thrall, Nathan. “A Day in the Life of Abed Salama.” *New York Review of Books* (online), 19 March 2021.
- Weiss, Arik. “An Arab Kid Died, Ha Ha Ha Ha.” Channel 10, 31 March 2012.
- Yiftachel, Oren. “The Internal Frontier: Territorial Control and Ethnic Relations in Israel.” *Regional Studies* 30, no. 5, 1996, 493–508.

RN." E1435. 18 July 2006.
- Yesh Din. "The Great Drain—Israeli Quarries in the West Bank: High Court Sanctioned Institutionalized Theft." September 2017.

エピローグ

- ドヴィル・アダニ、アムノン・アミール、エルダド・ベンシュタイン、イツァーク・ブロック、イタイ・エリアス、ラファエル・ヘルブスト、ナミル・アイディルビー、ワダフ・ハティブ、ナダヴ・マツナー、ナーデル・モラル、シュロモ・ペトローヴァー、アーベド・サラーマ、ハイファ・サラーマ、イブラーヒーム・サラーマ、ナヒール・サラーマ、ワーエル・サラーマ、アミ・ショシャニ、アリク・ヴァクニシュ、ベベル・ヴァヌヌ、アリク・ワイス、ドゥビ・ヴァイセンシュタイン、ドゥリ・ヤリーヴへの著者のインタビュー。
- Ali, Ahmed. *Al-Qur'an: A Contemporary Translation*. Princeton: Princeton University Press, 2001.
- Commitee of the Families of the Victims of the Jaba Accident. "Letter to Prime Minister Salam Fayyad" [Arabic]. 1 May 2012.
- Dar, Yoel. "A New Watchtower in the Western Galilee." *Davar* [Hebrew], 7 November 1980.
- Dolev, Aharon. "Settlement Nucleus of 'Gilon' Is Too Big." *Ma'ariv* [Hebrew], 6 April 1979.
- Israeli Police. "Testimony of Ashraf Qayqas Before Police Officer Shmuel Ozeri" [Hebrew]. 16 February 2012.
- Israeli Police, Shai (Shomron-Yehuda) District, Traffic Division. "Expert Opinion: Analysis of the Tachnograph Disc" [Hebrew]. 28 February 2012.
- ———."Incident Report" [Hebrew]. 2012.
- ———."Presentation of the Results of the Examination of the Vericom" [Hebrew]. 10 April 2012.
- ———."Testimony of Ashraf Qayqas Before Traffic Investigator Eliyahu Mizrahi" [Hebrew]. 21 February 2012.
- ———."Traffic Examiner Report" [Hebrew]. 8 May 2012.
- Israeli Supreme Court. "Judgment by Justice Neal Hendel in Ashraf Qayqas v. The State of Israel." 24 February 2019, 1–6.
- Jerusalem District Court. "The State of Israel v. Ashraf Qayqas: Hearing on 29 March 2015" [Hebrew]. 29 March 2015, 25–136.
- ———."The State of Israel v. Ashraf Qayqas: Hearing on 16 June 2015" [Hebrew]. 16 June 2015, 26–120.
- ———."The State of Israel v. Ashraf Qayqas: Hearing on 9 June 2016" [Hebrew]. 9 June 2016, 29–91.

- ———.“Kafr Malik Town Profile.” 2012.
- Arutz Sheva Staff. “Elazar: An American Experiment in Gush Etzion.” *Israel National News*, 9 October 2015.
- Association for Civil Rights in Israel. “East Jerusalem in Numbers.” May 2012.
- BBC News. “Palestinian Pupils Killed in West Bank School Bus Crash.” 16 February 2012.
- Berg, Kjersti G. “Mu‘askar and Shu‘fat: Retracing the Histories of Two Palestinian Refugee Camps in Jerusalem.” *Jerusalem Quarterly* 88, Winter 2021, 30–54.
- Cassel, Matthew. “Occupied and High in East Jerusalem.” AJ+, 28 April 2015.
- Dumper, Michael. *The Politics of Jerusalem Since 1967*. New York: Columbia University Press, 1997.
- ———. *The Politics of Sacred Space: The Old City of Jerusalem in the Middle East Conflict*. Boulder, CO: Lynne Rienner Publishers, 2003.
- Efrati, Ido. “‘Another Terrorist Is Born’: The Long-Standing Practice of Racism and Segregation in Israeli Maternity Wards.” *Haaretz*, 5 April 2016.
- Hasson, Nir. “In East Jerusalem’s War on Drugs, Residents Say Police Are on the Wrong Side.” *Haaretz*, 14 December 2019.
- Ir Amim. “Displaced in Their Own City.” June 2015.
- Israeli High Court of Justice. “HCJ 2164/09, ‘Yesh Din’—Volunteers for Human Rights v. The Commander of the IDF Forces in the West Bank, et al.” [Hebrew]. 26 December 2011.
- Israeli Knesset. “Israeli-Palestinian Interim Agreement on the West Bank and the Gaza Strip—Annex V, Protocol on Economic Relations.” 28 September 1995.
- Israeli Ministry of Defense. “Settlement Database” [Hebrew], published by *Haaretz*, 30 January 2009.
- Lefkovits, Etgar. “Sharon Back at Work After Stroke.” *Jerusalem Post*, 20 December 2005.
- Morris, Benny. *The Birth of the Palestinian Refugee Problem Revisited*. Cambridge: Cambridge University Press, 2004.
- Peace Now. “Jerusalem Municipal Data Reveals Stark Israeli-Palestinian Discrepancy in Construction Permits in Jerusalem.” 12 September 2019.
- Purkiss, Jessica. “East Jerusalem Youth Find Escape in Drugs.” *Deutsche Welle*, 15 July 2015.
- United Nations Office for the Coordination of Humanitarian Affairs. “Record Number of Demolitions, Including Self-Demolitions, in East Jerusalem in April 2019.” 14 May 2019.
- United Nations Security Council. “Summary by the Secretary-General of the Report of the United Nations Headquarters Board of Inquiry into Certain Incidents That Occurred in the Gaza Strip Between 8 July 2014 and 26 August 2014.” 27 April 2015.
- United States Congressional Record. “Celebrating Nursing and Khalil Khoury, MSc Pharm, BSN,

・United Nations Special Committee on Palestine. "Report to the General Assembly: Volume 1." Official Records of the Second Session of the General Assembly, Supplement no. 11, 1947.
・US State Department Cable. "Deputy Defense Minister Sneh Describes to Ambassador MOD Steps to Reduce Obstacles to Movement." Wikileaks.org.
・———. "MOI DG Salamah: Hamas Will Not Collapse Quickly." Wikileaks.org.
・Veidlinger, Jeffrey. *In the Midst of Civilized Europe: The Pogroms of 1918–1921 and the Onset of the Holocaust*. New York: Metropolitan Books, 2021.
・Verter, Yossi, and Aluf Benn. "King Solomon Also Handed Over Territories from the Land of Israel." *Haaretz* [Hebrew], 22 April 2005.
・Vital, David. "The Afflictions of the Jews and the Afflictions of Zionism: The Meaning and Consequences of the 'Uganda' Controversy." In Jehuda Reinharz and Anita Shapira, *Essential Papers on Zionism*. New York: New York University Press, 1996, 119–32.
・Waked, Ali. "Heart Attack Death Blamed on IDF Delays." *Ynet* [Hebrew], 24 May 2006.
・Weiss, Efrat. "Qalandia Blast: Palestinian Killed, 3 Border Police Officers Seriously Injured." *Ynet* [Hebrew], 11 August 2004.
・Weiss, Yfaat. "The Transfer Agreement and the Boycott Movement: A Jewish Dilemma on the Eve of the Holocaust." *Yad Vashem Studies* 26, 1998, 131–99.
・Willacy, Mark. "Israeli Conscripts Break the Silence." ABC Radio Australia. 5 September 2005.
・Winer, Stuart. "Israel Reportedly Offering Land and Its 300,000 Residents to Palestinians." *Times of Israel*, 1 January 2014.
・Wolf-Monzon, Tamar. "'The Hand of Esau in the Midst Here Too'—Uri Zvi Grinberg's Poem 'A Great Fear and the Moon' in Its Historical and Political Contexts." *Israel Studies* 18, no. 1, Spring 2013, 170–93.
・Zipperstein, Steven J. *Pogrom: Kishinev and the Tilt of History*. New York: Liveright, 2019.

第五章　三つの葬式

・マフムード（アブー・ジハード）・アラウィ、ガディール・バフリ、イブラーヒーム・バフリ、イム・モハンマド・バフリ、モハンマド・バフリ、ムハンナド・バフリ、ルーラ・バフリ、ターラ・バフリ、アフマド・アル＝ヒンディ、ハフェズ・アル＝ヒンディ、ハヤー・アル＝ヒンディ、ナミル・アイディルビー、サーディ・ジョウラニ、ワダフ・ハティブ、ハリール・フーリー、ルバ・アル＝ナッジャール、アーベド・サラーマ、アダム・サラーマ、フゥフゥ・サラーマ、ハイファ・サラーマ、ルゥルゥ・サラーマ、ナンシー・カワスメ、サハル・カワスメ、アミ・ショシャニ、リヴナット・ヴィーダーへの著者のインタビュー。
・Applied Research Institute—Jerusalem. "Deir Jarir Village Profile." 2012.

University Press, 1997.
・Shimoni, Gideon. *The Zionist Ideology*. Hanover, New Hampshire: University Press of New England, 1995.
・Shindler, Colin. *A History of Modern Israel*. Cambridge: Cambridge University Press, 2013.
・Shlaim, Avi. *The Iron Wall: Israel and the Arab World*. New York: W. W. Norton & Company, 2014.（『鉄の壁：イスラエルとアラブ世界［第二版］』上・下、アヴィ・シュライム著、神尾賢二訳、緑風出版、2013年、〔原著旧版より翻訳〕）
・Shragai, Nadav, and Ori Nir. "Yesha Lobbying for Separation Fence Along Area A Border." *Haaretz*, 13 June 2002.
・Singer, Joel. "Twenty-Five Years Since Oslo: An Insider's Account." *Fathom Journal*, 31 August 2018.
・Stanislawsky, Michael. *Zionism: A Very Short Introduction*. New York: Oxford University Press, 2016.
・Al Tahhan, Zena. "A Timeline of Palestinian Mass Hunger Strikes in Israel." *Al Jazeera*, 28 May 2017.
・Thrall, Nathan. "BDS: How a Controversial Non-violent Movement Has Transformed the Israeli-Palestinian Debate." *Guardian*, 14 August 2018.
・———."The Separate Regimes Delusion: Nathan Thrall on Israel's Apartheid." *London Review of Books* 43, no. 2, 21 January 2021.
・Time Staff. "A Majority of One." *Time*, 13 November 1995.
・Tirza, Danny. "The Strategic Logic of Israel's Security Barrier." Jerusalem Center for Public Affairs. 8 March 2006.
・United Nations Division for Palestinian Rights. "Chronological Review of Events Relating to the Question of Palestine." March 2002.
・———."Israeli Settlements in Gaza and the West Bank (Including Jerusalem): Their Nature and Purpose." 31 December 1982.
・United Nations Human Rights Council. "A/HRC/49/87: Report of the Special Rapporteur on the Situation of Human Rights in the Palestinian Territories Occupied Since 1967." 21 March 2022.
・United Nations Office for the Coordination of Humanitarian Affairs. "Barrier Update: Seven Years After the Advisory Opinion of the International Court of Justice on the Barrier: The Impact of the Barrier in the Jerusalem Area." July 2011.
・———."The Monthly Humanitarian Monitor." 29 February 2012.
・———."New Wall Projections." 9 November 2003.
・United Nations Security Council. "S/RES/1073." 28 September 1996.

- ———.“Vehicle Registration—6055040” [Arabic]. 21 February 2012.
- Palestinian Centre for Human Rights. “IOF Use Excessive Force and Kill Demonstrator in Peaceful Demonstration in al-Ram Village, North of Occupied Jerusalem.” 26 February 2012.
- Parsons, Nigel. *The Politics of the Palestinian Authority: From Oslo to al-Aqsa*. New York: Routledge, 2005.
- PASSIA. “Palestinian Planning Imperatives in Jerusalem with a Case Study on Anata.” August 2000.
- Peace Now. “Officers’ Letter” [Hebrew]. 7 March 1978.
- Ravitzky, Aviezer. “Exile in the Holy Land: The Dilemma of Haredi Jewry.” In Peter Y. Medding, editor, *Israel: State and Society, 1948–1988*. Oxford: Oxford University Press, 1989, 89–125.
- Raz, Avi. *The Bride and the Dowry: Israel, Jordan, and the Palestinians in the Aftermath of the June 1967 War*. New Haven: Yale University Press, 2012.
- Reuters Staff. “Settlers Suspected in West Bank Mosque Vandalism.” Reuters, 19 June 2012.
- Robinson, Shira. *Citizen Strangers: Palestinians and the Birth of Israel’s Liberal Settler State*. Stanford: Stanford University Press, 2013.
- Ross, Dennis. *The Missing Peace: The Inside Story of the Fight for Middle East Peace*. New York: Farrar, Straus and Giroux, 2004.
- Al-Sahili, Khaled, and Hozaifa Khader. “Reality of Road Safety Conditions at Critical Locations in Nablus City with a Road Map for Future Interventions.” *An-Najah University Journal for Research—Natural Sciences* 30, no. 1, 2016.
- Savir, Uri. *The Process: 1,100 Days That Changed the Middle East*. New York: Vintage, 1998.
- Segev, Tom. “The Makings of History: Revisiting Arthur Ruppin.” *Haaretz*, 8 October 2009.
- ———. *The Seventh Million: The Israelis and the Holocaust*. New York: Hill and Wang, 2019.
- ———. *A State at Any Cost: The Life of David Ben-Gurion*. New York: Farrar, Straus and Giroux, 2019.
- Setton, Dan, and Tor Ben Mayor. “Interview: Benjamin Netanyahu.” In “Shattered Dreams of Peace: The Road from Oslo.” *Frontline*, 27 June 2002.
- Sfard, Michael. *The Wall and the Gate: Israel, Palestine, and the Legal Battle for Human Rights*. New York: Metropolitan Books, 2018.
- Shapira, Anita. “Anti-Semitism and Zionism.” *Modern Judaism* 15, no. 3, October 1995, 215–32.
- ———. *Israel: A History*. Waltham, MA: Brandeis University Press, 2012.
- ———. *Land and Power: The Zionist Resort to Force, 1881–1948*. Stanford: Stanford University Press, 1999.
- ———.“The Origins of the Myth of the ‘New Jew’: The Zionist Variety.” In Jonathan Frankel, editor, *The Fate of the European Jews, 1939–1945: Continuity or Contingency?* New York: Oxford

- Lloyd, Robert B. "On the Fence: Negotiating Israel's Security Barrier." *The Journal of the Middle East and Africa* 3, 2012.
- Lustick, Ian S. "The Holocaust in Israeli Political Culture: Four Constructions and Their Consequences." *Contemporary Jewry* 37, no. 1, April 2017, 125–70.
- Masland, Tom. "Shot All to Hell." *Newsweek*, 6 October 1996.
- McCarthy, Justin. *The Population of Palestine: Population History and Statistics of the Late Ottoman Period and the Mandate*. New York: Columbia University Press, 1990.
- Mekorot. "The National Water Carrier." Mekorot website. Accessed 14 May 2021.
- Michael, Kobi, and Amnon Ramon. "A Fence Around Jerusalem: The Construction of the Security Fence Around Jerusalem, General Background and Implications for the City and Its Metropolitan Area." The Jerusalem Institute for Israel Studies. 2004.
- Morris, Benny. *The Birth of the Palestinian Refugee Problem Revisited*. Cambridge: Cambridge University Press, 2004.
- ———."Camp David and After: An Exchange (1. An Interview with Ehud Barak)." *New York Review of Books,* 13 June 2002.
- Mualem, Mazal. "Creeping Separation Along the 'Seam.'" *Haaretz*, 19 December 2001.
- Murphy, Verity. "Mid-East Cycle of Vengeance." BBC News Online, 5 October 2003.
- Newsweek Staff. "Presenting a New Face to the World." *Newsweek*, 19 February 2006.
- Norwegian Refugee Council. "Driven Out: The Continuing Forced Displacement of Palestinian Residents from Hebron's Old City." July 2013.
- Nunez, Sandy. "Warring Communities Separated by Wall." ABC News, 6 June 2002.
- Osherov, Eli. "East Jerusalem: The Authorities Have Abandoned It, Hamas and the Tanzim Took Over." *Ma'ariv* [Hebrew], 13 July 2010.
- Ottenheijm, Eric. "The 'Inn of the Good Samaritan': Religious, Civic and Political Rhetoric of a Biblical Site." In Pieter B. Hartog, Shulamit Laderman, Vered Tohar, and Archibald L. H. M. van Wieringen, editors, *Jerusalem and Other Holy Places as Foci of Multireligious and Ideological Confrontation*. Leiden: Brill, 2021, 275–96.
- Oxfam International. "Five Years of Illegality. Time to Dismantle the Wall and Respect the Rights of Palestinians." July 2009
- Palestine Royal Commission. "Notes of Evidence Taken on Thursday 7th January 1937, Forty-Ninth Meeting (Public)." 1937.
- Palestinian Authority Government. "The Full Report of the Ministerial Committee in Charge of Investigating the Traffic Accident in Jaba." Wafa [Arabic], 18 March 2012.
- Palestinian Authority Ministry of Transportation. "Road Traffic Accidents in the West Bank, Annual Report." *Wafa* [Arabic], 2010, 2011, and 2012.

- Israeli Ministry of Foreign Affairs. "Israeli-Palestinian Interim Agreement on the West Bank and the Gaza Strip." 28 September 1995.
- Israeli Ministry of Justice. "Road Accident Victims Compensation Law, 5735–1975" (Amended 1989, 1994 1995, 1997, 1998). *Laws of the State of Israel* 29, 5735. 1974/1975.
- Jabareen, Yosef. "Territoriality of Negation: Co-production of 'Creative Destruction' in Israel." *Geoforum* 66, 2015, 11–25.
- The Jewish Publication Society. *The Holy Scriptures According to the Masoretic Text: A New Translation, with the Aid of Previous Versions and with Constant Consultation of Jewish Authorities*. Philadelphia: The Jewish Publication Society of America, 1917.
- Jerusalem Municipality. "Local Outline Plan—Jerusalem 2000." August 2004.
- Kaplansky, Tamar. "Israeli Health Ministry Report Admits Role in Disappearance of Yemenite Children in 1950s." *Haaretz*, 8 December 2021.
- Kaufman, Yehezkel. "Anti-Semitic Stereotypes in Zionism: The Nationalist Rejection of Diaspora Jewry." *Commentary*, March 1949.
- Kerem Navot. "A Locked Garden: Declaration of Closed Areas in the West Bank." March 2015.
- Khalidi, Walid. *All That Remains: The Palestinian Villages Occupied and Depopulated by Israel in 1948*. Washington, D.C.: Institute for Palestine Studies, 1992.
- Kim, Hannah. "Hi There, Green Line." *Haaretz*, 6 June 2002.
- Koren, David. "Arab Neighborhoods Beyond the Security Fence in Jerusalem: A Challenge to Israeli National Security Policy." The Jerusalem Institute for Strategy and Security, 17 January 2019.
- Laskier, Michael M. "Jewish Emigration from Morocco to Israel: Government Policies and the Position of International Jewish Organizations, 1949–56." *Middle Eastern Studies* 25, no. 3, 1989, 323–62.
- Lesch, Ann Mosely. "Israeli Settlements in the Occupied Territories, 1967–1977." *Journal of Palestine Studies* 7, no. 1, Autumn 1977, 26–47.
- Levinson, Chaim. "Israel Demolishes Three Illegal Houses in West Bank Outpost, Six Arrested." *Haaretz*, 5 September 2011.
- Levinson, Chaim, and Avi Issacharoff. "Settlers Set Fire to West Bank Mosque After Israel Demolishes Illegal Structures in Migron." *Haaretz*, 5 September 2011.
- Levinson, Chaim, Anshel Pfeffer, and Revital Hoval. "Settlers Vandalize Military Base in First 'Price Tag' Attack Against IDF." *Haaretz*, 8 September 2011.
- Levy-Barzilai, Vered. "Ticking Bomb (1 of 2)." *Haaretz*, 15 October 2003.
- Lidman, Melanie. "Barkat Proposes Changing Jerusalem's Borders." *Jerusalem Post*, 17 December 2011.

Haven: Yale University Press, 1980.

- Grinberg, Lev Luis. *Politics and Violence in Israel/Palestine: Democracy Versus Military Rule.* New York: Routledge, 2009.
- Haberman, Clyde. "Hunger Strike Lights a Spark Among Palestinians." *New York Times,* 12 October 1992.
- Hacohen, Dvora. "British Immigration Policy to Palestine in the 1930s: Implications for Youth Aliyah." *Middle Eastern Studies* 37, no. 4, October 2001, 206–18.
- Harel, Israel. "Sharon Grants Victory to Arafat." *Haaretz,* 13 June 2002.
- Hedges, Chris, with Joel Greenberg. "West Bank Massacre; Before Killing, Final Prayer and Final Taunt." *New York Times,* 28 February 1994.
- Herschman, Betty, and Yudith Oppenheimer. "Redrawing the Jerusalem Borders: Unilateral Plans and Their Ramifications." In "Fragmented Jerusalem: Muncipal Borders, Demographic Politics and Daily Realities in East Jerusalem." PAX. April 2018.
- Herzl, Theodor. *The Jewish State: An Attempt at a Modern Solution of the Jewish Question.* Edited by Jacob de Haas. Translated by Sylvie d'Avigdor. Whithorn: Anados Books, 2018.（『ユダヤ人国家：ユダヤ人問題の現代的解決の試み』テオドール・ヘルツル著、佐藤康彦訳、法政大学出版局、2011年）
- Herzog, Chaim（updated by Shlomo Gazit）. *The Arab-Israeli Wars: War and Peace in the Middle East.* New York: Vintage, 2005.（『図解 中東戦争：イスラエル建国からレバノン進攻まで』ハイム・ヘルツォーグ著、滝川義人訳、原書房、1990年〔原著旧版より翻訳〕）
- Hoffman, David. "8 Killed, 40 Injured in Car Bomb Blast at Israeli Bus Stop." *Washington Post,* 7 April 1994.
- Human Rights Watch. "A Threshold Crossed: Israeli Authorities and the Crimes of Apartheid and Persecution." April 2021.
- International Crisis Group. "Leap of Faith: Israel's National Religious and the Israeli-Palestinian Conflict." *Middle East Report,* no. 147, 21 November 2013.
- International Court of Justice. "Legal Consequences of the Construction of a Wall in the Occupied Palestinian Territory: Advisory Opinion." 9 July 2004.
- Ir Amim. "Displaced in Their Own City: The Impact of Israeli Police in East Jerusalem on the Palestinian Neighborhoods of the City Beyond the Separation Barrier." June 2015.
- ———."Jerusalem Neighborhood Profile: Shuafat Refugee Camp." August 2006.
- Israeli Central Bureau of Statistics. "Table 5.04—Casualties in Road Accidents in the Judea and Samaria Area, by Locality, Severity, Type and Age of Casualty." 2010, 2011, and 2012.
- Israeli Knesset. "Israeli-Palestinian Interim Agreement on the West Bank and the Gaza Strip—Annex V, Protocol on Economic Relations." 28 September 1995.

- Dumper, Michael. "Policing Divided Cities: Stabilization and Law Enforcement in Palestinian East Jerusalem." *International Affairs* 89, no. 5, 2013, 1247–64.
- Economic Cooperation Foundation. "Summary of a Meeting Between the Head of the Tanzim in Anata and the Representative of the Anatot Settlement" [Hebrew], 9 November 2000.
- Eitan, Uri, and Aviv Tatarsky, Oshrat Maimon, Ronit Sela, Nisreen Alyan, Keren Tzafrir. "The Failing East Jerusalem Education System." Ir Amim and the Association for Civil Rights in Israel, August 2013.
- Eldar, Akiva. "Sharon's Bantustans Are Far from Copenhagen's Hope." *Haaretz*, 13 May 2003.
- Enderlin, Charles. *Shattered Dreams: The Failure of the Peace Process in the Middle East, 1995–2002*. New York: Other Press, 2003.
- Ephron, Dan. *Killing a King: The Assassination of Yitzhak Rabin and the Remaking of Israel*. New York: W. W. Norton & Company, 2015.
- Erlanger, Steven. "Militants' Blast Kills 2 Palestinians by Israel Checkpoint." *New York Times*, 12 August 2004.
- Ettinger, Shmuel. "The Modern Period." In Haim Hillel Ben-Sasson, editor, *A History of the Jewish People*. Cambridge: Harvard University Press, 1976.
- Fezehai, Malin. "The Disappeared Children of Israel." *New York Times*, 20 February 2019.
- Fischbach, Michael R. *Records of Dispossession: Palestinian Refugee Property and the Arab-Israeli Conflict*. New York: Columbia University Press, 2003.
- Gellman, Barton. "Palestinians, Israeli Police Battle on Sacred Ground." *Washington Post*, 28 September 1996.
- Gil, Avi. *Shimon Peres: An Insider's Account of the Man and the Struggle for a New Middle East*. New York: I. B. Tauris, 2020.
- Goldenberg, Suzanne. "Snipers Return to Hebron Hill After Israeli Raid." *Guardian*, 25 August 2001.
- Goodman, Micah. *The Wondering Jew: Israel and the Search for Jewish Identity*. Translated by Eylon Levy. New Haven: Yale University Press, 2020.
- Gorenberg, Gershom. "The One-Fence Solution." *New York Times Magazine*, 3 August 2003.
- Gorny, Yosef. *Zionism and the Arabs 1882–1948: A Study of Ideology*. Oxford: Oxford University Press, 1987.
- Government in the United Kingdom of Great Britain and Northern Ireland. "Mandate for Palestine—Report of the Mandatory to the League of Nations." 1932.
- Greenberg, Joel. "Hebron Is a Bit Quieter, but Certainly Not Peaceful." *New York Times*, 28 June 1994.
- Greenberg, Stanley B. *Race and State in Capitalist Development: Comparative Perspectives*. New

Urban Exclusion in the Suspended Spaces of East Jerusalem." *Urban Studies* 59, no. 3, 2022, 548–71.
- Ben-Gurion, David. *Memoirs, David Ben-Gurion*. New York: World Publishing Company, 1970.
- Bimkom. "Survey of Palestinian Neighborhoods in East Jerusalem: Planning Problems and Opportunities." 2013.
- Bishara, Azmi. "On the Question of the Palestinian Minority in Israel." *Theory and Criticism* [Hebrew] 3, 1993, 7–20.
- Bloom, Etan. "What 'The Father' Had in Mind? Arthur Ruppin (1876–1943), Cultural Identity, Weltanschauung and Action." *History of European Ideas* 33, no. 3, September 2007, 330–49.
- Bradley, Megan. *Refugee Repatriation: Justice, Responsibility and Redress*. Cambridge: Cambridge University Press, 2013.
- B'Tselem. "Arrested Development: The Long Term Impact of Israel's Separation Barrier in the West Bank." October 2012.
- ———."Behind the Barrier: Human Rights Violations as a Result of Israel's Separation Barrier." March 2003.
- ———."Impossible Coexistence: Human Rights in Hebron Since the Massacre at the Cave of the Patriarchs." September 1995.
- ———."Judgment of the High Court of Justice in Beit Sourik." 1 January 2011.
- ———."Playing the Security Card: Israeli Policy in Hebron as a Means to Effect Forcible Transfer of Local Palestinians." September 2019.
- ———."Statistics: Israeli Civilians Killed by Palestinians in the West Bank, Before Operation Cast Lead." B'Tselem website. Accessed 26 July 2022.
- ———."Statistics: Israeli Civilians Killed by Palestinians in the West Bank, Since Operation Cast Lead." B'Tselem website. Accessed 26 July 2022.
- ———."Statistics: Israeli Security Force Personnel Killed by Palestinians in the West Bank, Before Operation Cast Lead." B'Tselem website. Accessed 26 July 2022.
- ———."Statistics: Israeli Security Force Personnel Killed by Palestinians in the West Bank, Since Operation Cast Lead." B'Tselem website. Accessed 26 July 2022.
- Cattan, Henry. "The Question of Jerusalem." *Arab Studies Quarterly* 7, no. 2/3, Spring/Summer 1985, 131–60.
- Davis, Uri. *Apartheid Israel: Possibilities for the Struggle Within*. New York: Zed Books, 2003.
- Dekel, Udi, and Lia Moran-Gilad. "The Annapolis Process: A Missed Opportunity for a Two-State Solution?" INSS. June 2021.
- Doron, Joachim. "Classic Zionism and Modern Anti-Semitism: Parallels and Influences (1883–1914)." *Studies in Zionism* 4, no. 2, 2008, 169–204.

Investigating the Traffic Accident in Jaba." *Wafa* [Arabic], 18 March 2012.
・Palestinian Central Bureau of Statistics. "Localities in Jerusalem Governorate by Type of Locality and Population Estimates, 2007–2016." Accessed 26 July 2022.
・Solomon, Zahava, and Rony Berger. "Coping with the Aftermath of Terror-Resilience of ZAKA Body Handlers." *Journal of Aggression, Maltreatment & Trauma* 10, no. 1–2, 2005, 593–604.
・Union of Fire and Rescue Services in Judea and Samaria and the Jordan Valley. "Investigation of the Burning of the Children's Bus." 22 February 2012.
・ZAKA. "ZAKA Again in the Top Three" [Hebrew]. 28 November 2016.

第四章　壁

・ガディール・バフリ、イブラーヒーム・バフリ、モハンマド・バフリ、ルーラ・バフリ、アーベド・サラーマ、イブラーヒーム・サラーマ、ロン・シャッツバーグ、イェフダー・シャウル、アディ・シュペーター、ダニー・ティルザ、サール・ツール、アリク・ヴァクニシュ、ベベル・ヴァヌヌへの著者のインタビュー。
・Akevot. "Erasure of the Green Line." June 2022.
・Almog, Shmuel. "Between Zionism and Antisemitism." *Patterns of Prejudice* 28, no. 2, 1994, 49–59.
・———."'Judaism as Illness': Antisemitic Stereotype and Self-Image." *History of European Ideas* 13, no. 6, 1991, 793–804.
・Alroey, Gur. "Two Historiographies: Israeli Historiography and the Mass Jewish Migration to the United States, 1881–1914." *The Jewish Quarterly Review* 105, no. 1, Winter 2015, 99–129.
・Aly, Götz. *Europe Against the Jews, 1880–1945*. New York: Metropolitan Books, 2020.
・Aran, Amnon. *Israeli Foreign Policy Since the End of the Cold War*. Cambridge: Cambridge University Press, 2020.
・Arens, Moshe. "Tear Down This Wall." *Haaretz*, 5 March 2013.
・Arieli, Shaul. "Messianism Meets Reality: The Israeli Settlement Project in Judea and Samaria: Vision or Illusion, 1967–2016." Economic Cooperation Foundation, November 2017.
・Arieli, Shaul, and Doubi Schwartz, with the participation of Hadas Tagari. "Injustice and Folly: On the Proposals to Cede Arab Localities from Israel to Palestine." The Floersheimer Institute for Policy Studies, Publication no. 3/48e, July 2006.
・Associated Press Staff. "Middle East—Reactions to Hebron Agreement." Associated Press, 15 January 1997.
・Backmann, René. *A Wall in Palestine*. New York: Picador, 2010.
・Barkan, Noam. "The Secret Story of Israel's Transit Camps." *Ynet* [Hebrew], 3 March 2019.
・Baumann, Hanna, and Manal Massalha. "'Your Daily Reality Is Rubbish': Waste as a Means of

- Breiner, Josh. "Prominent Haredi Rescue Organization Inflated Data, and Received Millions of Shekels as a Result." *Haaretz*, 18 December 2022.
- B'Tselem. "Statistics on Settlements and Settler Population." Accessed 26 July 2022.
- Emek Shaveh. "On Which Side Is the Grass Greener? National Parks in Israel and the West Bank." December 2017.
- Goldberg, Haim. "19 Years Later: Bentzi Oiring Celebrated the Engagement of the Baby He Saved." *Kikar Hashabbat* [Hebrew], 4 February 2021.
- Israeli Central Bureau of Statistics. "Table 2.53: Immigrants, by Period of Immigration and Last Continent of Residence." 13 October 2021.
- Israeli Civil Administration for Judea and Samaria. "Arcgis—Information for the Public." Accessed 26 July 2022.
- Israeli Police. "Testimony of Ashraf Qayqas Before Police Officer Shmuel Ozeri" [Hebrew]. 16 February 2012.
- Israeli Police, Shai (Shomron-Yehuda) District, Traffic Division. "Expert Opinion: Analysis of the Tachnograph Disc" [Hebrew]. 28 February 2012.
- ———."Incident Report" [Hebrew]. 2012.
- ———."Presentation of the Results of the Examination of the Vericom" [Hebrew]. 10 April 2012.
- ———."Testimony of Ashraf Qayqas Before Traffic Investigator Eliyahu Mizrahi" [Hebrew]. 21 February 2012.
- ———."Traffic Examiner Report" [Hebrew]. 8 May 2012.
- Jerusalem District Court. "The State of Israel v. Ashraf Qayqas: Hearing on 29 March 2015" [Hebrew], 29 March 2015, 25–136.
- ———."The State of Israel v. Ashraf Qayqas: Hearing on 16 June 2015" [Hebrew], 16 June 2015, 26–120.
- ———."The State of Israel v. Ashraf Qayqas: Hearing on 9 June 2016" [Hebrew], 9 June 2016, 29–91.
- ———."The State of Israel v. Ashraf Qayqas: Hearing on 14 June 2016" [Hebrew], 14 June 2016, 28–99.
- ———."The State of Israel v. Ashraf Qayqas: Hearing on 15 June 2016" [Hebrew], 15 June 2016, 28–74.
- ———."The State of Israel v. Ashraf Qayqas: Hearing on 23 March 2017" [Hebrew], 23 March 2017, 32–92.
- ———."The State of Israel v. Ashraf Qayqas: Sentence" [Hebrew], 29 March 2018, 1–17.
- Palestinian Authority Government. "The Full Report of the Ministerial Committee in Charge of

・Thrall, Nathan. *The Only Language They Understand: Forcing Compromise in Israel and Palestine.* New York: Metropolitan Books, 2017.
・United Nations Division for Palestinian Rights. "Chronological Review of Events Relating to the Question of Palestine." May 2004.
・United Nations Human Rights Council. "Report of the Special Rapporteur on the Situation of Human Rights in the Palestinian Territories Occupied Since 1967, John Dugard." 21 January 2008.
・United Nations Office for the Coordination of Humanitarian Affairs. "The Impact of Israel's Separation Barrier on Affected West Bank Communities." March 2004.
・――――."Protection of Civilians Weekly Report." 3–9 August 2011.
・United Nations Office of the Special Coordinator in the Occupied Territories. "Economic and Social Conditions in the West Bank and Gaza Strip." 15 April 1998.
・United Nations Relief and Works Agency. "Fifteenth Progress Report Covering March and April 2002." 2002.
・――――."Profile: Abu Dis, East Jerusalem." March 2004.
・United Nations Special Committee on Palestine. "Report to the General Assembly." Official Records of the Second Session of the General Assembly, Supplement no. 11, 3 September 1947.
・Warren, Col. Sir Charles, and Capt. Claude Reigner Conder. *The Survey of Western Palestine: Jerusalem.* London: The Committee of the Palestine Exploration Fund, 1884.

第三章　多数傷病者事故

・サーレム・アブー・マルキエ、ドヴィル・アダニ、アムノン・アミール、ガディール・バフリ、イブラーヒーム・バフリ、イム・モハンマド・バフリ、モハンマド・バフリ、ムハンナド・バフリ、ルーラ・バフリ、ターラ・バフリ、エルダド・ベンシュタイン、イツァーク・ブロック、イタイ・エライアス、ラファエル・ヘルブスト、ナミル・アイディルビー、ワダフ・ハティブ、ナダヴ・マツナー、ナーデル・モラル、ベンツィ・オイリング、イレイ・ペレド、シュロモ・ペットローヴァー、アミ・ショシャニ、ファトヒーヤ・タワム、ムスタファ・タワム、ナギーベフ・タワム、サール・ツール、アリク・ヴァクニシュ、ベベル・ヴァヌヌ、ドゥビ・ヴァイセンシュタイン、メイスーン・ザハルカへの著者のインタビュー。
・Altman, Yair. "8 Dead When a Children's Bus Overturned Near Jerusalem." *Ynet* [Hebrew], 16 February 2012.
・Applied Research Institute—Jerusalem. "Beit Duqqu Village Profile." 2012.
・――――."Jaba Village Profile." 2012.
・――――."Tuqu Town Profile." 2010.

University Press, 2004.
- ———. *Israel's Border Wars, 1949–1956*. Oxford: Oxford University Press, 1993.
- ———. *1948: A History of the First Arab-Israeli War*. New Haven: Yale University Press, 2009.
- Nasasra, Mansour. *The Naqab Bedouins: A Century of Politics and Resistance*. New York: Columbia University Press, 2017.
- ———."Two Decades of Bedouin Resistance and Survival Under Israeli Military Rule, 1948–1967." *Middle Eastern Studies* 56, no. 1, 2020, 64–83.
- al-Osta, Adel. "A Family Is Looking for Their Children . . . Maryam al-'Asra.'" *Romman* [Arabic], 6 June 2017.
- Palestinian Central Bureau of Statistics. "Estimated Population in Palestine Mid-Year by Governorate,1997–2021." Accessed 26 July 2022.
- ———."Press Release on the Occasion of Palestinian Prisoners Day: More Than 650,000 Palestinian Were Exposed to Detention Since 1967, of Whom 9,400 Are Still in Prison." 17 April 2006.
- Palmer, E. H. *The Survey of Western Palestine: Arabic and English Name Lists*. London: The Committee of the Palestine Exploration Fund. 1881.
- Parsons, Nigel. *The Politics of the Palestinian Authority: From Oslo to al-Aqsa*. New York: Routledge, 2005.
- Prial, Frank J. "Israeli Planes Attack P.L.O. in Tunis, Killing at Least 30; Raid 'Legitimate,' U.S. Says." *New York Times*, 2 October 1985.
- Rees, Matt. "Untangling Jenin's Tale." *Time*, 13 May 2002.
- Reilly, James A. "Israel in Lebanon, 1975–1982." *Middle East Report*, no. 108, September/October 1982.
- Rothschild, Walter. "Arthur Kirby and the Last Years of Palestine Railways: 1945–1948." Doctoral thesis presented to King's College, London, December 2007.
- Sayigh, Yezid. *Armed Struggle and the Search for State: The Palestinian National Movement, 1949–1993*. New York: Oxford University Press, 1999.
- Shulman, David. "The Bedouins of al-Khan al-Ahmar Halt the Bulldozers of Israel." *New York Review of Books* (online), 26 October 2018.
- Smith, William E. "Israel's 1,500-Mile Raid." *Time*, 14 October 1985.
- Suwaed, Muhammad Youssef. "Bedouin-Jewish Relations in the Negev 1943–1948." *Middle Eastern Studies* 51, no. 5, 2015, 767–88.
- Tarazi, Monica. "Planning Apartheid in the Naqab." *Middle East Report*, no. 253, Winter 2009.
- Tartir, Alaa. "The Evolution and Reform of Palestinian Security Forces 1993–2013." *Stability: International Journal of Security and Development* 4, no. 1, 2015.

Palestinian Poet Ahmad Dahbour," *Shafaqna*, 25 May 2017.

- Defense for Children International-Palestine. "No Way to Treat a Child, Palestinian Children in the Israeli Military Detention System." April 2016.
- Druckman, Yaron. "99.7% of Palestinians Are Convicted in Military Courts." *Ynet* [Hebrew], 6 January 2008.
- Dunstan, Simon. *The Yom Kippur War 1973* (1): *The Golan Heights*. Oxford: Osprey Publishing, 2003.
- Falah, Ghazi. "How Israel Controls the Bedouin in Israel." *Journal of Palestine Studies* 14, no. 2, Winter 1985, 35–51.
- Furani, Khaled. *Silencing the Sea: Secular Rhythms in Palestinian Poetry*. Stanford: Stanford University Press, 2012.
- GISHA. "A Guide to the Gaza Closure: In Israel's Own Words." September 2011.
- HaMoked. "Temporary Order? Life in East Jerusalem Under the Shadow of the Citizenship and Entry into Israel Law." September 2014.
- Human Rights Watch. "Children Behind Bars: The Global Overuse of Detention of Children." 2016.
- ———"Stateless Again: Palestinian-Origin Jordanians Deprived of Their Nationality." 1 February 2010.
- Israeli Air Force. "The Long Leg." Accessed 26 July 2022.
- ———."Operation 'Wooden Leg.'" Accessed 26 July 2022.
- Israeli Ministry of Foreign Affairs. "Address to the Knesset by Prime Minister Rabin on the Israel-Palestinian Interim Agreement." 5 October 1995. Accessed October 1, 2016.
- JTA Staff. "Arafat Cries After Learning Rabin Is Dead." *Jewish Telegraphic Agency*, 10 November 1995.
- Khalidi, Walid. "The Fall of Haifa Revisited." *Journal of Palestine Studies* 37, no. 3, Spring 2008.
- Kimmerling, Baruch, and Joel S. Migdal. *The Palestinian People: A History*. Cambridge: Harvard University Press, 2003.
- al-Labadi, Dr. Abdel Aziz. *My Story with Tel al-Za'atar* [Arabic]. Beirut: Editions Difaf, 2016.
- Labidi, Arwa. "October 1, 1985. The Day the Israeli Occupation Army Bombed Tunisia." *Inkyfada*, 1 October 2021.
- Levinson, Chaim. "Nearly 100% of All Military Court Cases in West Bank End in Conviction, Haaretz Learns." *Haaretz*, 29 November 2011.
- Middle East Research and Information Project. "Why Syria Invaded Lebanon." *MERIP Reports*, no. 51, October 1976, 3–10.
- Morris, Benny. *The Birth of the Palestinian Refugee Problem Revisited*. Cambridge: Cambridge

Urbanization." The Abraham Fund Initiatives. March 2012.
・Adalah. "Bedouin Citizens of Israel in the Naqab (Negev): A Primer." 2019.
・Al-Haq. "Waiting for Justice—Al-Haq: 25 Years Defending Human Rights (1979–2004)." June 2005.
・Ali, Ahmed. *Al-Qur'an: A Contemporary Translation*. Princeton: Princeton University Press, 2001.
・Aloni, Shlomo. *Israeli F-15 Eagle Units in Combat*. Oxford: Osprey Publishing, 2006.
・Angrist, Joshua. "The Palestinian Labor Market Between the Gulf War and Autonomy." MIT Department of Economics, Working Paper. May 1998.
・Applied Research Institute—Jerusalem."Abu Dis Town Profile." 2012.
・———."As Sawahira ash Sharqiya Town Profile." 2012.
・Bergman, Ronen. *Rise and Kill First: The Secret History of Israel's Targeted Assassinations*. New York: Random House, 2018.（『イスラエル諜報機関暗殺作戦全史』上・下、ロネン・バーグマン著、小谷賢監訳、山田美明、長尾莉紗、飯塚久道訳、早川書房、2020年）
・Bimkom. "The Bedouin Communities East of Jerusalem—A Planning Survey." Accessed 26 July 2022.
・———."Survey of Palestinian Neighborhoods in East Jerusalem: Planning Problems and Opportunities." 2013.
・B'Tselem. "Collaborators in the Occupied Territories: Human Rights Abuses and Violations." 1994.
・———."The Military Courts." 11 November 2017.
・———."No Minor Matter: Violation of the Rights of Palestinian Minors Arrested by Israel on Suspicion of Stone Throwing." July 2011.
・———."Palestinian Minors Killed by Israeli Security Forces in the West Bank, Before Operation 'Cast Lead.'" B'Tselem website. Accessed 26 July 2022.
・———."Statistics: Palestinians Killed by Israeli Security Forces in the West Bank, Before Operation 'Cast Lead.'" B'Tselem website. Accessed 26 July 2022.
・B'Tselem and HaMoked. "Forbidden Families Family Unification and Child Registration in East Jerusalem." January 2004.
・Cook, Jonathan. "Bedouin in the Negev Face New 'Transfer.'" *Middle East Report Online*, 10 May 2003.
・Dahbour, Ahmad. Diwan [Arabic]. Beirut: Dar al-'Awdah, 1983.
・———. *Huna, Hunak* [Arabic]. Amman: Dar al-Shurouq, 1997, translated by Khaled Furani in Khaled Furani, *Silencing the Sea: Secular Rhythms in Palestinian Poetry*. Stanford: Stanford University Press, 2012.
・———. "We Died for Kufr Kanna to Live." In Kawther Rahmani, "A Portrait of the Late

・Reuters. "Israeli Acquitted in Traffic Mishap That Sparked Arab Riots." 7 March 1992.
・Rinat, Zafrir. "Jews Have a Discount, Arabs the Full Price." *Haaretz* [Hebrew], 26 July 2013.
・Sofer, Roni. "The Indictment Against the Driver Who Is Considered One of the Causes of the Intifada." *Ma'ariv* [Hebrew], 6 December 1989.
・Suzuki, Hiroyuki. "Understanding the Palestinian Intifada of 1987: Historical Development of the Political Activities in the Occupied Territories." *Annals of Japan Association for Middle East Studies* 29, no. 2, 171–97.（『日本中東学会年報』29巻2号171–197ページ「1987年インティファーダの検討：パレスチナ被占領地における政治活動の歴史的展開を軸に」鈴木啓之著）
・Tzaitlin, Uriel. "30 Years: This Is the Story of the Intifada." *Kol Hazman* [Hebrew], 15 December 2017.
・United Nations Division for Palestinian Rights. "Chronological Review of Events Relating to the Question of Palestine—October 2000." 31 October 2000.
・United States Department of State. "Country Reports on Human Rights Practices for 1984: Report Submitted to the Committee on Foreign Relations, U.S. Senate, and Committee on Foreign Affairs, U.S. House of Representatives," 1260–268.
・———."Key Officers of Foreign Service Posts: Guide for Business Representatives." September 1990.
・United States Embassy in Israel. "History of the U.S. Diplomatic Presence in Jerusalem & of Our Agron Road Location." Accessed 26 July 2022.
・Usher, Graham. *Dispatches from Palestine: The Rise and Fall of the Oslo Peace Process*. London: Pluto Press, 1999.
・Yesh Din and Emek Shaveh. "Appropriating the Past: Israel's Archaeological Practices in the West Bank." December 2017.
・Zureik, Elia, David Lyon, and Yasmeen Abu-Laban, editors. *Surveillance and Control in Israel/Palestine: Population, Territory, and Power*. New York: Routledge, 2011.

第二章　ふたつの火

・サーレム・アブー・マルキエ、ミレーナ・アンサリ、フダー・ダーブール、アシュラフ・ジョウラニ、イム・アシュラフ・ジョウラニ、モハンナド・ジョウラニ、サーディ（アブー・アシュラフ）・ジョウラニ、サーディ・ジョウラニ、ミラ・ラピドット、ヤアコヴ・ラピドット、マンスール・ナサスラ、リタ・カーワジへの著者のインタビュー。
・Abdul Jawwad, Saleh. "The Classification and Recruitment of Collaborators." In *The Phenomenon of Collaboration in Palestine*. Jerusalem: PASSIA, 2001.
・Abu Ras, Thabet. "The Arab-Bedouin Population in the Negev: Transformations in an Era of

Middle East Report, no. 164/165, May–August 1990, 32–53.
- Hoffman, David. "The Intifada's Lost Generation." *Washington Post*, 7 December 1992.
- ———.“Palestinians Reconsider Their Tactics." *Washington Post*, 27 June 1993.
- Human Rights Watch. "Justice Undermined: Balancing Security and Human Rights in the Palestinian Justice System." 13, no. 4 (E),November 2001.
- ———.“Prison Conditions in Israel and the Occupied Territories." April 1991.
- Inbar, Efraim. "Israel's Small War: The Military Response to the Intifada." *Armed Forces & Society* 18, no. 1, 1991, 29–50.
- Israeli Central Bureau of Statistics. "Statistical Abstract of Israel, 1992–2008." 2009.
- Israel Defense Forces. "Order No. 101: Order Regarding Prohibition of Incitement and Hostile Propaganda Actions" [Hebrew]. 22 August 1967.
- Jerusalem Institute for Israel Studies. "Statistical Yearbook of Jerusalem, 1991–2008." 2009.
- Johnson, Penny, and Rema Hammami. "Change & Conservation: Family Law Reform in Court Practice and Public Perceptions in the Occupied Palestinian Territory." Institute of Women's Studies, Birzeit University, December 2013.
- Landau, Efi. "Ilan Biran: Barak, Ben-Eliezer Promised to Privatize Bezeq Within Year." *Globes*, 26 September 1999.
- Lesch, Ann M. "Prelude to the Uprising in the Gaza Strip." *Journal of Palestine Studies* 20, no. 1. Autumn 1990, 1–23.
- Lieber, Dov. "In the Heart of Jerusalem, a Squalid Palestinian 'Refugee Camp' Festers." *Times of Israel*, 26 December 2016.
- Lybarger, Loren D. *Identity and Religion in Palestine: The Struggle Between Islamism and Secularism in the Occupied Territories*. Princeton: Princeton University Press, 2007.
- Ma'oz, Moshe. *Palestinian Leadership on the West Bank: The Changing Role of the Arab Mayors Under Jordan and Israel*. New York: Routledge, 1984.
- Neff, Donald. "The Intifada Erupts, Forcing Israel to Recognize Palestinians." *Washington Report on Middle East Affairs*, December 1997, 81–83.
- Norwegian Refugee Council. "Undocumented and Stateless: The Palestinian Population Registry and Access to Residency and Identity Documents in the Gaza Strip." January 2012.
- Oren, Aya. "The Indictment Against Ami Popper: Murdered Seven and Tried to Murder Ten." *Ma'ariv* [Hebrew], 19 June 1990.
- Palestinian Central Bureau of Statistics. "Jerusalem Statistical Yearbook," no. 12 [Arabic], June 2010.
- Pedatzur, Reuven. "More Than a Million Bullets." *Haaretz*, 29 June 2004.
- Peretz, Don. "Intifadeh: The Palestinian Uprising." *Foreign Affairs*, Summer 1988.

East Research and Information Project, 2014.

- Blankfort, Jeffrey. "Massacre at Rishon Lezion: Killer of Gaza." *Middle East Labor Bulletin* 2, no. 3, Summer 1990.
- B'Tselem, "Acting the Landlord: Israel's Policy in Area C, the West Bank." June 2013.
- ———. "Banned Books and Authors, Information Sheet." 1 October 1989.
- ———. "Detained Without Trial: Administrative Detention in the Occupied Territories Since the Beginning of the Intifada." October 1992.
- ———. "Fatalities in the first Intifada." Accessed 12 November 2022.
- ———. "Freedom of Movement." 11 November 2017.
- ———. "Information Sheet." 1 August 1989.
- ———. "Statistics on Revocation of Residency in East Jerusalem." 7 April 2021.
- ———. "Statistics on Settlements and Settler Population." Accessed 26 July 2022.
- Canada: Immigration and Refugee Board of Canada. "Palestine: Whether a Palestinian Formerly Residing in East Jerusalem Who Had His Israeli Identity Card Revoked Is Able to Live in the West Bank or the Gaza Strip." 1 February 1999.
- ———. "Palestine: Whether a Permit Is Required from Israel for a Palestinian Resident of Bethlehem to Travel to Work in Ramallah and Back, Whether a Permit Guarantees Free Movement Past Checkpoints." 4 July 2001.
- Chatty, Dawn, and Gillian Lewando Hundt, editors. *Children of Palestine: Experiencing Forced Migration in the Middle East*. New York: Berghahn Books, 2005.
- Ciotti, Paul. "Israeli Roots, Palestinian Clients: Taking the Arab Cause to Court Has Earned Jewish Lawyer Lea Tsemel the Wrath of Her Countrymen." *Los Angeles Times*, 27 April 1988.
- Foundation for Middle East Peace. "Comprehensive Settlement Population 1972–2011." 13 January 2012.
- Government of Israel. "Commission of Inquiry into the Clashes Between Security Forces and Israeli Citizens in October 2000." August 2003.
- ———. "The Counter-TerrorismLaw, 5776–2016." 2016.
- ———. "Prevention of Terrorism Ordinance No 33, 5708–1948." 1948.
- Hammami, Rema. "Women, the Hijab and the Intifada." *Middle East Report*, May/June 1990, 164–65.
- Hass, Amira. "Israel's Closure Policy: An Ineffective Strategy of Containment and Repression." *Journal of Palestine Studies* 31, no. 3, Spring 2002, 5–20.
- Hiltermann, Joost R. *Behind the Intifada: Labor and Women's Movements in the Occupied Territories*. Princeton: Princeton University Press, 1991.
- ———. "Trade Unions and Women's Committees: Sustaining Movement, Creating Space."

出典

題辞

- Cavell, Stanley. *The Senses of Walden: An Expanded Edition*. Chicago: University of Chicago Press, 1992.（『センス・オブ・ウォールデン』スタンリー・カベル著、齋藤直子訳、法政大学出版局、2005年）

プロローグ

- ドロール・エトケス、アーベド・サラーマ、アダム・サラーマ、ハイファ・サラーマ、モハンマド（アブー・ウィサーム）・サラーマへの著者のインタビュー。
- Altman, Yair. "Truck, Bus Collide in Jerusalem; 8 Dead." *Ynet* [Hebrew], 16 February 2012.
- Applied Research Institute—Jerusalem. "Jericho City Profile." 2012.
- Etkes, Dror. "Anata." Unpublished paper, 2015.
- Israeli Civil Administration for Judea and Samaria. "Arcgis—Information for the Public" [Hebrew]. Accessed 26 July 2022.
- Ma'an Development Center. "Anata: Confinement to a Semi Enclave." December 2007.
- Palestinian Central Bureau of Statistics. "Jerusalem Statistical Yearbook No. 12" [Arabic]. June 2010.
- Seitz, Charmaine. "Jerusalem's Anata Out of Options." *Jerusalem Quarterly*, no. 32, Autumn 2007.
- Thrall, Nathan. "A Day in the Life of Abed Salama." *New York Review of Books* (online), 19 March 2021.

第一章 三つの結婚式

- ドロール・エトケス、アーベド・サラーマ、バシール・サラーマ、ハイファ・サラーマ、イブラーヒーム・サラーマ、モハンマド（アブー・ウィサーム）・サラーマ、ナヒール・サラーマ、ワーエル・サラーマへの著者のインタビュー。
- Adalah. "The October 2000 Killings." 8 November 2020.
- American Friends Service Committee. "Palestine Refugee Relief, Bulletin No. 1." March 1949.
- Amnesty International. "50 Years of Israeli Occupation: Four Outrageous Facts About Military Order 101." 25 August 2017.
- ————."1990 Report." 1990, 129–32.
- Applied Research Institute—Jerusalem. "Anata Town Profile." 2012.
- Beinin, Joel, and Lisa Hajjar. "Palestine, Israel and the Arab-Israeli Conflict: A Primer." Middle

用語索引

＊太字は地図頁を示す（編集部）

地名索引

＊詳しい説明がある箇所を引いた ＊太字は地図頁を示す(編集部)

ネイサン・スロール　Nathan Thrall

アメリカ・カリフォルニア州生まれ、エルサレム在住のジャーナリスト。『ニューヨーク・タイムズ・マガジン』、『ガーディアン』などに寄稿。世界の紛争予防のための調査・政策提言をおこなう非政府組織「国際危機グループ」に一〇年間在籍し、アラブ・イスラエルプロジェクトのディレクターも務め、「この地域の紛争について最も情報に精通し、最も鋭い観察者の一人」（『フィナンシャル・タイムズ』）と評されている。著書に*The Only Language They Understand: Forcing Compromise in Israel and Palestine* がある。

宇丹貴代実　うたん・きよみ

翻訳家。訳書に、モス『鳥が人類を変えた』、アドリントン『アウシュヴィッツのお針子』、デイ『わが家をめざして』、ミッチェル『今日のわたしは、だれ？』など多数。

ブックデザイン　鈴木成一デザイン室
装画　Levente Szabo

アーベド・サラーマの人生《じんせい》のある一日《いちにち》

パレスチナの物語《ものがたり》

二〇二五年一月一〇日　初版第一刷発行

著者　ネイサン・スロール

訳者　宇丹貴代実

発行者　増田健史

発行所　株式会社筑摩書房
東京都台東区蔵前二―五―三　〒一一一―八七五五
電話番号　〇三―五六八七―二六〇一（代表）

印刷・製本　三松堂印刷株式会社

ISBN978-4-480-83729-5 C0098